寺田寅彦

わが師の追想

中谷宇吉郎

講談社学術文庫

寺田寅彦肖像
津田青楓画

書架と花　　寺田寅彦画

目次

寺田寅彦

寺田寅彦

わが師の追想

第一部

寺田寅彦の追想

寺田寅彦という名前を、初めて知ったのは、たしか高等学校二年の頃であったように思う。

あの時代は、大正の中頃といえば、我が国の社会運動の勃興時代であった。河上〔肇〕博士の『貧乏物語』が、高等学校の学生たちの間に熱心に読まれていた。『中央公論』や『改造』のほかに、新しく『解放』という雑誌も出て、それらがいずれも、その方面の論文で雑誌の大半をうずめ、こぞって社会運動の烽火をあげていた時代であった。

しかしそれらの論文は、いずれも非常に難解な言葉を使い、文章もまた難渋をきわめたものが多かった。それに何か熱病的な気配が、どの雑誌にも漲《みなぎ》っていて、読後感は内容の如何とは別問題に、私などには極めて後味の悪いものが多かった。そういう時に先生の『丸善と三越』や『自画像』が中央公論に中間記事として現れたのであった。それは驚きであったばかりでなく、少なくも私にとっては、何か救いに似たような感じを与えてくれた。汗のにじんだ熱っぽい肌に埃がこびりつく、そういう時に一杯清冽な水をのんだような気持ちがした。その時の印象は今でも思い出すことが出来る。これらの随筆は変名で書かれたものであるが、実は寺田寅彦という物理学者の筆によるものであることを間もなく知った。しかしその名前は当時の私には縁の遠い話であった。後年その先生の助手として、実験の御手伝いをするような巡り合わせになろうなどとは、勿論夢にも思わなかった。

『丸善と三越』を手始めに、先生の随筆がつぎつぎと中央公論に出始めたのは、大正九年のことである。後で知ったことであるが、その前年の暮れに、先生は大学の研究室の中で突然吐血された。三年越しの胃潰瘍が遂に破局に近い状態にまで来たのであった。直ちに大学病院に入院し、真鍋氏の診療を受けて、危機は脱しられたのであるが、その後の二ヵ年は、自宅で療養生活を送られた。その静養の間にあって、藪柑子《やぶこうじ》時代以後一時中絶していた先生の創作意欲が、急にはけ口をもった清水のように、渾々《こんこん》として流れ出したのであった。

初めは色々な筆名を使われたが、そのうちに吉村冬彦ということに落ち付いて、私たちの頭の中に、いつの間にか冬彦先生というはっきりしたイメージが出来るようになった。その頃の高等学校の学生たちの間には、特に哲学熱が高かった。澎湃《ほうはい》として起こって来た思想問題の嵐の一つの現れであったのであろう。大正十年の暮れに岩波の『思想』が初めて出て、その創刊号が私たちの手に入った時の感激は、いかにも若々しいものであった。そしてその第二号に、先生の傑作の一つである『鼠と猫』が載っていた。

ちょうどその頃、改造がアインスタインの相対性原理を、ジャーナリズムの題目として採り上げ、それが時流に投じて、相対性原理が流行し始めた。少数の物理学者にしか理解出来ずまた知る必要もないような理論物理学の第一線を行く理論が、銀座や新宿はもちろん、地方の都市の隅々にまで流行したというのは、嘘のような本当の話である。そういう風潮にも少しは動かされたのかもしれないが、その翌年の春、高等学校を出ると、大学の物理学科を志望した。

寺田先生は、この大正十一年の春から、時々学校へ出て来られた。そして気象学の講義と、気象演習とを担当されたのであるが、まだ身体の方が十分でなかったので、ほんの講義や演習の時間だけしか学校へ出て来られなかったらしい。それで新しく入学してまだ大学の勝手も分からぬ私たちは、ほとんど先生の姿をみることもなかった。

先生の姿をぼつぼつ大学構内で見受けるようになったのは、その翌年、私たちが二年生になった頃からである。春も半ばをすぎて、世の中の人たちが皆軽装になった頃でも、先生は裾長いオーバーを着て、飄然として構内を歩いて行かれた。よくボタンをかけないで、オーバーの裾をひらひらと風に靡《なび》かせておられた。辰野〔隆〕さんだったかの「群衆の中のベルグソン」という評がよく当たるような姿であった。この年の初めには、既に『冬彦集』が出版され、引きつづいて『藪柑子集』が出ていたので、大学で時折見受ける先生の姿は、一部の学生の注目をひいていた。

二年生になって、初めて先生の実験指導を受けた。題目はセキスタントの目盛りの検定という極めて地味なものであった。物理本館の地下室のがらんとした暗い部屋の中に、セキスタントが一つ置いてあって、その円板を順次廻しながら、目盛りをつぎつぎと検定して行くという実験であった。暗室の中なので、手持ちの小さい電球で照らしながら、ヴァーニアの目盛りを読むのである。先生は測定ということについて、色々な注意をされ、最後に電灯を右にやったり、左にやったりしながら「金属板に刻みつけた線の場合には、照明の方向によって、こんなに読みがちがうのだから」というような細かい注意までされた。その時は随分つまらない実験だくらいに思っていたが、後になって考えてみると、測定ということについて自分の意見らしいものを持ち得るようになったのは、この底冷えのする石造りの地下室で、二ヵ月間こういう実験をした御蔭が大分あるように思われる。

二年生の実験は、一月か二月で一題目を終え、次の先生の実験へ廻されることになっていた。それで寺田先生の指導を受ける実験は、これでおしまいになったわけである。先生の気象学の講義や演習は、三年生がきくことになっていたので、本来ならばこれで当分先生とは縁が切れたわけである。ところが、この年の暮れにニュートン祭の幹事をつとめたことが機縁になって、曙町の先生の御宅へ時々遊びに行くことになった。その機縁というのは、『先生を囲《めぐ》る話』に書いたような話なのである。この年即ち大正十二年には、九月一日にあの関東大地震があり、震災に伴った大火で、私の家は全焼した。そして漸くにして持ち逃げた風呂敷包み一つだけが、全財産として残された。参考書は勿論学校のノートまでほとんど全部焼いてしまった。一時は大学を中止するつもりになって、郷里へ帰っていたのであるが、二ヵ月ばかり休んでいるうちに、また気を取り直して東京へ戻って来た。大学も十一月に入って漸く開かれ、一応は落ち付いた形になったのであるが、物心両方面の打撃によって、気持ちはなかなか落ち付かず、色々と迷い悩む日が多かった。そういう時に、先生と個人的な接触に恵まれたことは、私にとって非常に幸運な巡り合わせであった。当時の私には震災のほかにもある事情があって、時々どうにもならない切羽つまった気持ちに襲われることがあった。そういう時には曙町の応接間へ出かけてゆく。そして十二時過ぎまで、ディノソウルスの卵の話や、パブロワの踊りの話をきく。そうすると気持ちがすっかり新しくなって、物理学に対する熱情が蘇って来るような気がした。今から考えてみれば、先生には随分迷惑な話であった。この頃になって先生の日記の中で「夜中谷君来るまた十二時過ぎまで話してゆく」というような文字に出遭うと、しみじみと申し訳ないことをしたものだという気がする。

　この震災の後には、先生はまだ十分恢復し切らぬ身体で、あの大火災に伴った旋風の研究に、東京市内の焼け跡を方々調査して歩かれた。それよりも関東大震災と寺田寅彦とが、私の頭の中で結びついているのは、大分後になって聞いた話であるが、あの時の先生の体験談である。ちょうどあの地震の時に、先生は二科展へ行っておられた。津田青楓さんと喫茶店で休んでいると、突然地震があった。「大分大きいので、すぐこれは大変だと思ったね。部屋の天井の隅のところが、柱がくっついたり離れたりするので、こういう木造建築では駄目だと思ったよ。やっとおさまって気が付いてみたら、誰もほかのお客がいなくてね、皆機敏に逃げ出しているのさ。ボーイもいないので、やっと呼び返して金を払って帰ったが、あのボーイはきっと間抜けた爺《じじ》いだと思っていただろうね」という話なのである。先生には生命の危惧よりも、家屋の振動状態の方がもっと関心事だったのである。地震に対する恐怖などというものは、感覚的なものであるが、先生の自然現象に対する興味は、感覚の域にまで達していたのであろう。

震災で物理の本館は半壊の状態になった。その中の小さい実験室で、私より一年先輩の人が二人、妙な実験をしていた。細長いU字管に空気と水素とを混ぜて入れて、それに火を点けて爆発させる実験である。もっとも爆発といっても点火限界に近い混合割合なので、燃焼と言うべきものであった。そのうちの一人湯本〔清比古〕君は、高等学校の先輩で、前から親しくしていたので、時々そこへ遊びがてら「見物」に出掛けた。湯本君の話によると、これは寺田先生の研究の一部であって、卒業実験としてやっているのだということであった。先生はこの前年海軍から航空船の事故防止の研究を委託されていたので、その基礎資料を得る為に、水素の不完全燃焼の模様を調べておられたのである。

この時代は世界的に云っても、まだ飛行機が今日のように発達しようとは、夢にも思っていなかった時代で、航空船がかなり有望視されていた。それでその事故防止は、大切な問題なのであった。実験を見ると、細長い硝子のU字管一本の実験で、そういう大問題の研究とは、どうしても思えなかった。それでも如何にも面白そうな実験に思われた。そして結局それが機縁となって、三年の卒業実験には、この水素の燃焼を選ぶことになり、初めて完全に寺田先生の指導の下につくことになった。湯本君は卒業しても引きつづき大学に残って、この研究を続行することになり、私は自分の卒業実験としてその手伝いをすることに話がきまったのである。その間に『実験室の思い出』に書いたような話もあった。

この三年生としての一年間の実験室の生活は、非常に面白かったばかりでなく、その後今日までの私の研究生活を規定するくらいの影響を残したものであった。夏休みになって、講義がなくなると、のびのびと解放された気持ちで、一日中実験室で暮らした。真裸の上に白い実験着を着て、ビーカーで紅茶をわかして飲むのが楽しみであった。

先生は三十度くらいの気温になると、急に元気が出て来て、毎日実験室へ顔を出された。そして紅茶を飲んで『寅彦夏話』をしては帰られた。昼の弁当は、私たちは出前の洋食弁当なるもので済ませていたが、先生は大抵大学の「御殿」へ行くか、外へ出かけられた。そのうちに八月中頃になって、出前も「御殿」も休業になったので、皆で病院の職員食堂へ行くことにした。ここだけは年中無休であった。私たちは二十五銭の定食をとることに決まっていたが、いくらその頃といっても、余り結構なものではなかった。先生は「松」とか「梅」とかいう上等な方を注文されたが、その都度「僕はどうも胃がまだ変なので」と言いながら、きまり悪そうににやりとされた。ある時私達の定食に、小鯛の煮付けがついたことがあった。その時先生がちょっと覗き込むようにして「なかなか御馳走だね」と、にこにこされた。そういう極めて小さいことが、妙に印象に残っている。

水素の燃焼の実験が大分面白くなり、あの光の弱い燃焼の伝播状態が、廻転フィルム上で写真に撮れるようになった。それはその年の秋の末頃であった。そこへ突然に『球皮事件』が起きた。この事件は、前に随筆に書いたのは、いわば表通りだけであって、その裏には色々な問題があった。事の起こりは、十一月のある日、海軍のSSという軟式航空船が、霞浦《かすみがうら》の上空で爆破墜落して燃えてしまったことから始まる。原因は勿論不明、搭乗員は全部死んでしまった。海軍では早速査問会を開いて、その原因探究に当たることになり、海軍の技術者と大学の偉い先生方とを委員に任命した。先生もそのうちの一人に選ばれた。

こういう委員会というものは、大抵の場合は、よろしくやって「不可抗力」ということにしてお茶を濁すのが礼儀なのである。それを先生は大真面目に引き受けて『球皮事件』に書いたような恐るべき洞察力を働かせて、無電の発信によるスパークに危険性があるという推論を下された。そしてそれを査問会の答申として提出されたのである。「海軍の連中が焼け落ちた航空船の機械やら、ロープやらを一所懸命に調べて、弁の紐があるとか無いとか言って騒いでいるが、そんなことで真の原因が分かるものではない。むしろ水素の点火は最小限度どれくらいまでのスパークで可能かを決めて、それからその限度のスパークが何によって起こり得るかを決めなければならない」ということを話しておられた。そしてこの事件の解決は、その方法で為しとげられたのであった。最も迂遠と思われる道が、最も早道であったのである。

ところが海軍側では、原因が電気的のところにあると決まると、責任者を出さねばならないし、殉職者の取り扱いなどもひどく変わって来るのだそうである。それでこの先生の答申は、大問題になった。勿論海軍側はこぞって反対意見であって、結局実際の航空船について、無電の発信を行って、スパークがとぶか否かの立合実験をするということになったのだそうである。

この事件にはそういうわけで、初めから何となく雲行きの激しい気配があった。そのうちに立合実験の少し前に『都』と『国民』との二つの新聞に、この査問会の内容が、三段抜きくらいで出るという奇怪な事件が起きた。そしてその中に「もし無電の波を送って航空船が爆発すればよし、しなければ寺田博士等の面目は丸潰れになるであろう」というような文句まで出ていた。兵器に関する極秘の内容が、こう詳しく新聞に出て、しかも何の問題にもならないのであるから、私達はかんかんに怒ってしまった。

立合実験は十二月二十三日に、霞浦で行われ、先生は勿論参加された。先生の日記には次のように書かれている。

十二月二十三日、火、晴

朝七時四十五分上野発で霞浦行、SS飛行船を場内に繋留し無線操作による吊り索等の電流分布試験、前日来格納庫空気膨脹で行った実験の繰り返し、昼食後飛行船隊の食堂で査問会開始、海軍側の人は無線による危険はないという結論を出したいらしいが、海軍流のやり方では肝心の問題はちっとも解決されないから駄目である、この日は……

この日記の内容は、その次の日、先生が実験室へ来られた時の話の方が、もっと面白いのである。

「昨日はまるで面目を丸潰しさ。馬鹿馬鹿しくて御話にならぬ実験をしておいて、それで今頃は、学者なんて、いい加減なことばかり言っていると、盛んに吹聴しているんだろうな」という風に話し出された。

「あんな三十米《メートル》も高い所に気球を吊して、下から水兵が角《つの》のような眼鏡で覗いて、アンメーター異状ありませんなどと言っているんだもの。僕達には硝子が光って、ちっとも見えないのに、水兵は平気で見ているんだから驚いたよ。「スパークはとびません」などと言っているんだが、一尺もあるスパークならとにかく、あんな日中三十米《メートル》も上のスパークなど見えるものか。とにかく馬鹿馬鹿しい話さ。それでだ。こんな実験をして貰いたいんだ。水素をゼット〔ジェット＝噴出口〕から噴き出して、どのくらいの小さいスパークで点火するかを調べてくれ給え」

これが『球皮事件』の発端なのである。湯本君も私も血の気盛りの年頃である。「先生の仇《かたき》をとるんだ」と、その晩から毎日夜の十二時まで猛勉強を始めるという騒ぎになった。おまけに先生の霞浦行の日は大変寒い日であって、あの吹きさらしの飛行場の寒風の中で、長い時間立たされたのであるから、まだやっと恢復途上にあった先生の身体がもつはずがなかった。「どうも風邪をひいたようだ」と言っておられたが、次の日から三十九度いくらという熱が出たというので、暫く学校を休まれた。

「先生の仇をとる」というのが、益々実感が出て来たわけである。事実この頃になって先生の日記を読み返してみると、発熱の当夜は「気球の布にSparkを出す実験のような問題が終始頭にコビリついて、同じ事を繰り返し繰り返し夜中考えていた」とあるくらいで、よほど深刻な印象を受けられたようであった。

この大正十三年の年は、先生の健康が漸く取り戻された年であって、五月には理化学研究所の主任研究員も引き受けられ、地震研究所の設立にも重要な役割を果たされ、その後の多方面に亘る華々しい研究の基礎が出来た年であった。この年の日記の最後には「要するに今年は、数年来眠っていた活力が眼をさましたような気がする。いつも元気で気持ちが明るかった、学校の食堂でもいつも愉快に人と話が出来た、人の悪口などが気にならなくなった、そういう自覚が更にそういう傾向を強めた。……」と、先生自ら書いておられる。誠に千載一遇の好機に、先生との親しい接触を得るという幸運に遭ったわけである。

航空船爆破の実験は、年明けて大正十四年の一月に入って、俄然活況を呈して来た。それは航空船の気嚢の材料たる球皮の見本が、海軍から届けられたからである。湯本君が海軍省へ出かけて行って、T大尉に会って球皮のことを頼んだら、海軍の一部の技術将校たちは、原因が無電ということになると自分たちの失策になるから、何とかして不可抗力にしてしまいたいとしているということであった。T大尉自身も非常に怪しからんことであると憤慨していた。それで球皮はいくらでもやるから、どんどん実験して貰いたいという話であった。湯本君と二人で「そんなことでは海軍の将来も先が見えている」などと、生意気なことを言って、大いに気勢を揚げることにした。もう二十五年も昔の話であるが、事実病根は遥か遠い所にあったのである。

実験はすらすらと進行して、球皮の上で小さいスパークが沢山出ること、その小さいスパークで十分水素のゼットに点火し得ることが確かめられ、一応の結末はついた。しかし本当のところは、SS航空船に使っていた本物の無電発信器で発信して、そのスパークで火を点けたいのである。先生も一月十三日に「海軍省へ手紙を出し球皮を届けて貰う事、SSの無線装置を借りる事」を依頼されたのであるが、その無電器がなかなか来ない。湯本君がしびれを切らして、その発信器の納入元である東京電機へ出かけて行った。技師長級のSさんに会って、詳しい話をして発信器を一台借りたいと頼んでみたが、断られてしまった。東京電機でその実験をやらしたことが知れると、あと機械を買って貰えないことになると困るからといって、どうしても承知しなかったそうである。それでは球皮を持って来るから、ちょっと使わせてくれと言っても、それも駄目であった。嘘のような話であるが本当のことなのである。

その発信器は、査問会の予定日、一月二十一日の前日に大学へ届けられたが、大事な部品が足りない。同時に速達が来て、明日の査問会は中止と言って来た。査問会に間に合わせようというので、毎晩十二時まで連日大いに奮闘したつもりだったので、大いにがっかりした。先生も「僕は今夜の懇話会を欠席してこれを纏めるつもりにしていたんだが、がっかりしたね」と言いながら、とにかく報告を持って帰って行かれた。少し肝癪をおこして『国民』と『都』との「航空船爆破の実験」の記事を切り抜いて、朱点をつけて、実験室の壁に貼っておいた。先生は「これは額にして、スパークの写真と一緒にかざっておいた方がいいでしょう。君たちもなかなか人が悪いなあ。しかしこの御蔭で実験がはかどったわけだね」と笑っておられた。球皮の材料にしても、無電器にしても、本来ならば先方からどんどん運んで来て、早く実験をしろと催促されてしかるべきことなのである。それがまるで逆の形になっているのだから如何にも不思議である。意地悪く考えれば、先方でこっそり自分の手で実験をする為に、故意に引きのばしているのかも知れないと考えられる。この間二度ばかり海軍の技術者が実験を見に来ていたし、それにそういう風評もつたわって来たので、湯本君も私も大分気を悪くした。

待ちに待った無電発信器の部品が届いたのは、二月六日のことであった。持って来た技師の人は、親切に色々と使用法を教えてくれた。早速やってみると、アンテナ電流で十分スパークが出る。もうアース電流だけ調べてみれば、それでこの研究も大団円であると、大いに勉強してみたが、肝心のその方は駄目なようである。球皮を入れるとすぐ発信が止まってしまうので、スパークは勿論出ない。少々心細くなったところに、海軍省から、「SS航空船爆破の実験はいつ見せてくれますか」という二度目の電話が来る。「今夜は徹夜だぜ」と湯本君と二人で、大いに悲壮なつもりの決心をした。ところが夜になって、気がついたことは、ゴンドラに相当する電気容量がはいっていないということである。なあんだということになって、早速適当な容量を入れてやってみると、盛んにスパークが出る。そしてそのスパークでどんどん水素のゼットが点火する。「水素点火、万歳、二月九日」と実験帳に書いて、意気揚々として帰って行った。幸先のよいことには、この日の朝海軍某少将が実験を見に来て、研究の重要性を認めて、研究費年額一千円を出してくれることになったことを先生から聞いていたので、勇気百倍していたわけである。寺田先生ほどの学者が、これだけの騒ぎをして、やっと年額一千円の研究費を貰われたのである。これも嘘のような本当の話である。

延期を重ねていた査問会は、二月二十一日に開かれた。田中館〔愛橘〕、田丸〔卓郎〕両先生を始め、少将、大佐級の偉い人たちが、十九人狭い実験室にぎちぎち詰めになる。色々な電源でスパークを出させ、最後に無電器のスパークで水素に火をつけてみせると、大いに効き目があった。「これじゃとても怖くて飛行船には乗れないな」「士気に関する大問題だよ」と小声で話し合っているのが聞こえる。そのうちに壁の新聞の切り抜きが目に止まって「おい、これこれ」ということになる。先生は「どうもこんな狭い物置のような部屋で困ります」といい御機嫌であった。

無電を打ちながら水素に点火してみせると、田中館先生が「もっとキャパシティを色々かえてやって見たらいいんだが」と言われる。「実は大学にはもうありませんので」というと「それじゃ仕方がないな、こんなもの海軍へ行けばいくらでもごろごろしてる」と、老先生は遠慮会釈なく、大きい声で言われる。先生はひとりでにやにやしておられた。

最後の決定案を作る査問会は、三月四日に海軍省の第一会議室で開かれた。海軍から迎えの自動車が来たが、私は未だ学生であったので、遠慮して助手席に乗って行った。海軍省は初めてだったもので、円天井の高さと、ステンドグラスにちょっと肝をつぶした。会議の席では、海軍の将官連が真ん中に坐り、向かい側に田中館、長岡〔半太郎〕、田丸、岡田〔武松〕、寺田というような先生方が並ばれ、手前の側に海軍の技術関係の委員たちが着席という物々しいものであった。先生は黒板の前に立って、小さい声でぼそぼそと説明をされ、最後に「この球皮は非常に複雑な電気的性質をもっているもので、ちょっと教科書に書いてあるようなことで説明出来るものではありません」と誰にも分からないような気焰を少しばかり揚げられた。

それに対して、霞浦の立合実験以来の当事者たるF中佐が立って、無電器の性能の説明を色々したが、余り反響はなかったようで気の毒であった。それから一通り委員達の話があって、いよいよ査定書を作ることになった。その文案が黒板に書かれ、今までの導体主義を止めて絶縁体主義を採るということになった。そうしたら突然F中佐が発言を求めて立ち上がった。「SSのような精鋭な武器を、わずかそれくらいの机上の実験で放棄することは、海軍の為、国家の為にしのびない。実際に飛行船を飛ばせて、無電を打ってみて、誰か吊り縄の先にぶら下がって、果たしてスパークが出るか出ぬか見てみましょう。その為にもし飛行船が爆発しても、それくらいの犠牲は国家の為には止むを得ません。その吊り縄にぶら下がるのは、私がぶら下がります。」最後の方は声ばかりでなく、身体もわなわなとふるえていた。一座はしんとなり、一陣の冷たい妖風が会議室を吹き抜けたような気がした。暫くは誰も発言する人はなかった。そうしたら田丸先生が、いつもの真面目な顔付きで「それもよいが、それで火花が出なかったと言って、安全だということは出来ますまい」と言われた。

Ｆ中佐の発言は、当事者としてはもっともな発言で、事実そういう実験もしてみたいのである。しかし先生はこうなると意気地がなく、あとになってから「あの時は実際いやな気持ちになったね、何だか呪われているような気がして、ぞっとしたよ。もっともＦ中佐の言うことも本当なんだが」と述懐しておられた。

　最後に委員長からこの球皮を製造していたＦ電線会社の社長さんに、何か意見が無いかという質問があった。この社長は傍聴という資格で参列していたのである。頭のはげたその社長さんは「それはもう、この球皮は他のものとくらべものにならぬくらい、良いところがあるのですが、そんな怖いものでは、どうも致し方ありません」という話をした。何でも二十年もかかって、漸く日本でこのアルミニウム・ドープの球皮が出来るようになったので、今止められては会社としては大損害で、惜しいのですがということであった。実際風雨に対する耐久力とか、太陽光線の反射率とかいう点では、アルミニウム・ドープは非常に優秀な性能があるので、何とかこのままで電気的性質の改良が出来ればよいのであるが、当座のところは仕方がないのであった。実は英国でもこの事件の数年前に、同じような飛行船の爆発事件があり、その時の査問委員Ｃ・Ｔ・Ｒ・ウィルソンが、この球皮を廃止してしまったのであった。それは後になって、剣橋《ケンブリッジ》でウィルソン先生に会った時にきいた話で、先生は「君の方でも調べたのだろう。あれはいかんよ」と笑っておられた。

『球皮事件』も無事片付いて、間もなく私は大学を卒業して、先生との前からの約束どおり、理化学研究所で先生の助手をつとめることになった。もっとも理研の先生の実験室というのは、まだ建てっ放しのままになっていて、瓦斯《ガス》も水道も室内の実験用配線もしてないという部屋であった。制度の上では寺田研究室という新しい研究室が出来、長岡研究室、西川〔正治〕研究室、高嶺〔俊夫〕研究室その他の前からあった物理方面の研究室と並んでいたが、実際は人員から言っても、先生と私と、あと小学校を出たばかりの山本君という若い人と三人だけの小さい研究室であった。前からあった研究室は三号館という物理専門の建物にあったが、寺田研究室だけは、二号館という本部と工科方面の研究室とのある新しい大きいコンクリートの建物の中に割り込んでいた。部屋は二階に先生の居室があり、下に私と山本君とがいる実験室があっただけである。設備がまだ全然無いので、とても急にそこで実験を始めるというわけには行かないので、夏休みまでは、大学の旧《もと》の実験室で仕事をつづけ、その間にぼつぼつ器械を買い集めたり、実験室の装備をととのえたりすることになった。

球皮の実験は、航空船爆破の原因探究としては、一応任務を果したわけであるが、その特異な電気的性質は、そういう問題をはなれて、純物理学の問題としても、非常に面白いものであった。というのは、このアルミニウム・ドープというのは、アルミの粉を塗料にまぜたもので、電気の良導体の粉末が絶縁物の中に沢山雑《ま》ざったという特殊な材料である。そういう heterogeneous medium〔不均質な媒質〕中及びその表面に沿っての火花放電という問題は、従来の物理学では、比較的無視されていた部門なのである。それで先生は、この球皮の実験を、そういう観点の下で、更に続けることにされ、私が大学の実験室で、専らその仕事に当たることになった。

この研究は Some Experiment on Spark Discharge in Heterogeneous Media—A Hint on the Mechanism of Lightning Discharge. という報告になって発表されている如く、意外な方面に発展して、電光の放電機巧に関する一新説を提供することになった。その説には岡田先生などもかなり興味をもたれたらしく、その『気象学』の中に、詳しく紹介されている。そればかりでなく、よく考えてみると、普通の空気中の電気火花にも heterogeneous medium の考えが必要であることに気がついた。火花が少し長くなると、色々屈曲した形を採り、またその精密な写真を撮ってみると、決して一本の光の紐ではなく、その内部に縄をなったような明暗のこまかい構造がある。そういう現象の説明には、空気に何らかの不均一性を賦与する必要がある。

この電気火花の形及び構造の問題は、十数年前から先生が少しばかり手をつけられた問題である。その後放棄された形になっていたのであるが、球皮の実験から、不均一媒質中の火花放電という観点に立って、再び採り上げられることになった。八月の夏休み中、度々催促したのであるが、理研の実験室の装備はなかなか進捗しない。先生の日記に「八月十七日　月曜　朝中谷君ト理研行、水道流シノ位置ヲキメル」とあるように、水道の取り付けにまで先生自身を煩わす始末であった。とうとう九月十三日の日曜に「理研では未だ配電も出来ず、机戸棚も未成、水道だけ今日完全」という状態で、無理に実験装置の移転をしてしまった。そして電気火花の研究をかなり大規模にここで始めることになった。

この頃は、先生は数年前から航空研究所の所員として、毎週金曜日に航空の方へ行くことになっていたが、そのほかは、大学の方は実験室の見廻りと用事のある時だけ顔を出され、あとは大抵は理研の二階の部屋で、静かに勉強をしておられた。「数年来眠っていた活力が眼をさまして来」て、先生の頭は異常な活動を開始しようとしていた。この年の発表論文五篇、翌大正十五年に七篇、次の昭和二年が十一篇、昭和三年が二十六篇という風に、驚異的な進展をみせて行こうとする、その準備が、この頃もちろん先生にも意識されずに、着々と出来ていたのであった。

外的条件もちょうどそういう研究陣の展開に、豊かな支援をあたえる方向に向いて来た。この時代が来るまでの大学での二十年間の先生の研究生活は、余り恵まれた状態にはなかった。『冬彦の語源』にも書いたように、先生は終始周囲に気兼ねばかりして、古ぼけた器械ばかり持ち出して「変な実験をやって途方もない理論をそれにくっつける」ような研究をしておられた。「今理研におられる先生方が大学で実験をしておられた頃は、電気なんかの新しい流行の実験をすると、直ぐ蓄電池のパワーが足りなくなるし、器械を買って貰うのも大変だったし、遠慮ばかりしているうちに、到頭物理の方まで、吉村冬彦になってしまった」のであった。しかしそれは先生の本当の希望では無かった。事実先生が恩賜賞を受けられた研究「ラウエ映画の実験方法及びその説明に関する研究」は、その後ずっとこの方面の研究の基礎となっているブラッグの研究とほとんど同時に、むしろ少し先んじて為された研究であった。その研究の如きも、医学部で使い古した廃品に近い状態のX線管球を貰って来て実験をされたのであった。

大正十四年に理研の研究室が、とにかく仕事を始めるまでに整備されると引きつづいて、翌十五年の一月には、地震研究所が完成して、先生はそこでも所員として、研究室を持たれることになった。そしてその年の四月、新しい卒業生が出ると、その中から、坪井忠二君を地震研究所に、筒井俊正君を理研に、玉野光男君を航空研究所にと、それぞれ配置されて、ここで寺田教室の研究陣が一通り揃うことになった。大学ではそのほかに湯本君が海軍の嘱託として水素の燃焼の研究をつづけ、桃谷〔嘉四郎〕君が大学院学生として、霜柱の研究の準備実験たるリーゼガング現象の研究をしている。それから二年目の学生の実験にも、器械は使わないがちゃんとした研究題目を与えておられた。

十五年二月の日記には、研究題目と担当者のリストがあり「これでもう手一杯になった」と記されている。

理研	〔中谷	Spark
	〔筒井	Thermoelectricity
航空	〔玉野	Fluid motion, Wind, Powder
	〔服部	〃　〃
地震	〔坪井	Elastic waves
	〔（山口）	Tide
海軍	〔湯本	Hydrogen explosion

物理学生 ┌ Fluid motion
　　　　 ├ Fire
　　　　 └ Thermoelectricity
大学院〔桃　谷　Liesegang's phenomena

このほかに気象台諸氏の相談相手になる。

この頃談話会が段々多くなった。月曜航空、火曜午後物理学生、夜物理卒業生、水曜地震、木曜夜理研、(但し三月から) また火曜地震研究所の談話会が月一回、このほかに金曜夜弘田 violin, 木曜セロ (三月中旬から水曜にする)、小宮松根君と連句もやる、………

この先生の日記が何よりも明らかに物語っているように、超人間的な先生の精神活動がいよいよ開始された。しかし当時のことを思い返してみると、先生は何時も飄然とした姿で実験室に顔を出され、昼食にはきまって銀座へ出て行かれて、竹葉〔亭〕か三越かで昼食をとり、あと風月〔風月堂〕あたりで珈琲をのんでゆっくりして帰って来られた。そして僕は三時間労働説なんだとにやにやしておられたものであった。本当の意味での精神労働を毎日三時間やって、それを年中続けるということは、如何に困難なことであり、そしてそれが如何に偉大な業績を生むかということを、先生は実例で示されたわけである。朝から晩まで忙しい忙しいと走り廻っている大学教授で、一年平均したら一日一時間も本当の勉強はしていない人が案外多いようである。

こういう風に、先生の精神活動が最高潮に達して来ると、大学で官吏としてのつとめ、特に同僚たちとの間の気づかいというものが、先生にはだんだん耐えられない負担となって来た。この二、三年のうちに、佐野〔静雄〕先生が死なれ、長岡先生が停年で止《や》められ、田丸先生も第一線を退かれ、大学は新しい陣容で再出発しなければならないことになった。しかしその新しい大学の雰囲気も、先生の趣味には合わなかったようであった。大学を止めたいということも二、三度洩らされたことがあった。初めは冗談のつもりできいていたが、そのうちに「僕は今度いよいよ決心をして大学を止めるよ。ああいうところにいたら、僕は死んでしまう。大学の事情もあるだろうが、生命《いのち》にはかえられないから」と真剣な顔付きで言われたので、びっくりした。そして色々のいきさつの末、昭和二年の三月に漸く理学部の教授を辞して、地震研究所の教授となられた。初めは大学を完全に止められるつもりだったらしいが、それは大学にとっては大問題であって、理学部長から総長まで乗り出して、必死の引き止め策を講じ、漸く地震研究所の教授として残られることになった。

昭和二年二月の日記に「昨年末から辞職を申し出してあったのが教室の方では承認してくれ教授会まで持ち出されたが、総長が藤原〔咲平〕君から聞き込んで切に留任をすすめられるので一時地震研究所教授として留り時機を見て理研専任になることにした」とある。先生がどうしてそんなに大学を嫌われたかは分からない。しかし「生命にはかえられないから」とまで思い込んでおられたことは事実である。驚いたことには、この前に先生は東大を止めて法政大学につとめたいという「就職運動」までされたことがあったのである。寺田先生の就職運動というのは、恐らく天下の珍事件であったにちがいない。

この珍事件のことは、思想の『寺田寅彦追悼号』に野上豊一郎さんが書かれるまでは、全然知らなかった。先生が理研へ入られない前のことというのであるから、大正十三年の正月から早春にかけた頃のことであろう。先生が法政大学の野上さんに「お願いがある」と電話をかけておいて訪ねて行かれた。そしていきなり「僕を君の学校で使ってくれないか」と言われた。実は不愉快なことがあるから大学を止めようと思う、法政大学の予科では物理は教えてないかときかれたそうである。予科では物理を教えていないというと、それなら自然科学でも数学でもよいと言われたので、野上さんはひどく驚かれた。しかし法政にとってはこれは大変うまい話なので、学長から会計主任まで相談して、待遇案も出来上がり、野上さんがその案をもって先生を訪問された。そうしたら「寺田さんはきまりのわるそうな顔をして、実は君、甚だすまないが、その話はちょっと見合わせてもらえまいかということ」になり「鳶に油揚をさらわれたよう」なことになってしまった。実はその間に理研入りの話があったので、野上さんもその方が先生の為にはよかろうと思って「持って行った話はあっさり引っ込め」られたのであった。

大河内〔正敏〕先生が、大学に先生を訪ねて、理研の所員にならぬかと相談をされたのは、大正十三年の四月十八日のことである。先生はすぐ承諾されたものと見えて、五月にはもう正式に理研の主任研究員となっておられる。大学の方へ正式に辞表を出されたのは大正十五年の暮れであるから、二年半も前から決心をしておられたわけである。

先生が野上さんを訪ねられた時の不愉快な事情というのは、野上さんも立ち入っては聞かれなかったそうである。しかしそれは法政の予科で数学の教師になろうとまで思いつめられたもので「生命にはかえられな」かったものであったにはちがいない。先生が大学を止められて、大分してからのことであるが、秋晴れのある日一緒に理研から大学まで行ったことがある。大学の正門をくぐる時に、先生は「いいお天気だね、僕はこんな晴れ晴れとした気持ちで、この門をくぐることは考えていなかったよ。今までは、何時でもこの正門をくぐる度に、いやあな気持ちになったもんだが」と言われた。如何にも実感のこもった声音であった。

大学をやめて理研と震研と航研との三つの研究所に拠って、先生が恐らく理想とされた研究の生活が始まった。そして前にも言ったように、この昭和二年には十一篇の論文が英文で発表され、翌昭和三年には英文二十二篇、邦文四篇の論文が印刷されるという状態であった。そしてその精神活動は、ずっとほぼそのままの調子で、亡くなられる年まで続いた。先生の英文は、この頃の一般の大学教授の文章などとは比較にならぬ立派なものであった。倫敦《ロンドン》で英国の中央気象台長のG・C・シンプソン博士に会った時に、先生の電光及び火花の論文の話が出たが、シンプソン博士は「寺田の英文は、大学出の英国人程度だ」と褒めていた。後になって映画に凝っておられた頃、"Image of Physical World in Cinematography"という英文の随筆を、イタリアの"Scientia"という雑誌に書かれたことがある。ちゃんとした essay であって、このエッセイの紹介がネーチュア〔イギリスの科学雑誌。Nature〕の紹介欄に出た時は、流石に先生もちょっと御得意のようであった。これを書いておられる頃「どうも随筆も英語で書くと、書いているうちに、いつの間にか程度が高くなるね。読者を意識するつもりはないが、やはり向こうの方が少し程度が高いようだ」と言っておられた。

先生の日本文の方は、これは今更述べ立てるまでもない。唯ああいう立派な文章が、少なくも外見上はほとんど何の苦労もなくすらすらといくらでも流れ出ることが不思議であった。原稿なども非常に綺麗であった。所々に二、三字消したり直したりしたところがある程度で、まるで一度清書をされたのかと思うくらいのことが多かった。それは手紙を見ると一番よく分かるのであって、先生の手紙は漱石先生の手紙と並ぶべき、ある場合にはそれ以上に面白い手紙である。全集にある小宮〔豊隆〕さんや藤岡〔由夫〕君宛の手紙には、先生の面目が躍如としているという以上に、非常な名文である。倫敦で頂いた手紙の一節を引用してみよう。

しかし冬の自然は実に美しいと思候、春や秋の美しさは、三越松屋の売り出しの帯や長襦袢の如く、冬の霜枯れの山川は誠にローマ宮殿に古きゴブランの壁掛けのくすんだ渋い美しさにも比うべくか、あるいは寧ろ古陶器古銅器の美しさにも譬うべくかと存じ候

上野博覧会たしか今日あたりから開会、そのほかフランス美術展もあるはず、ザワザワとのぼせて南の空風に椽側《えんがわ》のふいてもふいても黄塵の積もる時節となり候

……。

二伸　林檎の花さくの頃のイギリスの田園の景色は実に忘れ難き美しさに有之《これあり》候《そうろう》、その頃のケンブリッジ、またオクスフォードの古き大学街を観る事を御忘れなきよう願上候

テームス上流、サンベリー辺のボート漕ぎにも是非一度御出なさるべく、レディ二、三人御同伴緊要に付きこれも念の為御注意まで、但しラヴしてもラヴされてもこれは困る故その辺は御如才なく、これまた老婆心までに一言申添候、

君と話をしているつもりで書いていたら御蔭で汽車の進み早く、夕陽既に村外れの火の見柱にかかり「コガー・コガー（註。古河）」と呼ぶ駅員の声も何とやらん夕淋しくそぞろに旅情をさそう。想うに君は今頃はどの辺にや、ポートサイドでレセップ［ス］の像にグードバイでもしておらるるにや、君は春秋に富んで世界の学界への船出の旅、吾は隠居仕事に「よろず研究御あつらえ所」のささやかなる看板に世をしのびて碌々余生を送るもあわれなりける。

ここでこの手紙の一節を引用したのは、これが汽車の中で書かれたものであるという点を言いたかったからである。昭和三年の三月、大陸移動説を実験的に確かめる研

究の準備の為に測地委員会の仕事として、羽後の飛島まで旅行されたことがある。その帰りの車中で書かれたのがこの手紙であって、かなり長い手紙の最後の四分の一ほどを転載したものである。私はその二月に立って英国への途上にあった。先生は旅行嫌いで有名であり、汽車にのるとひどく疲れられた。私達健康なものでも車中で物を書く時には、文章は乱れ勝ちになる。この手紙は、先生が長途の旅行の帰りで非常に疲れた状態で、しかも弟子への手紙のことであるから、気を使わずに書き流されたものであろう。それがこういう文章になるということは、実に驚くべきことである。

以上の話は、先生が大患以後、活力をとり戻され、それが異常な発展をとげて、絢爛たる研究生活にはいられる転換期の四、五年間のことを主に書いたことになる。昭和三年に私は文部省の留学生として英国へ行き、五年に帰朝して、そのまま札幌の大学へつとめることになった。その後先生の臨終の枕頭に立つまでの五年の間、遠く北海道の空から、先生の物理学が寺田物理学とでも称すべき新しい学問に発展して行く姿を、驚嘆の念をもって眺めていた。

物理学のような、科学の中でも特に基礎的な学問に、寺田物理学というような個人の名前をつけることには、異論がある人が多いであろう。特にこの大戦の前及び最中に、日本科学というような名前が、思慮の浅い人達によって濫用されたことを思えば、そういう日本的な物理学と解されるような言葉を使うことは、誤解を招く惧れが十分ある。

日本科学の提唱者たちは、国家が非常事態に臨んでいるから、そういう国家意識に目覚めた科学が必要であるという論旨のようであった。しかし私はそれとは反対の意見をもっていた。昭和十三年十一月の中央公論に『語呂の論理』という小文を書いたことがある。支那事変勃発の次の年のことで、国民一般が熱病にうなされ始めていた頃で、日本科学などもその波に乗って火の手を揚げた時代である。その小文の中で『北越雪譜』の中の一節を引用して、次のようなことを書いた。

「天は西北にたらず、地は東南に足らず」という風な科学がもし出来たら、余程面白いものが出来上がるにちがいない。もっともこれは少し冗談であるが、それ程でなくても、現代の自然科学はいわばギリシア人の思考形式から発達した学問であるとはよく言われていることである。東洋の特に我が国のように長い間比較的孤立して特殊の文化をもって来た国に、特殊の科学が誕生する可能性はないことは無い。しかしそういう別の科学が出来たら、その応用方面も別に開かれると見るのが至当であるから、それは直ぐに現代の機械工業や軍需工業の方面に、急には役立たないところの或る別のものになると考える方が本当に近いであろう。とにかく、今は我が国は未曾有の非常時局に直面しているのであるから、取り敢えずは、日本意識に眼覚めた科学などに注意を向ける暇はないはずである。……

ところがごく一部の人ではあるが、日本意識に眼覚めた科学などを起こそうと企てている人の中には、こういう非常時に遭遇している際だから、特にそういう問題が必要だと思っている人もある。そうすると今の話とはまるで反対の結論になってしまう。誠に不思議なことである。

ところが、今日ではまるで事情が一変してしまっている。もう軍需工業や新兵器製作の基礎になるような科学は、今後の日本では必要がない学問である。それにやりたいと思っても出来ることではない。器械も測器も材料もまるで米英諸国とは比較にならないのであるから、対等の位置で科学の研究が出来る見込みは、今後相当長い期間に亘って、まず絶望である。いくら一所懸命になっても、草鞋ばきでジープを追っかけるようなもので、追えば追うほど、距離がひらくばかりである。今後の我が国の科学は、好むと好まざるとに拘らず、日本的な科学になるより仕方がないことになるのであろう。

ところがこの頃の要路の人たちの科学振興論は、きまって世界的な科学というような言葉を口にしている。それで文化日本を再建しようというのであるが、私にはまるで空虚な議論としか思われない。日本科学など口にすべからざる非常時に、日本科学を疾呼し、今世界科学に伍し得ない国情に陥った時に、世界科学を論ずるのは、いずれも言葉の遊戯である。あるいは生活の資料であるのかもしれない。

問題は結局、本当のところ、新しい意味での日本物理学というものが、成立するか否かにかかるであろう。それについては、実は前から少し考えているのであるが、おぼろに黎明を感じているだけで、未だその可能性を言い切るまでには到っていない。昭和十年の二月といえば、支那事変より二年前のもう旧い話であるが、その頃の東京朝日に次のような一節を書いたことがある。

『思想』〔昭和九年〕十一月号の和辻〔哲郎〕氏の『牧場』は面白い。欧洲ではローマの唐傘松が自然の姿であるが、日本では襖絵のうねった松の形が自然である。自然が従順であることは自然が合理的な姿に自己を現していることで、その見解から欧洲の自然科学の発達の経路を理解することが出来るというのは一応考慮すべき意見である。この意味で日本的な物理学の発達もまた不可能ではない。その一つの試みと見られるものは、理研の寺田寅彦博士の研究室の業績である。
その例としては、割れ目の物理学や粉体の力学などが挙げられるであろう。原子の世界においては確率のみが自然法則として成立するのに対し、割れ目の物理学は吾々の経験世界における確率の物理学の一つの姿である。理研彙報に邦文で発表されている『割れ目と生命』の論文の如きは一部の読者には興味があることであろう。

先生はいつか「物理学者としては随筆など書くような不幸な目にはなるだけならば会わない方が良いのだ」という意味のことを言っておられた。物理学に於ても肩書のつくような物理学を考えなくてもいい時が、一番幸福な時代なのである。しかしわれわれの祖国は日本物理学というようなことを考えねばならないような不幸な境遇に落ちてしまったのである。『寺田寅彦の追想』を書いているうちに、筆がいつかそういう方面に向いてしまった。

「寺田寅彦の再認識」という言葉を、そういう悲しむべき事情の下で口にすることは、誠に淋しいことであるが、現実を直視することも、先生の遺訓の一つであるから、致し方がないであろう。

（昭和二十一年九月）

文化史上の寺田寅彦

現代のわが国のもった最も綜合的な文化の恩人たる故寺田寅彦先生の全貌を語ることは、今日の日本のもつ教養の最高峰を語ることであって、単に物理学の部門での先生の一門下生たる自分などのなし得るところではないかも知れないが、何人がその任に当たっても恐らく非常に困難なことであろう。

先生は、外見上は全く異なる二方面において、今日のわが国の文化の最高標準を示す活動を続けておられた。その一つは物理学者としてであって、帝国学士院会員、東京帝大教授としてのほかに、理化学研究所、航空研究所、地震研究所において、それぞれ研究室を持ち、多彩の研究をほとんど間断なく発表されていたのである。他の一面は漱石門下の逸材吉村冬彦としての生活であって、その随筆もまたわが国の文学史上に不朽の足跡を止《とど》めている。この一見全然相反する二方面の仕事が、先生の場合には渾然として融合しているのである。先生はある時、自分にその点について「科学者と芸術家とは最も縁の遠いもののように考える人もあるが、自分にはそう思えない。

趣味と生活とが一致しているという点ではこれくらい似寄ったものはない」と語られたことがあった。科学も芸術もともに、職業とせずして生活とされていた先生の頭の中では、この両者は実は区別が出来ていなかったのであろう。

物理学者としての先生の事績を外面的に見れば、英文で書かれた論文が三千ページに及んでおり、その部門が地球物理学、気象学、広い範囲における実験物理学、その他にわたっていることなどであろう。そのおのおのの部門における研究が、どれも文字通りに日本の物理学界を世界的の水準まで引き揚げるのに重要な役割をしていたことは今さら述べるまでもない。英国の科学雑誌ネーチュア誌に、世界の目ぼしい研究を毎回少数ずつ拾って紹介している中に、先生の研究がわが国からは一番多く紹介されていたようである。あまりに天才的なその研究が、たまたまわが国では奇異の眼をもって見るような人を生じたかも知れないが、実際のところ、その研究は、広い意味において極めてオーソドックスな物理の大道を行ったものである。しかしそのようなことは結局この場合には云うまでもないことであって、近年先生の頭の中に次第に醱酵して来ていたと思われる「新物理学」の体系こそは、誠に人智の恐るべき企てであった。

この「新物理学」の内容は、最早何人も窺知することを許さぬ世界のものとなってしまった。今となっては、近年の先生の研究題目の中から、これを推測するより他に方法がない。まずその一つの相は生物の現象の物理的研究である。『藤の実の割れ方の研究』『椿の花の落ち方について』『生命と割れ目』などの論文がその一面を物語っている。この最後の論文を草せられるためには、欧文の細胞学の専門書を五、六冊も繙《ひもと》かれたことを知っている。今一つの相は、粉体の力学、砂の崩れ方の研究などとなって現れている。形の決まった固体の力学も、形のなくなった流体の力学も、ともに現在の物理学の取り扱う範囲である。しかし形はあっても極めて微小で、しかもそのおのおのはあらゆる複雑な形をしている。そのようなものの集合が、全体としてはある一定の法則に従うというのが粉体の力学である。これならば物理学に縁の遠い人でも、現在の物理学の範囲を出た問題であることが首肯されるであろう。

第三の相をなすものは、先生のいわゆる『形の物理学』である。それは具体的に発表されたものとしては、電気火花の形の問題及び割れ目の研究などとなっている。この問題について、先生は自分に極めて意味深い言葉を洩らされたことがある。それは「形の同じものならば、必ず現象としても同じ法則が支配しているものだ。形の類似を単に形式上の一致として見逃すのは、形式という言葉の本当の意味を知らない人のすることだ」という意味の言葉であった。割れ目の物理学は第一段としては、今一息という所まで進んでいたようであった。病床における先生は、有能な助手の人の努力によって、この研究が着々進行してゆく姿を心に画いておられたようであった。

最後に、まだ着手はされていなかったが、随筆のなかにほのめかされた重要な問題がある。それは現在の物理学の「方法」が「分析」に偏しているのに対して、「綜合の物理学」を建てようと企てられていたことである。たとえば、ここにある複雑な形の波形がある。それを応用数学の力で所謂《いわゆる》フーリエ級数に展開して、分析して研究するのが現在の物理学の方法である。先生はこれを「複雑な形の波全体」として何かわれわれの感覚に触れさせようと試みられたのである。それにはこの波形の高低をトーキーのフィルム上に濃淡で印画して、波全体を一種の雑音として聞こうという企てであった。これは現在の科学の方法論の根柢に触れる考えである。

これらの種々相から勝手な推論が許されるならば、これこそ本当の意味での「新物理学」の創設である。先生のルクレチウスの科学の評論には次のような意味のことが附加されている。現代の物理学の形式は全くギリシャ時代の人間の考え方とほとんど差がない。これは西洋的の物の考え方の基礎をなしている思考形式であって、人間の頭脳の力が文化によって如何に強く支配されているかをよく物語っているものであるという説である。東洋の全く異なった文化に育成されて来た者の意識は、全く新しい形式の科学の創設に重要な役割をしないとは断言出来ない。問題を物理学に限定すれば、現代の物理学は、量的に計測し得るもの、あるいは数学の式で取り扱い得る現象の物理学である。自然にはそれ以外の物理現象がいくらでもあって、それらの問題を取り扱う別の物理学もあってもよいはずであるというのが先生の持論であった。このように見ると、人類の文化にかなり本質的な貢献をなすべき考え、少なくともその萌芽が、一九三五年の十二月三十一日、先生の肉体とともに永久に消え去って、再び花を開く日が来ないのではなかろうかと悼まれるのである。

文学史上に残された吉村冬彦としての業績については、自分らの能く論じ得るところではない。しかし、漱石同門の尊敬すべき文学者などの見解を借りて見ても、先生の随筆は科学者の余技などとして見逃し得るものではない。今日わが国において、随筆という文学の形式が全盛を極めていることは看過し得ざる一つの文化現象である。この現代の随筆を徳川時代の随筆と比較して見る時、その内容的ならびに形式的の進化に最も貢献した人を探すならば、何人も吉村冬彦の名を挙げるに躊躇しないであろう。英国文学におけるエッセイの地位まで、わが国の随筆を引き上げるためには、『藪柑子集』以来の三十年に近い先生の筆の力を必要としたのである。このような意味において、『冬彦集』以来の先生の随筆集は、漢詩の世界の中から日本語の詩を産み出した藤村詩集と同じような地位を、随筆文学の中に占めているものであろう。

約十年くらい前のことである。私は先生の書斎において、随筆に関する先生の見解を聞く機会を得たことがある。一国の文化が高まり、個人の教養が深まるにつれて、文学は随筆の形式をとるようになる、あるいはもっと精確にいえば、随筆が文学のあるかなり重要な領域を占めるようになる。それを助成する外界の条件としては、人々の生活が忙しくなって、長い小説などを読むような時間がなくなるという、極めて卑近ではあるが動かし難い事実がある。内面的にもっと重要な事柄は、文学の意味を「人生の記録と予言」という観点から見る傾向が多くなるのではなかろうか、そのような傾向の下では、主観的真実の記録たる随筆が、文学の重要な部門を占めることは自然の勢いであろうという意味のことである。

このような意味に於ける随筆の目指す目的は、結局科学の目指す所と同一であって、先生の頭の中で、物理的の研究と随筆とが全く融合していたのもまた不思議ではない。『触媒』の中の一文中には、「顕微鏡で花の構造を仔細に点検しても花の美しさは消滅しない。花の植物生理的機能を学んで後に初めて十分に咲く花の喜びと散る花の哀れを感ずることが出来るであろう」と書かれている。

本質論を離れて、広い意味での科学技術的に先生の随筆を見ても、科学の研究と同じ方法が、その中に用いられていることを知るであろう。第一にその中に書かれている対象は、それが外界であると内界であるとを問わず、十分によく「見て」あることである。そして至る所に「発見」をしてあることである。試みに『蒸発皿』の巻頭にある『烏瓜の花と蛾』を開いて見るならば、ほとんど各頁に一つまたは二つの「発見」が惜し気もなく羅列してあるのに驚かぬ人はないであろう。次に問題とすべきは、その記述の方法である。先生の文章はもちろん美文ではない。しかしいわゆる達意の文というものとも少し異なるようである。最も近いものを探せば、それは科学的名著とか、優れた研究者の論文とかいう種類のものであろう。それは「生産能」を包有している文章である。もちろん先生の比類なく高い教養と、およそ何物をも愛せずにはいられない心情とが、その肉付けをしている点は事新しくいうまでもない。

以上のほかにも、先生の俳諧論映画論などにおける研究で、問題とすべき事柄はいくらもあるが、ここでは立ち入る余裕を与えられていない。先生の全集出版の企てがある由で、これらの科学と文学との両域にわたる全労作が、日本の文化史を飾る日も遠くはないであろう。そのような全集はゲーテ以来あまり数多くはないであろう。先生の如き人こそ吾らが同時代に生まれた光栄を喜ぶべき第一の人であろう。

（昭和十一年二月）

指導者としての寅彦先生

先生の臨終の席にお別れして、激しい心の動揺に圧されながらも、私はやむを得ぬ事情の為に、その晩の夜行で帰家の途に就いた。同じ汽車で小宮〔豊隆〕さんも仙台へ帰られたので、途中色々先生の追想をきく機会を与えられた。三十年の心の友を失われた小宮さんは、ひどく力を落とされた様子で、ボツリボツリと思い出を語られた。常磐線の暗い車窓を眺めながら、静かに語り出される話をきいているうちに、だんだん切迫した気持ちがほぐれて来て、今にも涙が零《こぼ》れそうになって困った。小宮さんが先生の危篤の報に急いで上京される途次、仙台のK教授に会われたら、その由を聞かれて大変愕《おどろ》かれて「本当に惜しい人だ、専門の学界でももちろん大損失だろうが、特に若い連中が張り合いを失って、力を落とすことだろう」と云われたという話が出た。その話を聞いたら急に心の張りが失せて、今まで我慢していた涙が出て来て仕様が無かった。

先生の直接の指導を受けた門下生は誰でも皆、先生の死に遭ってすっかり張り合いを失って、何をする元気も無くなってしまったように見える。このことが指導者としての寺田先生の全貌を現しているのではないかと自分には思われる。どの学問でもそうであろうが、特に物理学の方面では、本当の意味の指導ということは、非常に困難なことであって、先生の予期されるように弟子達はなかなか進歩しない。ある時先生はS教授に「君、若い連中を教育するには、無限に気を長く持たなければいかんよ」と云われた由を、同教授から聞かされたことがある。

先生を失って弟子達は何をする張り合いも無くなる、そのような意味での指導が出来たのは、勿論先生の比類なき頭脳の力によるものであるが、今一つ先生の心の温かみというものが、非常に重大な役割をしていると切に思われるのである。冬彦集の『鼠と猫』の中に、誰にも嫌われたある猫の下性《げしよう》を直す為に、土を入れた菓子折りを作って「何遍となくそこへ連れて行っては土の香《にお》いを嗅がして」やられる先生の姿が書かれている。これを読んだ時に、現代の東京の生活の中で、しかも忙しかった先生の御仕事を思うと、比喩などという意味を全く離れて、先生の暖かいそして静かな心が実感をもって身に沁みたのであった。指導者としての先生の温情の一つの現れは、常に弟子達の為ということを第一に考えられて、自分の仕事の都合は何時でも第二の問題とされていたことである。先生のレーリー卿の伝記の中に、卿がゼー・ゼー・トムソンを指導したやり方に就いて「自分の都合だけを考える大御所的大家ではなかった」と書かれているのは、私共には全く先生の姿のように見えるのである。若い仲間の集まりに有り勝ちなこととして、時には情熱的な興奮をもって、誰かの行為に対して批難がましい話をするようなこともあった。そのような話が先生の耳に入ると、よく先生は「相手の人の身にもなって考えなくちゃ」と云われたものであった。そのような一言半句にも先生は極めてプラクチカルな指示を与えられた。相手の身になって一応考えて見ることによって、つまらぬ心の焦燥を霧消させ得た経験は、その後限りなくある。私が理研の研究室を辞して、今の所へ赴任した時に、先生から戴いた訓《おし》えはこうであった。「君、新しい処へ行っても、研究費が足りないから研究が出来ないということと、雑用が多くて仕事が出来ないということは決して云わないようにし給え」と云われたのであった。教室の創設当時の雑用に追われているうちにも、時々先生のこの言葉が閃光のように脳裏に影をさして自分を救ってくれたことも算《かぞ》えられないくらいである。また時には先生は極めて抽象的な言葉を用いられることもあった。その時にも「それから時々根に肥料《こやし》をやることを忘れないで」と附加された。そのような言葉にも実は前から十分にその意味を理解し得るような準備はさせてあったのである。それは雑誌ばかり読まずに時々本も読むこと、そして出来たら専門以外の本も読むことを、折に触れて注意されてあってのことである。

私が理研にいた三年の間に、先生の仕事を手伝った主な題目は、火花放電の研究であった。ずっと以前、先生が水産講習所へ実験の指導に行っておられた頃の話であるが、その実験室にあった有りふれた感応起電機を廻してパチパチ長い火花を飛ばせながら、所謂稲妻形に折れ曲がるその火花の形を飽かず眺めておられたことがあったそうである。そしてまず均質一様と考うべき空気の中を、何故わざわざあのように遠廻りをして火花が飛ぶか、そして一見全く不規則と思われる複雑極まる火花の形に、ある統計的の法則があるらしいということを不思議がられたそうである。「ねえ君、不思議だと思いませんか」と当時まだ学生であった自分に話されたことがある。このような一言が、今でも生き生きと自分の頭に深い印象を残している。そして自然現象の不思議には、自分自身の眼で驚異しなければならぬという先生の訓えを肉付けていてくれるのである。その後今の学習院の秋山教授らの学生時代の研究実験として、この問題を指導されたことがあったそうである。その時にはまた、短い直線状の火花も、精細な写真観測をすると、点線状または裂片状の構造を有していることに興味を持たれ、それを追究されたのであった。この問題は近年亜米利加《アメリカ》で、カー槽を用いて火花生成初期の過程の研究が進められた時に、問題となったものである。もっともその理由は未だに全く分からない。あるいはまだまだ近い将来には解決されない問題であるかも知れない。と云うのは現在世界各国で競って発表されている電気火花に関するあの豊富な研究は、このような問題とはすっかり方面が違っているからである。先生の論文の緒言にあるように「フランクリンが電光の研究をして以来、その後の火花の研究は、電気計測器の発達につれて、電圧、容量、抵抗その他計測し得る量に関する研究が先立ち、火花自身は問題とすることが少なくなった」のである。もっとも最近になって、独逸《ドイツ》のヒッペルのように、先生の仕事を引用して、火花の形の研究から豊饒な研究の領域が拓けるであろうということを指摘しているような人もないではない。先生の流儀は、ある現象の研究には、まずその現象自身をよく「見る」というのである。

理研時代になっての先生の火花の研究は、以前からの先生の考えを纏められるような仕事が多かった。空気中での長い稲妻形の火花の写真を千枚以上も撮って、その空間に於ける屈曲の角度の統計的研究は「空気の割れ目」の説となったりした。その中でも興味ある発見は、通常火花の形として見えるものは、火花の全貌の中で、可視光線を出している部分だけであって、その外に眼に見えぬ線を出している部分があるということであった。それは紫外線を出している部分であって、眼には勿論見えず、また普通の硝子の鏡玉〔レンズ〕で写真に撮っても写らない、しかし水晶と蛍石から出来ている鏡玉を使って写真を撮って見ると、普通に見える火花の形に附加して、紫外線を出している複雑な形の放電路が、広い範囲にわたって存在していることが知られたのである。

先生はこの問題を更に進めて、イオン化作用（この場合では放電現象）は起きているが、光も紫外線も出していないような放電路が、更に広い範囲にわたって存在しているはずで、それが即ち火花の全貌であると考えられたのであった。ところがちょうどイオンの存在を目に見えるようにする装置に、ウィルソン霧函というものがある。先生はこれを用いて火花の全貌を見ることを私に指図されたのであったが、自分の不勉強と留学の都合で、遂に実験途中で中止の形となってしまった。私は現在の所へ来てから、この問題に再び着手して、有力な共同者の援けを得て、最近その写真を撮ることが出来るようになった。結果は一番大切な点に於ては、全く先生の予期されていた通りであった。その結果の発表後数ヵ月のうちに、ほとんど同時に亜米利加と独逸とで全く同じような研究の発表があった。その後先生に御目にかかった時に「あの時もう少し勉強していたら、今になって数ヵ月のプライオリティなどを争わなくても、外国の連中よりも五、六年くらい先に、あの仕事が出来ていたのですが」と話したことがあった。その時は先生は余程御機嫌の良い時だったと見えて「何、それに限らないさ、僕の所の仕事は、どれだけだって十年は進んでいるつもりさ」と、久し振りで先生の気焔を聞くことが出来た。先生は小宮さんにある時「僕の一生は何もしなかったかも知れないが、只一つだけ安心して云えることがある。それはこうと見当を付けたことは大概はずれなかったということだ」という意味を洩らされたことがあるそうである。直接指導を受けた門下生としては、何もかも深い思い出の種となることばかりである。

色々の瓦斯《ガス》の中での火花の形の差も、ひどく先生の興味を惹いた問題であった。実際にある瓦斯中の火花の写真を撮って、他の瓦斯中のものと比較して見ると、多くの場合どこが違っているかということを指摘することは困難であるにもかかわらず、火花の形全体としては、明白に区別が出来るのである。先生はこれはどうも「形の物理学」が出来ていないのだから仕方がないとよく云われたのであった。

静かに先生の科学者としての生涯を思い、最後まで飛躍することを休まれなかった業績を考えると、ポアンカレの場合とは少しく意味が異なるかも知れないが、吾らの船は舵を失い、吾らは明日から再び手探りの研究を始めなければならないという嘆きに沈むのもまたやむを得ないことと思われるのである。

（昭和十一年四月）

実験室の思い出

実験室に於ける寺田先生のことを書こうと思うと、私はすぐ大学の卒業実験をやった狭い実験室のことを思い出す。

それは化学の新館と呼ばれていた、小さい裸のコンクリートの建物の一階にあった狭い実験室である。震災の翌年のことで、物理の建物が使えなくなったので、化学の新館を借りていたのであった。この実験室の中で、寺田先生の指導の下で卒業実験を始めたのが、正式に先生の下で研究らしいものを始めた最初であった。

その頃の思い出を書く前に、先生との機縁ということについて考えてみると、私は今更のように、世の中というものは、随分微妙なものだという気がする。今日北海道の一隅で、非常に恵まれた条件の下に、好き勝手な研究を楽しんでいる自分の生活をふり返って見ると、その出発点は、全く寺田先生にある。もし先生を知らなかったら、私は今日とはまるでちがった線の上を歩いていたことであろうと思う。それにつけて私は、生涯の岐路というものは何時もあって、その方向を決める要因が案外些細なものであることが多いのではなかろうかと、この頃時々考えている。というのは、私が寺田先生の学風の下に入った機縁は、全く友人桃谷君の長兄の簡単な言葉にあったのである。

私たちの大学時代には、東大の物理学科では、学生が三年になると、理論と実験とに分かれて、実験を志望する連中は、各々その指導を願いたい先生の下で、一年間研究実験をして卒業することになっていた。それで二年の三学期になると、誰もが真剣になって、研究実験の選択に頭を悩ますのであった。

ちょうど私たちが二年生の時に、大地震があった。大学もその災いに遭って、大抵の建物が使えなくなったので、三ヵ月近くも休みになった。そして冬近くになって、やっとバラックの中で講義が始められたような始末であった。この震災で私の家もすっかり焼けてしまった。その天災は私には物質的にも精神的にも著しい打撃であった。それで卒業後は今まで漫然と考えていたところの研究生活というものからすっかり縁を切って、理科系統の会社にでも入って、実際に物を作りそして金もうんと儲けようという決心を一時的にしたことがあった。

今から考えれば、随分妙な決心をしたものであるが、その時は真面目にそのように考えたのであった。それで三年になってからの研究実験にも、応用物理学の中で近い将来に大発展をするような方面を選ぼうと思った。ちょうどその頃は真空管が我が国でも実用化されかけて来た時であったし、それに桃谷君の親戚に当たる関西のある大会社でも、その方面に力を入れようとしていたので、無線関係の題目を研究実験に選ぶことに一応考えを決めた。

もっとも寺田先生のことは、冬彦の名を通じてよく知っていたし、時々御宅の方へ遊びにも行っていたので、事情さえ許せば、先生の下で研究実験の指導をうけたいという強い希望が心の底にはあった。しかし先生の教室で、煙草の煙のもつれ方や三味線の音響学的研究をしたのでは、金を儲ける方とはどうにも関係のつけようがないと思って、真空管の方を特に実際方面のことと関聯《かんれん》をつけて研究して見たらという気になった。

桃谷君は高等学校時代からの友人で、一緒に物理へはいって来ていたのであるが、そういうつもりならば一応問い合わせて見ようと言って、その長兄の意見を求めてくれた。ところがその返事が、私には天啓であった。別に変わった意見が出たわけではないが、そういう偉い先生に個人的に接触する機会があるなら、それを逃すのは損だ、卒業してからのことはまたその時になって考えたら良かろうというのである。如何にももっともな意見なので、私はすぐ賛成した。そして三年になると、一も二もなく先生の指導の下で、研究実験をすることに決めた。誠に他愛のない話であるが、若い時の考えなどは、あの大震災くらいのことでも、随分影響されるものだと今になって思いみている。

ところであの時桃谷君の長兄から、それは良い考えだから是非真空管をやって、卒業したらうちの親戚の会社の方へ行くようにし給えという返事があったならば、私は多分そうしたことだろうと思う。そしてそれから今日までの間に、私は今の生活からはまるで縁の遠い路を通って、現在の自分とは全く別の私が一人出来上がっていたことだろうと思う。巧く行ったら今頃は重役になっていたかもしれないが、そのかわり物理の本当の面白味というものは遂に知らず仕舞いに終わったであろう。

そういう風に考えて見ると、桃谷君の長兄は、自分では多分知らないでいて、非常な影響を私に残してくれたことになる。いつかゆっくり会って、御蔭で重役になり損ねましたと言おうか、御蔭様で生涯没頭して悔いのない面白い仕事にありつきましたと言おうかと思っているうちに、その人はもう亡くなってしまった。

いよいよ三年生になって、研究実験を始めることになったら、同期の友人でほかに二人先生の指導を受けることになった。一人は桃谷君で、題目は霜柱の研究というのであった。もう一人は室井君で、この方は熱電気の実験をやることになっていた。そのほかに湯本君という一年先輩の人があって、ちょうどその年卒業して、大学院に残って、水素の爆発の研究をしていた。私は前から湯本君をよく知っていた関係もあって、一緒にその水素の実験をやるようにと先生から言いつけられた。

先生は例の胃潰瘍の大出血後ずっと学校を休んでおられて、三年振りか四年振りかでやっと正式に大学へ出て来られたという時代であった。それで以前の御弟子の人たちは、一応途切れた形になっていた。そういう時期にちょうど私たちが当たったものであった。その年度に、先生の直接の指導の下で仕事をしていたのは、この四人だけであった。後に先生が理化学研究所と地震研究所と航空研究所とに、それぞれ研究室を持って、若い元気な助手を十数人も使って、活潑な研究生活を続けておられた姿を思ってみると、誠に今昔の感にたえないものがある。

ところが四人の実験室であるが、大震災直後のこととて、どうにも部屋の融通がつかないという話で、化学新館の狭い一つの実験室の中で、皆が一緒にやることになった。化学教室の実験室を借りての話だったもので、中には大きい作りつけの化学実験台が二つも備えつけてあって、それが邪魔になって困った。まずやっと身の置き所があるという程度の部屋であった。

それでも生まれて始めて題目を貰って、自分で研究を始めるのであるし、実験台の片隅を自分の机とすることも出来るので、一同はすっかり物理学者の卵になった気持ちで有頂天であった。皆が急に勉強家になるのもちょっと可笑《おか》しかった。

朝学校へ来ると、まず鞄をその机の上に置いて、身軽になって、ノートを一冊もって講義のある時だけ教室へ行く。それが高等学校時代からあこがれていた大学生の生活なのであった。講義は午前中二、三時間だけ聴いて、あとは実験室の片隅で鑢《やすり》がけや盤陀《はんだ》付けで小さい実験装置の部分品を作ったり、漫談に花を咲かせたり、時にはビーカーで湯を沸かして紅茶を淹れて飲んだりしていた。

時々法科方面の友達などがやって来て「君たちはいいな、僕の方は三百人も一緒に大講堂で大急ぎにノートを取るだけだから、とてもこういう感じは出ないよ」などと羨ましがるもので、益々いい気になっていた。そしてもう会社へはいって金を儲けてなどという考えは、何時の間にかけろりと忘れてしまっていた。

一学期も終わって、そろそろ一同の装置が揃ってくると、部屋は益々窮屈になって来た。無理遣りに小さい実験台をいくつか押し込んで、三つの実験がやっと同時にやれるようになったのであるが、椅子などは邪魔になって仕様が無い。それで皆小さい円い木の腰掛けにとりかえてしまうという騒ぎであった。

先生は毎日のように午後になるとちょっと顔を出された。そしてその小さい腰かけにちょこんと腰を下ろして、悠々と朝日〔タバコの銘柄〕をふかしながら、雑然たる三つの実験台を等分に眺めながら、御機嫌であった。

その頃はちょうど藪柑子集や冬彦集が初めて世に出た時代で、先生の頭の中に永らく蓄積されていたものが、急にはけ口を得て迸《ほとばし》り出始めたような感じを周囲に与えておられた。研究の方も同様であって、三年間の病床及び療養の間に先生の頭の中で醱酵した色々の創意が、生《き》のままの姿でいくらでも、後から後からとわれわれの前に並べられた。それらの創意は、皆その後数年の間に育て上げられて、後年の先生の華々しい研究生活の一翼をそれぞれなすようになった。一年間の研究実験を終え、その後引き続いて理化学研究所で三年間先生の助手を務め上げていた間に、私はこの偉大なる魂の生長をすぐ傍で見つめていることが出来たはずであった。しかし当時の私は唯眩惑されるだけであった。そして今頃になって、頭の片隅に残る色々な実験室内の場面を綴り合わせながら、朧《おぼ》ろにその輪廓をたどるような始末である。

桃谷君の霜柱の研究というのは、武蔵野の赤土に立つ唯の霜柱のことである。あの美しい、しかし誰も見馴れている霜柱などを、改めて物理の研究の対象として、本気で取り上げようとする人は今まで余りなかった。しかし霜柱の現象は実は世界的にかなり珍しい一つの自然現象なのであって、寒い伯林《ベルリン》や倫敦《ロンドン》などでも、われわれの知っているような霜柱を見た人は余り無いはずである。

土と水の混合物から、水があのように完全に分離して氷の結晶として凍り出るのは、かなり微妙な熱的条件の均衡と、土質の特異性とによるものなのである。それは広い意味での低温膠質物理学の重要な課題の一つなのであって、そういうことも、実は近年になってやっと分かって来たのである。先生は桃谷君に、こういう日本に独特という程でもないが、とにかく顕著な自然現象を、日本人の手で解決することをすすめておられた。そしてこの現象は土の膠質的性質に起因するものであろうという見込みをつけて、まず膠質物理学方面の測定技術を修得するような実験を言いつけられた。

近年になって、霜柱の研究も大分盛んになった。その中でも著しい業績は、自由学園の自然科学グループの人たちの研究で、その生成が土中に極微な粒子の存在することによるという点が明らかにされ、先生の見込みを確かめる結果を得たことである。先生の所謂《いわゆる》嗅ぎつける力の一つのささやかな例として見ても、この話は私には一種の懐かしさをもっているのである。

それよりももっと重大なことは、この霜柱が、寒地の土木工学上大切な問題として、ごく最近に、低温科学の表面に浮き出たことである。極寒地では冬土が凍ると持ち上げられ、所謂凍上《とうじょう》の現象が起きる。この力は大変強いので、北満では煉瓦造りの家屋がその為に崩壊したり、それよりも困るのは、鉄道線路に凹凸が出来て汽車が走れなくなる。北海道などでも、ひどい所では一尺くらいも持ち上げられることがあって、その為に被る鉄道の被害は著しいものである。それが実は地下の霜柱によることを、最近に確かめることが出来たのである。

実は昨年札幌鉄道局に、凍上防止の委員会が出来て、私もその物理的方面を担当することになった。初め色々現象をきいて見ると、霜柱と類似の点が多いので、それならば余り縁の無いことでもないと思って引き受けたのであるが、現場の発掘と低温室内での実験の結果とから、それがやはり地下の霜柱に起因することがわかった。私は二十年前の実験室内の光景を心に描いて、先生の着眼の程を思い見ると同時に、ある種の因縁のようなものを感じた。

霜柱の隣では、室井君が熱電気に関する特殊な現象を調べていた。この方は調べるというよりも探していたと言った方が良いので、最後の目指すところは、地球磁気の根源を捉えようという話であった。とんでもない大問題を学生の卒業実験に課されたものであるが、先生の説明をきくとよく納得された。

地球がどうして磁気を持っているかという原因については、色々な説が出ているが、結局のところは分かっていない。それで先生は、地球内部が高温になっている為に、熱は始終中心から地球表面に向かって流れている。それと地球の自転の影響とで、何か熱電流のような現象が起き、大体緯度線に沿って電流が流れて磁気を生じているのではなかろうかと思いつかれたのだそうである。大分後になって、同じような仮説を出した学者が亜米利加《アメリカ》にも前にあったことが分かったが、そんなことは別に問題にする必要はない。

室井君の第一の仕事は、針金に急激な温度傾斜を与えてそれで出来る電流即ちベネディックス効果を、色々な条件の下で測って見るというのであった。手製のアスベストスの棒に針金を捲きつけて、それを不細工な歯車か何かにとりつけた妙な装置が出来上がった。それに瓦斯《ガス》の炎をぶうぶうと吹きつけながら、室井君は歯車を片手でがらがら廻しては、検流計《ガルバノメーター》の望遠鏡を覗いていた。

誰かが遊びにくると、よくあれは火事の実験かいと聞いた。そして今にあれで地球磁気の原因が分かるはずなんだと言うと、中には「正に団栗《どんぐり》のスタビリティを論じて天体の運動に及ぶ類いだね」という男もあった。

この研究はその後、理研で筒井〔俊正〕君があとを引き受けてずっと続けることになった。結局地球磁気の原因は分からなかったが、ある種の金属結晶体に縦に熱を流すと、それと直角の方向即ち横向きに電流が発生するという新しい現象の発見に導かれたのであった。この発見は先生の数多い業績の中でも特筆すべきものの一つであったが、室井君がぶうぶうと炎を吹きつけていた頃のことを思うと、傍観者たる私たちにも感慨深いものがあった。

ところで湯本君と私との水素の爆発に関する研究であるが、この方は、実は湯本君がもう一年前から始めていたので、装置は大体出来ていた。それで私たちの方は直ぐ測定にとりかかれた。

この研究は飛行船の爆発防止の問題に関聯して始められたものであった。あの頃は日本ばかりでなく、外国でも飛行機が今日のように発達していなくて、飛行船がまだかなり有望視されていた。それで私たちも時々軟式の飛行船が、少々怪しげな恰好で東京の空をとぶ姿を仰いだものであった。

飛行船の事故は時々あった。そのうちでも当時から二年ぐらい前に一台の海軍の飛行船が原因不明で爆発してしまったことがあった。それで先生が海軍から頼まれて、その爆発防止の研究をされることになり、この水素の爆発に関する実験というのが、その基礎的研究として採り上げられていたのである。前の題目にしても、この水素の話にしても、学生の卒業実験としては、かなり大きい問題を課せられたものであった。しかしどんな難問題でも先生の手にかかると、妙に易しい話になってしまうので、気軽にどんどん実験を進めて行けるのが不思議であった。

水素の爆発の研究は、勿論世界各国で、ずっと前からも沢山されていた。しかしそれらの研究のうちの多くのものは、水素と酸素とがちょうど爆発に適するような割合に混合された場合について調べたものであった。先生の研究はその反対と云っていい場合についてであった。水素に少し空気が雑ざったり、逆に空気中に水素が少量混入した時に、爆発がどのような形をとって伝播するかを見ようというのであった。

実験は細い硝子管に、適当な割合の混合気体を入れて、上端で火花をとばせて見るのである。例えば水素中に空気がだんだん余計に雑ざって来ると、ある割合のところで火がつく。しかし混入した空気の量が少ないうちは、その燃焼は点火した場所の附近だけに止まって、すぐ火が自分で消えてしまう。そしてもう少し空気を多くした時に、初めてその燃焼が管の中に伝播して行くようになり、所謂爆発が起こるのであった。

実験のやり方は決まっているのであるが、硝子管の太さと長さとを色々にかえ、混合気体の割合をまた色々にかえて調べて行くので、やることはいくらでもあった。とうとうそれだけに一学期と夏休みがほとんど潰れてしまった。「水素と酸素とを混ぜて火をつければ爆発するに極《き》まっている」と思っていたのであるが、実際やって見ると、管の太さや長さによって、爆発の途中で火が消えたり、消えそうになって更に第二段の燃焼が起きたり、意外なことが沢山出て来た。なるほど実験物理というものはこういうものかという気がした。

夏休み中、三十度以上の蒸し暑い狭い実験室で、毎日汗だくになって燃焼量と管の形との間の関係をグラフに作って暮らした。室井君が横で無闇《むやみ》と瓦斯《ガス》の炎をぶうぶうやるので閉口した。水道の水を冷却用に使っていたのであるが、水温が余り高くなってしまって用をなさなくなったこともあった。そういう日は勿論実験はお休みで、午後半日紅茶を呑みながら無駄話をして遊び暮らした。

先生は夏になると割合元気になると言いながら、どんな暑い日でも毎日一度は実験室へ顔を出された。胃が悪いと手脚が冷えて困るので、夏になると割合元気になるということをこの頃になって私も経験した。

先生は一わたり三つの実験を眺め渡して、一言二言ちょっと示唆的な注意を与えられる。それで指導の方はもうお仕舞いである。あとはヴァイオリンや三味線の話が出たり、幽霊や海坊主の話になったりした。先生はずっと前に尺八の音響学的研究をされて外国人を驚かされたことがあったが、引き続いて三味線の方を調べたいという希望をずっと持っておられたのである。しかし三味線ときくと皆が尻込みをするので、適当な実験助手が得られなくてそのままになっていた。「誰か耳の良い学生の人がいないかなあ、三味線はきっと面白いよ。それにあんなものわけなく弾けるようになるんだから。僕だって『松の緑』くらいなら弾けるよ」と先生は言っておられた。これは本気の話であって、先生の学校の部屋の隅には、赤い袋に入った三味線が暫く置いてあったが、結局誰もその方を志願する者がなくてお仕舞いになってしまった。今から考えて見ると惜しいような気もする。

もっとも話はそんな題目ばかりとは限らなかった。時には実験の心得について、稀世の名教訓が出たり、現代の物理学の限界を論ぜられたりすることもあった。もっとも幽霊の話でも、どんな重大な問題の議論でも、先生はいつも同じ口調で話されるので、最後は大抵は先生の所謂「大気焰」になることが多かった。二、三十人も人が集まると、先生はもうもぞもぞと口の中で話されて何のことか分からないのであるが、二、三人の弟子たちを前に置いてその大気焰を揚げられる時は、非常な雄弁であった。毎日のことながら、いつも少々毒気を抜かれた形で一同が神妙にきいていると、先生は少しきまり悪そうににやにや笑いながら「どうも僕が来ると、実験の邪魔ばかりするようだね」と言って、上機嫌で帰って行かれた。

水素の実験は、その後湯本君がずっと続けて、湯本君にとってはほとんど半生の仕事となった。私はその後爆発の方とはちょっと縁が切れていたのであるが、数年前、北海道の炭坑でメタン瓦斯《ガス》の爆発が頻々とあって、それを防止する意味をかねて、メタンの爆発の研究をしたいという人が出て来た。炭坑の爆発はその後もかなり頻繁にあって、時局柄重大な問題なので、私もその人と一緒に少し手をつけて見たことがあった。考えて見ると、条件は飛行船の爆破の場合とよく似ているので昔の実験を思い出して、水素をメタンに置き換えるだけで直ぐ仕事にとりかかることが出来た。結果は水素の場合とよく似ていて、唯色々な燃焼伝播の特性が、メタンの場合にはもっと著しく現れることが分かった。十五年前にあの暑い実験室の片隅で毎日採っていたグラフと質的には全く同じ結果を、今日北海道の実験室で熱心な助手の人が、炭坑の爆発に関聯した問題として得ている姿を見て、ここにも因縁のようなものを感ずる機会があった。

水素の爆発の研究には、ちょっとした劇的挿話があった。それはちょうどその頃SSという航空船が、飛行中全く原因不明で、霞浦の上空で爆破したことがあった。乗組員は全部焼死して、黒焦げの機械の残骸が畑の中で発見されたのであった。その重大事件には早速査問会が開かれて、先生もその一員に加えられたのである。問題は以上の材料、即ち爆破の場所と時刻、それに器械の残骸と、これだけの資料から爆破の原因を究明して今後の対策をはかるというのである。この恐ろしい難問を、先生は真面目に引き受けられたのである。

冬の初めのある日、水素の仕事も大分進捗していた頃のことである。先生は珍しく少し興奮されたらしい顔付きで、実験室へはいって来られた。そして湯本君と私とに以上の目的を話して、一応今までの水素の仕事を中止して、飛行船爆破の原因探究に必要な実験をするように命ぜられた。もっとも水素の取り扱いには馴れていたし、火花による点火装置なども揃っていたので、仕事にはすぐ取りかかることが出来た。

この飛行船爆破の原因を調べた話は、『球皮事件』という題で書いたことがあるので略するが、先生の科学者としての頭と眼、芸術家としての勘、愛国の至情などが渾然として一体となり、このどうにも手のつけようのない難問を数ヵ月のうちに美事に解決されたのであった。その話は科学的研究方法の模範であり、ちょっと探偵小説風な興味もあって、非常に珍しい話なのである。

私たちも初めのうちは、まさかそんなことが分かるわけもなかろうと、ぼんやり言い付けられた実験をやり始めたのであるが、暫くすると先生の快刀乱麻を断つような推理の冴えに魅せられて、夢中になってその実験に没入した。それは本当に没入したと言って良いので、湯本君も私も熱に浮かされたように、毎晩十二時すぎまで問題の飛行船の皮であるところの球皮ととり組んでいた。色々な秘密がつぎつぎと見えて来た。それを先生は、まるで嚢中に物を探るようにとり出して並べて行かれた。私は、その後も、あの時ほど自分の頭の振り子が最大の振幅で動いた経験を持たない。

いよいよ爆破の原因が無線発信にあったことが分かったのであるが、査問会の方はある事情でそれをなかなか認めない。その事情というのが先生を興奮に導き、私たちを駆って原因探究の実験に熱中させる一つの要因でもあったのである。査問会の物々しい席上にも私たちまで顔を出し、最後に立会実験までもした。偉い方々を例の窮屈な実験室へ招いて、模型飛行船、と云っても他愛ないものであるが、それを無線発信の際に出る小さい火花で爆破させて見せるというような騒ぎにまでなったのである。

この事件は、私に研究の面白味を十分に味わわせてくれたばかりでなく、物理学というものに強い信頼をおく機縁にもなった。そして私はこういう機会に遭遇することの出来た自分の幸運を本当に有り難かったと思っている。御蔭で三年の後半期の試験の方は滅茶苦茶になってしまって、随分成績も悪かったらしい。講義なども半分近く失敬したようである。この方は先生に知れると叱られるので、なかなか苦心をした。成績簿という帳簿の上で、私の名前の下に優という字が書かれても、それが良という字になっても、自分の本質にはそんなことは全く何の関係もない。おまけに有り難いことには成績は秘密ということになっている。そんな隠した場所にどういう字が書いてあるかまで苦心して詮索することは、全くつまらぬ話である。しかしこれだけの大研究の御手伝いをとにかくしたという自信の方は、その後の私の研究生活に無限の力強い支援となっているように思う。この頃のように大学の組織や制度が完備しては、ああいう無茶な学生の存在は許されまいし、実験の方でもああ出鱈目《でたらめ》な勝手は出来ないことであろう。

この話にもちょっとした続きがある。二、三年前、私は海軍からの委託研究のことで、航空廠長という偉い人に会ったことがある。暫く話をしているうちに、先方から、何だか君は見覚えがあると言い出された。話して見たら、その方は昔この問題の査問会の委員の一人だったということであった。「ああそうだったのか、随分大きくなったものだね」と言われて放々《ほうほう》の態《てい》で逃げ出したが、あの頃は随分生意気な小僧だったことだろうと思いみていささか辟易した。それにしても世の中のことは、何時までも後を引くものである。

以上のように書いて見ると、あの狭い一部屋の実験室では、随分意義のある研究が、沢山並行に為されていたことになる。ちゃんとした助手などは一人もいないし、装置も学生の練習実験程度のものしか無かったのに、あれだけの研究がとにかく進行していたのは、やはり先生が余程偉かったからであろう。

霜柱の研究といっても、まず手始めにコロイドの性質に馴れようというので、桃谷君の仕事は、硝子板の上にゼラチンを流して、リーゼガング環を作ることから手をつけることになった。この方はそれで、硝子板とゼラチンのほかに薬壜が四、五本並べば、もう仕事が始められたのである。

室井君の「地球磁気の根源に関する」大研究も、検流計が一つとあとはアスベストスの棒と手細工のがらがら廻る歯車とが出来上がれば、とにかく実験が始められた。こういう風にして始められた研究が、その姿のままで続けられて立派な結果を得たのではないが、この程度でもよいから、とにかく始めなければ、決して後年のような実は結ばなかったであろう。

水素の方の仕事は、この中では比較的大がかりであったが、それでも水素のボンベと目盛りした硝子のU字管と、小さい変圧器くらいの設備で、どんどん曲線は採れて行った。そうしてこの仕事をしていなかったら、飛行船爆破の原因探究という実験も出来なかったであろうという気がする。

機械や設備が立派に揃えばそれに越したことはないが、そんなものが無くてもある程度の研究は出来るということは、よく言われる通りである。しかし実際にはあの当時の設備と人員とで、とにかく研究を始めて、それをある程度まで進行させるということは、そう易しいことではない。この頃になって私もやっとそういうことが分かって来た。立派な機械を使ってつまらぬ仕事をすることは易しいが、その反対の場合はむつかしい。それは当たり前のことであるが、自分が一人立ちの立場に置かれて、実際に事に臨んで見ると、改めて考えさせられることが多い。

今から考えて見ると、あの頃私たちは、寺田先生のああいう研究のやり方を、そう特別困難なこととは気がつかないでいた。むしろ研究というものはこういうものと初めから思い込んで、唯面白いという念だけに駆られて、実験に打ち込んでいた。そういう意味で先生の研究指導振りは、天衣無縫の域に達していたと言えよう。

ある日こんなことがあった。

何かの用にあてるために、砂を菓子箱の蓋に一杯入れて、実験台の隅にのせてあった。先生は午後の御茶の時間に、例のように上機嫌で一同を煙に捲きながら、その紙箱をいじっておられた。砂を入れたその紙箱は、横側を押される度に歪んだ。すると中の砂はさらさらと崩れて、何本かの罅《ひび》がはいった。何も珍しい現象ではないので、火鉢の中に灰匙を立てて左右に動かすという悪戯をして見た人は、誰でも灰に罅がはいって崩れることを知っているであろう。先生はじっと砂の表面に見入りながら、急に黙り込んで何時までも箱の側面を引いたり押したりしておられた。皆もちょっと手持ち無沙汰な恰好で砂の割れ目を怪訝そうに見ていた。

大分経ってから先生は口を切られた。「君たち、この現象をどう思いますか。砂が崩れる時に出来た罅は、こうして逆に押し戻しても埋まらなくて、皺《しわ》になって盛り上がるでしょう。こういう不可逆的《イルレバーシブル》な現象は、摩擦が主な役割を演じている場合に限るので、これは大変面白い現象なんです。一つ断層の研究を始めようじゃありませんか」という話であった。

先生の断層や地殻の変形に関する色々な研究というのは、その起こりはここにあったのである。そしてこの研究に芽生えた思想は、粉体の特殊な性質の研究や割れ目の理論を経て、遂に先生晩年に於ける『生命と割れ目』の論文まで、発展して行ったのである。

菓子箱の蓋の「実験」があって間もなく、ちょうどその頃私たちの実験室へ遊びに来ていた宮部〔直巳〕君が、この実験を本式に始めることになった。本式といっても、その装置というのは紙箱の一側面を硝子板にして、その隣の面を移動出来る壁にしただけである。その中に砂を深さ五分ばかり入れてならし、その上に白砂糖を薄く撒《ま》いてまた砂を入れるという風に何段にもして、砂を一杯入れるのである。白砂糖の層は横の硝子板から見ると、白線になってあらわれ、これが断層の目印になるのであった。壁を引くと、砂はいくつもの断層になって崩れるのが綺麗に見えた。そして一度崩したものを押し上げると、今度はちがった面に断層が出来て盛り上がるので、白線は地殻の褶《しゅうきょく》曲に似たような形になるのであった。

この実験はその後、宮部君によって理化学研究所の実験室で数年続けられた。色々な性質の粉について調べる必要があるというので、白玉粉だの小豆粉だの砂糖だのと沢山買い込んだら、理研の会計の人から、これじゃまるでお汁粉の研究ですねと言われたそうである。

こういう話を書いておれば切りがない。大学の一年間と、その後引き続いて理研の三年間とは、私にとっては楽しい思い出の泉である。もっとも理研の第一年は、ちょうどその年から先生が理研に研究室を持たれた年であった。航空研究所や地震研究所での活潑な研究生活もまだ始まらない前で、私は随分忙しい思いもした。しかし千載一遇の良い訓練を受けることが出来たのであった。いつも感謝の念をもって当時を思い返すことの出来る自分は幸運であった。

先生が亡くなられて、自分は他の多くの弟子たちと同様に、随分力を落とした。そして今日のような時勢になると、切実に先生のような人を日本の国に必要としていることを感ずるのである。科学の振興には、本当に科学というものが分かっている人を必要とするからである。

北海道へ来て、一人立ちで仕事をさせられて見ると、私は先生の影響を如何に強く受けていたかということを感ずるのである。それと同時に、時たま仕事が順調に運んだ時などには、先生のおられないことをしみじみ淋しいと思う。

二、三年前、やっと懸案の雪の結晶の人工製作が出来たあとで、先生の知友の一人であった中央気象台長の岡田先生に御目にかかったことがあった。そしたら岡田先生が「折角人工雪が出来たのに、寺田さんがいなくて張り合いがないでしょう」と言われた。私はふっと涙が出そうになって少し恥ずかしかった。

（昭和十六年一月）

札幌に於ける寺田先生

昭和七年の秋寺田先生が、札幌の大学の臨時講義に来られたことがあった。寒がり屋の先生が、秋に向けて北海道まで来られるというのは、先生一生のうちでも珍しい大事件であった。しかも講演の嫌いな先生が、三日間に亙って北大で臨時講義をされるというのであるから、余程の大決心であったわけである。

実は御長男の東一君が、その年の四月東大を卒業して、北大の物理教室へ助手として赴任していたので、そのことも先生の決心をうながすのに大いに役立っていたようであった。

その話は夏の初めからあって、八月末の手紙では「小生なるべく廿五日頃御地着の予定に致して居ります。題目は「地球物理学的に見た日本の国土」と云ったような事にして、なるべくオリジナルな事を話したいと思っていますが、七月、八月はずっと原稿かせぎに追われ、これから準備にかかるのですから、到底余り纏まったことは出来そうもない」という御たよりであった。

この年坪井忠二君が北大へ来て、地球物理の正規の講義は済ましてくれていたので、先生は本に書いてないことだけ話すつもりだと、大変な御元気であった。しかし「着早々病気でも起こすと大変ですから、今から養生専一にして謹んでいなければならないと存じます。丸で北極探険にでも行くような気持ちで緊張しているのは人が見たら滑稽かも知れません。しかし、何しろ、逗子へ行くのでも九州位へ行くような気持ちだから仕方ありません」と云われるのも、誇張ではなかった。

先生は真夏の間はいつでも元気であったが、九月に入るともう手足が冷えて困るといつも言っておられた。果たして九月になって「小生多分廿三日頃東京発道草を食いながら廿五日に札幌着のつもりであります。胃の方も今の処では大丈夫と思われます」という便りがあって直後、胃がぐずぐずし始めたようであった。そして追っかけて「小生十七日頃から少しばかり胃の調子が狂って大した事はないが、用心のため休んでいます。これはほとんど毎年気温の急降下と共に起こる現象で、養生すればあとは何でもありません」「もし今日にもすっかり気持ちがよくなれば兎に角、さもなければ四、五日位出発を延期した方が安全かと思われます」という風に、まるで「胃袋を風呂敷につつんで」そっとささげるように大事にしながら、北海道までの大旅行を敢行されたのである。今から考えて見ると、随分無理なことを頼んだものであった。

結局九月二十九日にいよいよ出発ということになった。その前日朝鮮の安倍能成さんへ「札幌へ行くのが何やかやで延び延びになっているが明日あたりからだの工合がよかったら出かけるかも知れません。どうしてこうも旅行がおっくうなのか自身ながら可笑しい位であります」と手紙を書いておられるが、その何やかやの中には、田丸先生の死という相当深刻な問題もあった。というのは先生が最も敬愛しておられた田丸先生が、日本式ローマ字論の浮沈を決する席上で、病を押して長時間の講演をされ、その為に急にその二十二日に亡くなられたのである。安倍さんへのこの手紙にも「昔からの先生田丸卓郎先生が亡くなられました。先生は御自分のからだを無茶に虐待して仕事の為、人の為に犠牲になって倒れたような気がする」という言葉がある。

こう云う騒ぎで、札幌行が実現することになったのであるが、その蔭には、何といっても東一君の札幌での生活を見たいと云う気持ちが、強い支持となっていたものと思われる。東一君が大学を卒業された時の先生の喜び方は大変であった。

「この老父も御蔭様にて一安心致しもう自分などはどうなってもいいような気持ちが致居候《いたしおりそうろう》」というような一面が先生にはあったのである。

二十九日は朝の十時半の汽車に乗るつもりで、上野駅へ来て見られたら、そういう汽車は無い。竹葉から松根東洋城師への葉書に「時間表の見違えで十時半は夜しかないので、午後二時半頃のに延期、それまでの時間つぶしに困って細君と京橋まで来て竹葉で昼飯を食いました」とある通りである。今から考えると嘘のような話であるが、先生は別に旅程などはそうはっきり決めないで、何でも空いた汽車でゆるゆる途中泊まりながら札幌へ来られるつもりだった。もっとも午前と午後との間違いは流石にのんきすぎたので、大いに「藤岡〔由夫〕君を喜ばせてしまった」のである。

汽車に乗ってからは案外御元気で、何時ものように陸地測量部の二十万分の一の地図を片手に、窓外の地形を眺めたり、ハールマンの地殻振動論を読んだりして、御機嫌のようであった。食堂車の五十銭の夕飯に「幸いに胃の工合がよくてめしを二杯食いました」という元気振りであった。そして仙台で「二時間位小宮君とビールをのんで」一泊、翌日は「北上川の蛇行《メアンダー》水路の右岸の平野に低湿の沼沢地が一面に分布している」のを注意されたり、平泉の旧跡を示す地形の規模から昔の日本の人口を推定したりしながら「重厚で美しい」東北地方の秋を楽しむ旅をされた。

青森から東京のお宅の子供さんたちに「いよいよ蝦夷の国へ渡ります」と一行絵葉書に書かれ、無事蝦夷の国へ着かれた。そして函館で一泊して、翌日午前中五稜郭などを見物して、正午頃発の急行で札幌へ向かわれた。『札幌まで』によると、函館の街はずれでは、質流れの衣類の競売があったそうである。「みんな慾の深そうな顔をした婆さんや爺さんが血眼になって古着の山から目ぼしいのを握《つか》み出し」「気に入ったのは丸でしがみついたように小脇に抱いて誰かに掠奪されるのを恐れている」「地獄変相絵巻の一場面」に遭われた。「この年になって、こんな処へ来て、こんな光景を初めて目撃しようとは夢にも想」われなかったことであろう。その場所でも「それと没交渉に秋晴れの太陽はほがらかに店先の街路に照り付けていた」そうである。

札幌では、物理教室の池田教授や茅教授、それに私など四、五名が、駅に迎えに出ていた。そしたら先生は案外元気な御様子で、機嫌よく汽車から降りて来られた。先生の後には、東一君もついていた。東一君は小樽まで出迎えに行っていたのである。先生はそれが余程嬉しかったと見えて「小樽で沢山客が乗り込んで来ると思っていたら、その後から東一が顔を出したのには驚いたね」と言っておられた。余程あとになってからも、茅君などは、「あの時は先生よほど嬉しかったんだろうな。東一が小樽まで来たのには驚いたと言われた時の先生の顔は、とても嬉しそうだったよ」と噂していた。東京のお子さんたちへの絵葉書には「小樽で団子を買っていたらヒョックリ東一がやって来ました。みんなのことを聞いていました」とある。

宿は山形屋であった。

その頃の札幌には、まだ今のホテルが出来ていなかったので、昔ながらの旧い大きい山形屋が一番立派な宿屋ということになっていた。

その宿屋には、いかにも北海道らしい「洋間の新館」があって、それが一番上等な部屋になっていた。東京の非常に偉い先生という申し込みだったもので、山形屋では、勿論その「洋間」をとっておいてくれた。漆喰壁に浮き彫り型の色々な装飾がくっついており、背の高い寝台がおいてあるという風な部屋であった。

一晩そこで泊まられて翌朝、先生は「僕はどうも畳の部屋の方が工合いいのだが。時々ねそべる方が身体の為によさそうだから」と恐る恐る言い出された。それですぐ本館の広い畳の部屋へ移ることになった。その部屋は畳も青く、八畳くらいの次の間もついていて、大変良い部屋であった。先生も気に入ったと見えて、それからの五日間、機嫌よく落ち付いておられた。

何日目だったか、大学での講義がすんでから、その部屋に珍しく客がなく、先生と二人だけで暫く話をしたことがあった。外は天気がよく、風の無い静かな日であった。

「この部屋はなかなかいい部屋だね」と先生は話し出された。

「君、その次の間に誰か人がいやしないのかい」

「実はね、ちょうどこういう静かな部屋だったが。大学の学生の頃に、京都で柊屋

（？）に一人で泊まったことがあったんだ。親爺がいつも泊まっていた宿だったもので、大変上等の部屋に通されてしまってね」

「ちょうどそういう風に襖がしまっていて、僕は一人でこっちの部屋で、もぞもぞしていたわけさ。そのうちに何かのことで咳払いをしたか、ちょっと声を出したかしたら君、その襖がするするとあいて「何ぞ御用で御座いましょうか」と言うんだよ。あんな吃驚《びっくり》したことはなかったね。宿の娘さんか誰か、綺麗な御嬢さんが高島田を結って、綺麗な着物を着て、そこに座っているんだよ。ずっといたらしいんだ。僕のことだから、きっとぶつぶつ何か独り言でも言っていたんだろう。それをみんな聞かれてしまったわけさ。ああいう風に親切にされるのは閉口だね。いや、あの時は実に驚いたよ」と先生は、いつもの調子に顔を皺くちゃにして、片眼を細めて苦笑された。

そういう暢気な話の出たことはまず珍しかったので、先生の札幌滞在は、一種の歓迎攻めで、大分忙しかった。「引っ切りなしに人と応接しているので、句の方は一向出来ない　帰りの汽車で勉強するつもりです」と東洋城師へ書かれた通りであった。

大学の講義は、三日間あって、一日に二時間ずつ三回ということになっていた。その講演草稿は、全集第十七巻の雑記帳の部に納められている。欄外に「坪井君の講義、既知の事、余の講義未知の事、地質学者と地球物理学者の立場」と書かれているように、その講義は如何にも先生の独創の粋を集めたものであった。ちょうど坪井君が正規の地球物理学の講義を済ませてくれた後だったので、特に先生が気を配られたのである。

第一日は大陸と海の成立に関する諸説の紹介であった。物理と地質の上級学生たちにと言って頼んであったのであるが、いよいよとなると他科の学生がみんな来るし、学部長から職員の大多数も集まるというので、とうとう階段教室での大講演という形になってしまった。少しぺてんにかけたような格好で困ったと思っていたが、先生は案外元気で、機嫌よく大気焔を揚げられた。先生の講義は、よくもぞもぞと咽喉の奥で話されて、前にいても語尾がききとれぬことが多いのであるが、この時は大変よく声も通った。地球からの月の逸出の話や、重力の永年変化を仮定した場合に出て来る色々な推論は、ここの大学の人たちにはさぞ耳新しかったことであろう。

第二日と第三日は、地球物理学的に見た日本の国土と、ウェーゲナーの大陸移動説の批判とに費やされた。大陸移動説には、現在は主として地質学者の方から反対があって、昔日の人気は無い。しかし先生はウェーゲナーの大陸移動説を、少なくもその大筋のところでは認めておられたようであった。そして色々な批判に対する再批判を、詳しく熱をもって述べられた。草稿の中にある「Geophysical theory（地球物理学の理論〕は reject〔拒絶〕すべきものでもなく信仰すべきものでもなく、どこまで apply〔適用〕出来るかを追求すべきものである」という先生の透徹した意見を、この時ほど情熱をもって話されたことは珍しかった。

この講義のほかに、一回臨時に物理教室の談話会で話をして貰った。その頃ちょうど先生は表面膜の問題に興味を持って、Freundlich の Kapillar-chemie に凝っておられた頃だったもので、この眼に見えない表面膜の不思議について、それが如何に実験家にとって厄介千万なものであるかを雑談風に話された。先生のそういう実験瑣談とでもいうべき話は、こくがあって非常に面白かった。先生の有名な「墨流し」の研究が、この表面膜と密接な関係があったのである。札幌から帰られて間もなくの手紙に「小生も「墨流し」の一件で、これは液中の炭素粉＋油の微粒と相撲を取っている」「この問題が地震と地下電流の問題とつながり、割れ目の問題につながり、燃焼の問題につながり、リヒテンベルクにつながり、筒井君の実験につながりまたスパークの時の空気の割れ目につながり、航空でやっているパラジウム膜につながっているから実に不思議であります」とある。ちょうどこの頃の話なのである。

そのほかに椿の花の落ち方の話もされた。これも立派な物理的研究なのであって、この年の五月の理研講演会で既に発表ずみのものであった。事の起こりは、何でも御知りあいの変わった老人が「椿の花というものは、どうしてああ皆打ち伏せに落ちるものですか」と先生にきいたことに始まったのだそうである。先生も気を付けて、お庭の椿の花の落ちてるところを見られたら、なるほどほとんど全部下向きになっている。漱石先生の「落ちざまに虻を伏せたる椿哉」の句をすぐ思い出されたそうである。

この研究は、実際の椿の花の落ち方の統計的研究と、実験室での実物及び模型による実験とからなっていた。結局あの特殊の形とそれに及ぼす空気の抵抗との関係から、下向きになって落ち易いという結論を流体力学的に明らかにされたのである。そして談話会の席上ではその結果から、飛行機の所謂《いわゆる》高等飛行の場合に何らかの応用が見出されるであろうという示唆を話された。

こういう研究を、当時の日本では、真面目にとり上げる学者はほとんど無かったようである。しかしこの研究は英文で発表され、外国の学者の注意は惹いていたらしい。翌年五月になっての先生の手紙には「日本人は余り見ぬ論文でも外国では見る人があるから面白い。「椿の花の運動」もアメリカの Biological Abstract から抄録をおくれと云って来ました」とある。

先生の札幌滞在中は、運よく天気がよくて、毎日のように透明な青空に日光が暖かく、十月の秋晴れに恵まれた。

札幌の自然は先生の気に入ったようであった。処女林の秋色や、大通《おおどおり》のサルビアの新鮮な赤さを讃美された言葉が、沢山その頃の手紙に残っている。植物園や円山公園の緑の芝生が「柔らかで鮮やかで摘めば汁の実になりそう」なのもひどく喜ばれた。教室の連中や東一君らと、一緒にその芝生の上を歩かれた。そして写真嫌いで有名な先生が、沢山の写真を残された。

後でその写真を送った時の返事には「珍しく機嫌のいい写真ばかりで、こういうのは今まで自分でも見た事がありません　余程当時幸福を感じていたものと思われます」と書いてあった。そして追っかけて「小生御地で写して頂いた写真複写」「急ぎませんから今度御ついでのあった時左記の通り御願い致したいと存じます。

○富永さん玄関前で富永さんと並んだの　6

○植物園で右向きに口を明いて馬鹿面をしたの　1

○植物園、右向いて歩いているので両手を背へ廻しスケッチ帳とシガレットを持ったの、帽子あみだ　1

○花屋さんで、左向き、後ろ手に風呂敷包　前面に鎗鶏頭《やりげいとう》　1」

という手紙が来た。「大分慾張っているようですが御寛容を祈ります」という文句を読みながら、先生の写真嫌いを思い出して、まあよかったと思った。

花屋さんで、前面に鎗鶏頭というのは、円山公園の裏にあった採種園での写真である。夏中空気が比較的透明で、紫外線が強く、その割に熱線の少ない北の国では、花の色が眼のさめる程鮮やかである。先生はそのまぶしいような鎗鶏頭の花畑の中に、随分長く立ち停まっておられた。そして「僕は若い頃に、花畑を作って暮らそうと思ったことがあったが、こういう花を見ると、またそんな気になるね」と半分は自分に言われるように小声で話された。

先生の死後間もなく出た小林勇君の『回想の寺田寅彦』の中に、学生時代の先生の親友間崎純知氏の談話筆記がある。先生は学生時代に結婚しておられたが、その奥さんは肺を患われた。胸の病気というと大変恐れられていた時代で、しかも先生は大切な独り子であったために、奥さんは独りで土佐へつれ帰され、種崎という海岸へ転地して孤独の療養生活をさせられることになった。東京では先生と間崎氏と今一人竹崎〔音吉〕氏とが三人組であった。「今でも思い出します。青木堂にいて、暮れて行く雨の街路を眺めながら三人がいると、何も憂いを持たぬ竹崎とわたしでさえも何かしんみりした心持ちになって行くのでした。まして病んでいる最愛の妻を遠くへ一人でやって、家族ともはなれて暮らしている人の事を思う心はどんなだったでしょうか。寺

花畑に於ける寺田先生〔著者撮影〕

田は心中でもしてしまいたい位に思っているのに離れて暮らさなければならなかったのです」。その頃の先生は「淋しくてたまらぬものですから天気が悪いと言ってはやって来る。風が吹くと言ってはやって来る」という生活をしておられた。「雨や雪の降る天気の悪い日にぐちょぐちょにぬれて現れる寺田の姿を、今でも時々思い出します」と間崎氏は言われる。そして「最初の奥さんの死というものは寺田にとっては非常に重大な事であったと思われます。後々の寺田の性格は、この事件が相当影響しているのであろうと思われるのです」というところを読んだ時に、私はその時まで全く忘れていた五年前の円山の花畑での先生の独り言をふっと思い出したのである。

先生の随筆『札幌まで』の中には、この鎗鶏頭のことが書いてある。「彼の地の花の色は降霜に近づく程次第に冴えて美しくなるそうである。そうして美しさの頂点に達した時に一度に霜に殺されるそうである。血の色には汚《けが》れがあり、焰の色には苦熱があり、ルビーの色は硬くて脆《もろ》い。血の汚れを去り、焰の熱を奪い、ルビーを霊泉の水に溶かしでもしたら彼の円山の緋鶏頭の色に似た色になるであろうか。」

この円山の花畑も今は無い。先生が訪ねられた次の年かに、花畑は化して大運動場となった。そして現在は国民服の若い人たちが、そこで鍛練を受けている。

第一日の講義がすんで、午後美しい秋晴れの空の下を、自動車を走らせて月寒の種羊場へ案内した。同行は池田、茅両教授と私とである。

見渡す限りの遥かな草原には、爽やかな風が吹き通っていた。「羊がみんな此方《こっち》を向いて珍しそうにまじまじと人の顔を見」ていた。「羊は朝から晩まで草を食う事よりほかに用がない様に見える。草はいくら食ってもとても食い切れそうもない程青々と繁茂しているのである。食う事だけの世界では羊は幸福な存在である」と先生の紀行には書いてある。

空は高く澄み上がって、空気は透明であった。そして鳶《とび》が一羽二羽高い空に舞っていた。先生はその鳶を指さしながら、その頃考えておられた「鳶と油揚」の話をされた。昔からよくぼんやりしていると、鳶が下りて来て油揚を攫《さら》って行くと言う話がある。それは嘘かも知れないが、高空を舞っている鳶が地上の鼠の死体などを見付けて、真っしぐらに飛び下りることは本当らしい。あの鳶の飛んでいる高さを百米《メートル》ないし二百米《メートル》として、鳶の眼玉の焦点距離と鼠の大きさとからちょっと計算して見ると、鳶の網膜に映ずる鼠の像の長さは五ミクロン——一ミクロンは千分の一粍《ミリ》——くらいにしかならない。ところでそれが鼠の死骸であるということを見分けるには、少なくもその長さの十分の一くらいの処までは見えなければならないだろう。ところがその長さ即ち〇・五ミクロンというのは、もはや黄色の光線の波長と同程度になる。「それじゃ君、網膜の構造がどういう風になっていたって、とても見えるはずはないだろう」という話なのである。

きいて見れば如何にもその通りである。成る程と言うより仕方が無い。それで鳶が油揚をさらうのは視覚によらないとなると、次は嗅覚が問題になる。普通に考えれば、鼠の死骸から出る香のある瓦斯《ガス》が、百米《メートル》も上までの全空間に拡がるとしたら、いくら鳶の嗅覚が鋭敏でも、とてもそれをかぎつけることは出来まいという結論になりそうである。しかしそれは先生の熱対流の研究から説明すればわけなく説明出来るのである。

空気でも水でも、一般に流体を下方から熱すると、熱対流が起きて、下部の流体が上昇する。この時流体は一様には上らず、細い線または薄い膜の集まりとなって上昇する。それは煙草の煙の運動を静かな部屋の中で観察すればすぐ分かることである。立ち上る煙草の煙は細い線の束となって、不規則に乱れたり動揺したりしていても、なかなか空気とはまじらない。ああいう風な現象が少し大規模に大気中に生ずると、鼠の死体から出た瓦斯が細い線または薄い膜となって、余り稀釈されずにかなりの上空に達することは十分有り得るわけである。

一体鳶が翅をとめて、静かに上空を滑翔するのは、天気の良い日で、静かな上昇気流の起きている日に多い。ちょうどグライダーのようなものである。そうして滑翔しているうちに、鼠の瓦斯の線条にぶつかれば、ちょうどラジオビーコンに導かれるようにして下降して来れば、目指す御馳走に到達するわけである。

「大変うまいんだが、困ったことには、鳥の嗅覚というものは、どうも余り鋭敏でないらしいんだ。実は今、鳥の勉強をしているんだが。もっとも嗅覚がにぶいという実験も余り当てにはならないようだ」という話であった。月寒の草原の中で、こういう講義をきこうとは思わなかった。

月寒牧場に於ける寺田先生〔著者撮影〕

その後二年して、昭和九年の九月になって、先生は『鳶と油揚』という随筆を書かれた。それには月寒できいた話が、先生の名文で極めて流麗に書かれている。それを読んで私はひどく感心した。というのは、あの時話のあった「鳥の勉強」がちゃんと出来ていたからである。

鳥の嗅覚に関する動物学者の研究などというものを

知りたいと思っても、案外手頃な本が無いそうである。それをとにかく探して、ダーウィンの禿鷹《はげたか》の実験とか、他の学者の鶚《みさご》の嗅覚試験とかをよく読み、その実験の批判がしてあるのである。先生の鋭利な科学的批判と、小宮さんの言われる「あらゆる可能性を考え」た上での先生の議論とをよむと、一見難のないようなそれらの人々の実験が、少なくもその記載の範囲内ではまるで隙だらけであることが分かって面白かった。

実験の結果確かめたことだからと言えば、大抵の人は黙ってしまう。しかし一見簡単なような事柄でも、本当に確かめるような実験をすることは、なかなかむつかしいことなのである。

晩年の先生は、割れ目の研究に没入され、生物学の中に割れ目の概念を導入しようとした論文を二、三書かれた。そういう新しい領域に踏み入る前には、先生は十分にその方面の勉強をされたのである。その頃の理研の机の上には、細胞学の部厚な洋書が四冊ばかりも載っていた。そしてそれをみっしり読破しておられたのである。先生の研究が余りにも独創的であり、全く新しい分野のものが多かったので、一部の学者たちの中には、それらの研究をほんの思い付きをそのまま書いたもののように思う人もあった。しかし先生はいつもちゃんと「勉強」してから書かれたのである。それにしても『鳶と油揚』の場合にまで、これだけの勉強がしてあったのには、全く驚いた。原稿紙十枚足らずの随筆に、これだけの資本《もと》をかける人はまず無いであろう。

五日間の札幌の生活は、先生の御気に入ったようであった。自然も風物も「すっかり気に入り」札幌の生活を「ハイカラ」とも感じられた。

大学では東一君の実験を見たり、教え子たちが一人立ちで仕事をしている姿も見られた。大沼公園の附近に膨大な地所を持っている池田教授は「先生北海道へ別荘を作られれば土地はいくらでも差し上げます」などと冗談を言ったりした。高嶺先生への絵はがきの中には「是非一度御来遊になって別荘を御作りになっては如何です、千坪二千坪は只でくれるという人があります」とも書かれている。

帰りは途中によらず、真っ直ぐに帰られた。その方が結果が良かったようである。帰京されてすぐの手紙には「帰り道は大変に近いような気がしてちょっと驚いている処であります。三日掛かりで行った道を一晩ねた切りで帰ったせいもあるかと思われます。郷里土佐よりは兎に角札幌の方が心理的に近くなりました」と書いてあった。

先生の「北極探険」もこのようにして、芽出度《めでた》く成功し、私たちも大安心をしたのである。


（昭和十八年四月）

第二部

寅彦夏話

一　海坊主と人魂

寅彦先生が亡くなられてから二度目の夏を迎えるが、自分は夏になると、妙にしみじみと先生の亡くなられたことを感ずる。大学を出て直ぐに先生の助手として、夏休み中狭い裸のコンクリートの実験室の中で、三十度を越す炎暑に喘ぎながら、実験をしていた頃を思い出す為らしい。

先生は夏になると見違えるほど元気になられて、休み中も毎日のように実験室へ顔を出された。そしてビーカーに入れた紅茶を汚そうに飲みながら、二時間くらい実験とはとんでもなく懸けはなれた話をしては帰って行かれた。

夏休みのある日のことであった。その日は何かの機縁で化け物の話が出た。

僕も幽霊のいることだけは認める。しかしそれが電磁波の光を出すので眼に見えるとはどうも考えられない。幽霊写真というようなものもあるが、幽霊が銀の粒子に作用するような電磁波を出すので写真に写るという結論にはなかなかならないよ。幽霊写真くらい、御希望なら何時でも撮って見せるがね。海坊主なんていうものも、あれは実際にあるものだよ。よく港口へ来ていくら漕いでも舟が動かなかったという話があるが、あれなんかは、上に真水の層があって、その下に濃い塩水の層があると、その不連続面の所で波が出来る為なんだ。漕いだ時の勢力《エネルギー》が全部、その不連続面で定常波を作ることに費やされてしまうので、舟はちっとも進まないというようなことが起こるのだ。確かそんな例がナンセンの航海記にもあったようだし、ノルウェーかどこかの物理学者でその実験をした人もあったよ。だから海坊主の出る場所は、大抵河口に近い所になっている。もっとも海坊主にも色々種類はあるだろうがね。

人魂なんか化け物の中じゃ一番普通なものだよ。あれなんかいくらでも説明の出来るものだ。確か、古い Phil. Mag.（物理の専門雑誌）に On Ignis fatus という題の論文があるはずだが。Ignis fatus というのは人魂のことだよ。誰か探して読んで見給え。

それで早速図書室へ行って探して見たら、果たして見付かった。読んでみたら、その著者が人魂に遭ったので、ステッキの先をその中に突っ込んで暫くして抜いて、先の金具を握って見たら少し暖かかったとかいう話なのである。

二、三日して先生が見えた時に、その話をして、要するにそれだけのことで案外つまらなかったと云ったら、大変叱られた。

それがつまらないと思うのか、非常に重要な論文じゃないか。そういう咄嗟《とっさ》の間に、ステッキ一本で立派な実験をしているじゃないか。それに昔から人魂の中へステッキを突っ込んだというような人は一人もいないじゃないか。

先生の胃の為には悪かったかもしれないが、自分にとってはこれは非常に良い教訓であった。自分は急に眼が一つ開いたような気がした。

二　線香花火と金米糖

この話もその頃、もう十年以上も昔の夏休み中の話である。

線香花火の火花の形は実に面白い。考えて見ると実に不思議なんだが、あれを研究しようという人はまだ一人もいない。あれなんか小学校や中学校の先生をしていても出来る仕事なんだがね。誰に話して見ても、面白いですねやって見ましょうと云って帰りながら誰もやった人はないんだ。色々の鉄でも入れて、色々の形の火花を作って、それを廻転鏡で写真にでも撮って見たら、案外面白いことがあるかもしれない。鉄の刃物を廻転砥石で砥ぐ時、火花の形によって鉄の性質が分かるという話だが、そんなことも関係がありそうだ。今まで随分人にも勧めて見たが、結局誰もやらぬから、今度の休みには一つ自分でやって見ようかしら。実際今の日本では器械だってかなり揃っているし、本当にやる気なら金の出る道もいくらもあるのだ。結局やる気はあっても、実際にそれをやる人の無いのが、現代の日本の欠陥じゃないのかね。線香花火といえば、いつでも金米糖を引き合いに出すのだが、あれだって良く考えて見ると不思議だね。あれは、この頃の小粒の奴は型で作るのだろうが、昔の奴は芥子粒《けしつぶ》か何かを核にして、その上に砂糖を附けて作るんだ。すると段々あの角が生えて来るのだから妙なんだ。一様に発達して行くときには丸くなるというのが、今までの物理学の基礎的の仮説なんだが、それは law of no reason

るという理由もないから丸くなる〔根拠のない法則〕で、どっちの方向に特に発達するというのだ。それじゃまだ本当とは云われない。law of sufficient reason〔十分な根拠のある法則〕で、ある丸くなる理由があるから丸くなるというのでなくちゃ駄目だ。金米糖はその良い例だと思うがどうかね。

何か僕はこんなことじゃないかと思うね。少し突起の出来た所は早く冷えるから先に固まる。するとそこへ余計に砂糖が附く、それで益々そこが突起する。従って余計に冷えてまた固まるという工合にして、角が伸びて来るんじゃないかという気がする。もっとも角が一定の長さになると、機械的な力の問題でそれ以上は発達出来ないのだろう。それで金米糖は大体一定の大きさで一定の長さの角を持つようになるのだろうと思う。誰か数学の達者な人が一つやって見たら、きっと面白いだろう。そして金米糖のような電子でも考えたら、存外量子なんかも説明出来るかもしれない。もっともこれは冗談だが、とにかく線香花火でも、金米糖でも、外国にないものだから誰もやらないんだ。もし外国にあったら、もうとっくに“On Kompeitô”という論文がきっと幾つも出ているぜ。今に外国人が来て金米糖でも作る所を見て行って、そんな論文でも書いたら、みんな大騒ぎをして研究を始めることだろう。

その後理研の先生の研究室で、線香花火も金米糖も予報的の実験がされ、その報告も出た。その論文の紹介が独逸《ドイツ》のベリヒテという雑誌に出た時、マツバやチリギクの火花の名前は羅馬《ローマ》字で書いてあった。

三　墨流し

今までの話よりもずっと後のこと、この四、五年前の話であるが、先生はある夏休みに理研で墨流しの実験を始められた。その実験は結局「墨汁の膠質学的研究」となって、先生の亡くなられるまで続けられていた。この研究を思い立たれた動機というのは、ある時先生が、中等程度の物理の教科書を見られたら「我が国には古来墨流しという遊びがあるが、これは要するに表面張力の問題である」と書かれていたのに端を発したのだそうである。ある時理研へ伺った時、この話が出た。

どうも中等程度の教科書というものは、実にむつかしいものだと思う。頁数が限られているのだから、要するに表面張力の問題として片付けて置くより仕方がないのかもしれないが、これを下手に教えると、物理を教えることにならずに、物理なんか勉強する必要がないと教え込むことになってしまう。それで一つ僕は大いに墨流しの研究をやって、こういう問題はなかなか要するにで片付けられるものじゃないということを天下に知らすつもりなんだ。

と大いに気焔を揚げておられた。そしてこの墨汁の研究には膠質学の知識が大いに要るのだと云いながら、先生はフロインドリッヒの膠質学の上下二巻千五百頁もある読みづらい本をこくめいに読んでおられた。晩年の先生がまるで初めて大学へはいった学生のように、むきになって新しい部門の勉強を始めておられたのには驚いた。しかし先生は人に逢うと、よく「線香花火と金米糖、それに墨流し、これじゃまるで三題噺だね」と云っておられた。墨流しに端を発した墨汁の研究は、その後三年ほども続いて、非常に面白い結果が出始めていたのであるが、先生の急逝とともに中絶してしまったのは惜しいことである。

その後墨色の研究をしている友人の日本画家に会った時に、色々の墨を一定の硯《すずり》で、条件を決めて磨った場合の墨色の比較を見せられて驚いたことがある。唐墨などの青墨と油煙墨《ゆえんずみ》系統のものとの墨色の差は、子供にも十分分かるくらいはっきりしたものであることを初めて知ったのである。名墨の墨色は幼児の瞳のような色をしているなどと云われているが、そんな幽遠なところを問題にしなくても、もっと手近なところにはっきりした差が見られることがよく分かった。一片の墨に千金を投ずるという話も、これでは嘘ではないと思ったくらいであった。

ところが昔の名墨のような墨は、今はどこでも出来ないそうである。一番困ることは、墨色を決定する要素がまるで分からないのだから、手の付けようがないらしい。先生は墨汁の淡い液をU字管に入れて、それに弱い電流を通すと、墨の粒子が一方へ動くその速度から、墨の粒子の電気的性質を調べておられた。また格外顕微鏡を用いて墨の粒子の直径の測定もしておられた。これらの物理的性質と墨色との間には、何か関係があるようである。そういうことの物理的意味も今一息のところで分かりそうな気がするのである。

それから硯の水の問題にもかなり立ち入った研究がされてあった。水面に出来る墨流しの墨の膜は、分子が数層並んだくらいの薄いものであるが、その水の中にある種の鉱物質が百万分の一以下でもあると、その膜が固化するということが分かっていた。これなども潑墨《はつぼく》との間に密接な関係がありそうである。朝顔の葉の露などということも、案外な意味があるのかもしれない。

この種の研究は、膠質学の近年の進歩から見て、今より以前では出来なかったであろうが、次の時代になればまた出来なくなってしまうであろう。そんなことを考えながら、今更の如く先生の達識を思い見るのである。

（昭和十二年八月）

冬彦夜話　漱石先生に関することども

『猫』の寒月君『三四郎』の野々宮さんの話の素材が、吉村冬彦先生から供給されたものであるという話は、周知の通りである。漱石と冬彦との関係は、先生自身が書かれた『夏目漱石先生の追憶』の中に詳しく述べられている。少し重複するかもしれないが、曙町の応接間で伺った話の中から、冬彦先生自身が語られた漱石先生の話を、次に書き抜いて見ることとする。その話の中の一部は、前述の『追憶』の中に書かれてあるが、同じ話でも書かれたものと話されたものとではかなり表現が違うし、話されたものの方が、余計に両先生の私的な交情が現れているように思われるので、全部書き止めて置くこととする。

ある晩のこと、私はいつものように曙町の先生の御宅を訪ねた。初めに暫く応接間で待っていると、先生は「ヤア」と云って這入って来られて、黙って卓の上の敷島〔タバコの銘柄〕を一本とって火を点けながら、ふいと立って隣の書斎へ行ってしまわれた。少し呆気にとられていると、古い革の手提げ鞄を持って出て来られたのであるが、その中には漱石先生の自筆の水彩の絵葉書だの手紙だのが沢山はいっていた。それを一つ一つとり上げて独りで読み耽りながら、順々に私の方へ廻して下さった。そして色々漱石先生の追憶談を始められたのであった。こんなことはかなり珍しいことなのである。

高等学校時代に貰った手紙は、僕はこんなことには案外恬淡《てんたん》だったもので、家の手紙と一緒にして置いたものだ。ところが父が急に死んで、手紙を皆燃してしまったことがあって、その時一緒にみんな燃してしまった。今でも惜しいことをしたと思っている。『猫』を書かれる前の先生は、まだちっとも世間的には知られていなくて、弟子と云っても、まあ僕一人くらいだったようなものだった。『猫』が出て、小宮豊隆君が来て、確か小宮君が〔鈴木〕三重吉をつれて来たんだったかなあ、何にしても初めは、先生も随分切りつめた淋しい生活をしておられたもので、それだけにその時代の記念になるような手紙を皆燃してしまったのは、随分申し訳ないことをしたものさ。

というような話をされながら先生は「……理科ノ不平ヲヤメテ白雲裡ニ一頭地ヲ抜

キ来レ」と達筆に書かれた葉書を取り出して「僕は始終学校の不平を洩らしていたものでこんな葉書を寄こされたよ」と云って苦笑しておられた。そして「もっとも先生だってこんな不平を云ってるんだから」と他の葉書を見せられた。それには例の「漱石が熊本で死んだら熊本の漱石で。漱石が英国で死んだら英国の漱石……漱石を知らんとせば彼等自らを知らざる可《べか》らず。這般《しゃはん》の理を解するものは寅彦先生のみ」という葉書であった。もう一枚の葉書には「……君は勉強がいやになった時に人を襲撃するのだからたまには此位な事があってもよろしいと思う」と書いてあった。先生は「実際あの頃は夏目先生の云われる通り、本当に襲撃したんだからなあ」と、いかにも当時の追憶をなつかしむように、ぼんやり天井の一隅を見ておられた。これらの手紙や葉書は勿論漱石全集に皆収められている。

それから倫敦《ロンドン》からの長い手紙というのは、青い厚い西洋紙の裏表に細かい字で丁寧に書き込んであるもので、先生の前の奥さんが血を吐かれたことに同情して色々と慰めてあった。その中には、池田菊苗さんと倫敦で会ったことも書いてあって、池田さんは頭の大きい学者だから帰られたら是非遊びに行け、よく頼んで置いたからとも気を付けてあった。「僕の妻は、僕が大学の二年の時に死んだもので、その時の手紙なんだ。それで僕は学校を休んで国の方へ一時帰っていた為に、卒業は皆より遅れているんだ。僕が妻に死なれて淋しがっていたもので、先生冷やかすつもりであんな金田家の令嬢なんか引っ張り出されたんだよ」と云って苦笑しておられた。

僕が初めて先生と知り合いになったのは、高等学校の時に、同郷の豪傑の友人の点数を貰いに行ったのが初まりさ。ちょうどその時先生は俳句をやる学生と話をしておられた。僕が俳句ってどんなものですかと聞いたら、その時非常に要領のいい説明をされたので、感心して、直ぐ馬鹿なことを聞いたものさ。理科なんかやっているものにも出来ますかという質問なんだから。ところが先生はそんな問いにでも実に丁寧に「俳句は職業とか専門とか境遇とかには係らず、やれる人は初めからやれるし、やれない人は一生やってもやれぬものだ」ということを説明して聞かされたものだった。それで「僕はやれそうですか」と聞いたら、まあ見たところやれそうだとのことで、大いに元気を得て、暑中休暇に国へ帰ってる間に沢山作って先生の所へ持って行ったものだ。先生は一々それを見て○をつけて下さったりしたもので益々得意になって、毎週のように持って行ったものだ。その中から先生が選んでくれ東京の子規の所へ送り、子規がまたその中からいいのを採って、新聞に出してくれたものだった。東京へ来てから、子規が死んで、先生が倫敦へ行かれたもので止めてしまった。『猫』が初めて出た頃は、先生の所へは誰も行っている人は無し、僕くらいのものだったのに、僕が少し変わっていたもので、到頭あんなことになってしまったのさ。『猫』は最初の一回切りで止めるつもりだったのに、あんまり評判がよいもので続けているうちに、先生が自身で面白くなってしまったんだよ。先生は全く世間のことには交渉がなく、小説の材料にはいつも困っておられたらしい。来る者は極まっているし、婦人の友達などは勿論無かったし。それだもので僕らのちょっとしたことでも、直ぐ書き止めて材料にされたのだ。だから先生の小説にはいつもどこかに必ず先生が入って来ている。そしてちょっと変わった男ばかり出て来ているね。

全集の中に『寺田のすしの食い方』というのがあるが、あの意味を話したことがあるかね。先生が倫敦から帰られて家が無くて牛込の奥さんの所におられた頃、僕が行ったら鮓《すし》の御馳走をして下さったことがあった。その時なんでも先生が鮪《まぐろ》を食うと僕も鮪を食う。海苔巻をとると僕も海苔巻をとったのだそうだ。最後に先生が卵焼きを残されたら、僕も何思わず卵焼きを残したのだ。それで先生が「君は卵焼きが嫌いかね」と聞かれたので、また思わず「いいえ」と云ったのだ。「それじゃ

「何故食わぬのか」と云われて「先生が食べないから」と返答したという話なのだ。僕は何も気が付かなかったがね。これも何か小説の材料にされるつもりだったろうが。あれは到頭出なかったらしい。

君なんか若い人達は、夏目先生のものの中でどれが一番面白いかな。僕なんか『猫』や『草枕』のような初期のものの方が好きだ。あの頃の先生は、書くことがとても楽しみだったらしいが、晩年になられてからは、もう小説を書くのが厭で耐《たま》らなかったように思われた。僕には何と云っても、楽しみに書いたものが一番性に合うようだ。

先生の小説といえば、漱石全集は実に奇蹟だね。初版の時が○千部くらい、第二回の時がその倍で×千部、今度は震災の後で僕らは少し冒険だと思っていたのだが、流石岩波の親爺は偉いね。「何、大丈夫です」と云って済ましていたが、一万○千とか出たそうだね。実際大したものだ。印税だけでも大変だろうな。あれは漱石庵を作る維持費にするつもりで、御弟子達で計画したのだが、郊外移転の話は土地会社の宣伝に使われるおそれがあるので、結局当分今の家を維持することになった。古い弟子達にはやはり旧の所が良いからね。印税のことを云えば、僕達旧《ふる》い仲間は、何だか先生に気の毒で仕様が無いんだ。先生の生きておられる間は、始終自分の家を欲しい欲しいと云っておられたのに、到頭亡くなられるまでその望みが叶えられなかった。生きておられる間に、今の半分でも金が這入ったら良かったと思うが、それも仕方のないことだ。

先生が死なれてから、書斎は生前の通りちゃんと、本でも筆でも昔あったままにして保存してあるが、やはり主人がいないと何となく部屋まで淋しくなるね。全体にいぶしがかかったような気がする。あの部屋には、例の象牙のブックナイフがまだ残っているはずだが、あれは先生確か『猫』の初めの原稿料だったか、不意にあぶく銭が這入った時、先生子供のように嬉しがって買って来られたものだった。あれは随分大事にされて「本当の象牙はこうして鼻の脂を付けると、鼈甲《べっこう》色に透き通るようになるんだ」と云いながら始終鼻の横をあのナイフで撫でておられたものだった。段々垢がついて薄黒く汚くなっていたが、何時かどうしたことか、その大切なナイフの上の方にひびがはいって困っておられたので、僕がナイフでその部分を切り取って、丸く削って上げたことがあった。あれは思い出のナイフだよ。まあそういう瑣細なことでも皆懐かしい思い出になるものだ。

（昭和十二年三月）

寒月の『首縊りの力学』その他

『猫』の寒月のモデルとして一般に信ぜられていた寺田寅彦先生が、昨年の暮れ押し迫って亡くなられた。その御葬式も済んで、一通りの用事も片付いた頃、漱石同門でありかつ先生の心友であった小宮さんが「古蹟巡りをしよう」と云われて、私もあるビルディング内のC亭へ案内された。そこは小宮さんが仙台から出て来られる度に、寺田先生と東京中の美味い料理を喰べさす家を廻られたその古蹟の一つなのである。その小さい一室で「そこにいつも寺田さんが坐ることになっていたんだが」と云いながら、小宮さんが色々漱石先生と寺田先生との思い出を語って聞かせて下さった。その話の途中で、私が前に寺田先生から聞いていた、寒月の『首縊《くく》りの力学』の出所を話したら、それは面白いから是非書くようにと勧められたわけである。

寺田先生自身は、寒月のモデルなどというものはないということをよく云っておられた。実際漱石先生の小説は所謂モデル小説などに出て来る意味でのモデルがあったわけでは決して無い。只『猫』の寒月君についての記述の素材が主として寺田先生から提供されたものが多かったというだけのことである。『首縊りの力学』の原本は、実は立派な物理の専門雑誌に出ていた論文なのである。漱石先生が『猫』を書き出された頃、当時大学院におられた寺田先生が、ある時図書室で旧いフィロソフィカルマガジンという英国の物理雑誌を何気なく覗いておられるうちに、ホウトン（Rev. Samuel Haughton）という人の『力学的並びに生理学的に見たる首縊りに就いて』という表題の論文に出会われたのだそうである。大変驚かれてちょっと読んで見られたところ、正真正銘な首縊りの真面目な研究だったもので、早速その話を漱石先生にされたのであった。漱石先生も大変興味を持たれて、是非読んで見たいから君の名前で借りて来てくれと御依頼になったのだそうである。その論文の内容が間もなく、寒月君の『首縊りの力学』となって現れたのである。

以上の話は、私が大学を卒業した年くらいだったと思うが、寺田先生の指導の下で実験をしていた時、大学の狭い実験室の片隅で、実験台を卓として一同で三時の紅茶を呑みながら先生から伺った話である。その時寺田先生は「僕はもう大分旧い話なので、論文の内容なんかすっかり忘れてしまったが、誰か一つ古いフィルマグを探して見給えきっとあるから」との御話だった。早速図書室へ行って、埃っぽい古い雑誌を片っ端から探して見たら、果たして見付かったのであった。それは一八六六年の第三十二巻第二十三頁にあって、題目は“On hanging, considered from a mechanical and physiological point of view”というのである。著者ホウトンはF・R・S・(Fellow of Royal Society)と肩書があるところから見ても、真面目な一流の学者であったらしい。その論文と『猫』とを併せて読んで見ると、漱石先生が如何にこのような素材を美事に取り扱われたかということが分かって大変面白かった。

寒月君の演説の冒頭「罪人を絞罪の刑に処するということは重《おも》にアングロサクソン民族間に行われた方法でありまして、……」というのは、論文の緒言の最初の数行のほとんど完全な翻訳である。以下猶太《ユダヤ》人中に在っては罪人に石を抛《な》げ附けて殺す話から、旧約全書中のハンギングの語の意味、エジプト人の話、波斯《ペルシア》人の話など、ほとんど原論文の句を追っての訳である。わずかばかりの動詞や助動詞の使い方の変化によって、物理の論文の緒言が、寒月君の演説となって『猫』の中にしっくり納まってしまうことは、文章の恐ろしさを如実に示しているような気がするのである。

寒月君が続いて「波斯人もやはり処刑に磔《はりつけ》を用いたようで御座います。但し生きているうちに張付けに致したものか、死んでから釘を打ったものか、その辺はちと分かりかねます」という条《くだ》りは、原本では「死後か否かは不明である」という簡単な文句で記されている。そこで苦沙弥先生が「そんなことは分からんでもいいさ」と退屈そうに欠伸をするところは、原論文では、猶太人の磔は常に屍体に就いて行ったもので、生きた人を十字架にかけて釘を打つという残酷なことはしなかったと、猶太人の為に無実の悪評を弁護しているのである。以下本論文に入って、ペネロピーの十二人の侍女を絞殺するところとなって、寒月君が希臘語《ギリシャ》で本文を朗読しても宜しう御座いますがと云って、そんな物欲しそうなことは言わん方が奥床《おくゆか》しくていいと、苦沙弥先生にやられるところには、論文ではちゃんとギリシャ語の原文がはいっているのである。そしてOd. xxii 465－473と註が附いている。寒月君が「ちと衒《てら》うような気味にもなりますから已《や》めに致します。四百六十五行から四百七十三行を御覧になると分かります」と云うのは、この註のことなのである。

それからこの時の絞殺の二つの方法に就いて、一方が力学的に成り立たないという証明が本当にあるのである。「$T_1\cos\alpha_1 = T_2\cos\alpha_2$……（1）$T_2\cos\alpha_2 = T_3\cos\alpha_3$……（2）」と寒月君が始めると、苦沙弥先生が「方程式はその位で沢山だろう」と乱暴なことを言うのであるが、この式は実際には十二個あって、それをちゃんと解いて、初めの方法が成立しないというところまで、約四頁にわたって証明がしてあるのである。「この式を略して仕舞うと折角の力学的研究が丸で駄目になるのですが……」「何、そんな遠慮は入らんから、ずんずん略すさ」と苦沙弥先生が平気で云うところは、実は十二の連立方程式を解くところであって、如何に漱石先生でもこればかりは致し方が無かったのだろうと、原論文の読後、私は寺田先生を御訪ねした時御話ししたことがあった。先生は上機嫌で「そんなところが確かあったようだったね、夏目先生もそこまで御分かりになったのだろう」と笑われたことがあった。

この数学的の取り扱いの次に、英国のことに言及して、ブラクストーンやプローアンの説が飛び出したり、有名なフィッツゼラルドという悪漢を絞めた話が出たりするのも、やはり原論文にあるのである。「とうとう三辺目に見物人が手伝って往生さしたという話です」と寒月君が云うと「やれやれ」と迷亭はこんなところへ来ると急に元気が出るのは、漱石先生の実感であったのかもしれない。実際この論文も段々少し面倒になって来て、数式ばかり沢山出るようになるので、もう後は全部この調子かと思って読んでいると、急にこんな話が飛び出して来るので、誰でもちょっと妙に愉快になるのである。「演説の続きは、まだ中々長くあって、寒月君は首縊りの生理作用にまで論及するはずでいたが」というのもその通りであって、原論文は以上が前半であって、その後半には縄の弾性係数と体重と飛び下りる高さとから、首に縄を附けて飛び下りた時の首に与えられる衝撃を計算してある。そして縄の長さをどれくらいにしたら、その時の衝撃がほとんど瞬間的に罪人を致死させ得るかという点を、生理学的に取り扱ってあるのである。このような題目が大真面目に取り扱われ、そしてその論文が平気で物理の専門雑誌に載っていた時代もあったのである。もっともそれも英国の雑誌なればこそと思われるのである。

寒月君のついでに、硝子の球を磨く話がある。これも寺田先生の供給された話であったそうである。多分私がフィルマグの原論文を読んで、その話をした時のことだったと思うが、例の「蛙の眼球の電動作用に対する紫外線の影響」の話が出た。そしてその種になった元の話を寺田先生から伺ったのである。

東京の大学の物理教室では、旧くからニュートン祭というものがあって、毎年十二月二十五日のクリスマスの夜、教室の職員学生一同で教室内の一室を片付けて、そこで懇親の会をすることになっている。その会の呼び物として毎年学生達の楽しみにしているものに漫画の幻灯がある。漫画は学生や大学院連中の中での器用な人が描くことになっていて、その種にはその一年間の先生方の秘話や失敗談が選ばれるので、まあ悪太郎連が一年の憂《う》さを晴らすというわけである。寺田先生の大学院学生時代、即ち前の『首縊りの力学』の論文を発見された時代のニュートン祭に、ある先輩の漫画が出た。その先輩の方は大変な変わり者で、おまけに非常に熱心な実験家で、永い間地下室の一隅に籠もって、毎日硝子の平板を磨いていたので有名だった人である。その平板は光学の研究に用いるもので、プランパラレルの板と称し、両面が光の波長よりも短い範囲内で、即ち一万分の一粍《ミリ》くらいの範囲内で完全に並行な平面であることが必要なのである。この板を作るには、一方を少し磨いて光学的に調べて見ると、その方が薄くなる、ほかの方を磨るとまたその方が反対に薄くなり過ぎるという風に、寒月君の所謂、硝子球を磨り潰す流儀にやるのである。漫画は、その先輩が硝子板を磨っている実験台の上に、一間くらいの長さの海苔巻きが横たわっている図なのである。その話を寺田先生が漱石先生に話されたら、大変面白いと云っておられたそうであった。「この話が寒月の球磨きになるんだから、夏目先生はやはり偉かった」と先生は述懐しておられた。実際プランパラレルの硝子板の作り方の本領が、寒月君の球磨きの言動の中に立派に描写されているように私共にも思われるのである。

それからこれは全く私の臆測であるが「蛙の眼球と紫外線」の出所も、寺田先生の話からヒントを得られたものでないかと思われる節がある。それは、その頃やはり大学でN先生が、梟《ふくろう》が何故夜眼《よるめ》が見えるかということを、研究されたことがあって、梟の眼球の水晶体の赤外線透過度を調べられたことがあった。その話が漱石先生の耳にはいって、梟が蛙に赤外線が紫外線に変形したことは有りそうに思われるのである。寺田先生はその頃、大学での実験の話を色々漱石先生にされたらしいことは、色々な点から察せられる。例えば寒月君が『首縊りの力学』の御浚《おさら》いに来るところで「所がその問題がマグネ付けられたノッヅルに就いて抔《など》と云う乾燥無味なものじゃないんだ」と迷亭が云っているが、その当時寺田先生は、今仙台の本多光太郎先生とマグネの実験をしておられたのである。もっともこれは先生に御伺いする機会を永久に逸してしまったので全くの推測である。

以上の話は漱石先生が如何に色々な材料を美事に処理されたかという一例にもなり、またどのような話でも、特に文学者の方に比較的不得手でありそうな科学的の話でも、よくその本質を理解されていたということを示す例としても見ることも出来ると思われる。またこれはほんの一例ではあるが、漱石先生の書かれたもののモデル詮議などをすることは如何にも意味の無いことという気もするのである。

附記

首縊りの力学の原論文を読んだのは、十年近くも前のことであり、今度これを書こうとしたら、そのような旧い時代の雑誌は私の今勤めているところには無いので、平田森三君に御願いしたところ、わざわざ東大の図書室で原文をタイプに打って送って戴いた。これが書けたのはまったく同君の御蔭で、ここに厚く感謝する次第である。

（昭和十一年一月二十八日）

『光線の圧力』の話

前に寒月君の『首縊りの力学』の話をした時、小宮さんから野々宮さんの『光線の圧力』に就いても、何かそのような話があったら書くようにと勧められたことがあった。

この野々宮さんのモデルは旧の一高のある先生だというような話が一部の人の間には流行しているそうである。しかし『三四郎』の中の野々宮さんは勿論漱石先生の創造で、只その材料が寺田寅彦先生のところから供給されたものであったのは明瞭なことで、そのことについては小宮さんの詳しい解説のある通りである。私は只このことに就いて、寺田先生から以前に聞いた話を記して、その補足をするだけの話である。

もう十年近く以前の話であるが、私が寺田先生の指導の下に仕事をしていた時、よく御宅の応接間で夜晩《おそ》くまで色々の話を聞いたものであるが、ある時何かの話のついでに『三四郎』の話が出た。漱石先生が『三四郎』を書き始められるちょっと前くらいの頃、突然理科大学の実験室へ訪ねて来られたことがあったそうである。その時寺田先生はちょうど今の理研の所長大河内正敏子爵がまだ工科大学におられて、物理の実験室で一緒に鉄砲の弾丸が飛行する時の前後の気波を、シュリーレン写真に撮っておられたのであった。その実験室は震災で取り壊しになった旧の物理の本館の地下室にあった。この本館というのは石と煉瓦で出来た四角の建物で、今の東京の大学のコンクリートの建物などと比較したら、随分旧式な建物ではあったが、なかなか荘重でしかも純粋に欧羅巴《ヨーロッパ》風な感じのものであった。何でも独逸《ドイツ》のどこかの理科大学の本館をそっくりそのままに建てたので、あんな立派なものが出来たのだという話を、学生時代に聞かされたことがある。その地下室が研究用の実験室になっていて、広い廊下の一方が掘り下げられたセメントの中庭に面し、他の側に実験室の扉が並んでいた。

全体が汚く埃っぽい割に閑静に落ち付いていて、薄明かりの穴倉という感じであった。三四郎が初めてここへ野々宮さんを訪ねるところの叙景が、実によくこの地下室の特異な風景を現しているように私共には思われる。比較的短い叙述の中に、如何にも当時の研究室の面影がよく出ているのは、その風景の中の大事な要素がよく把えられている為らしい。戸が明け放してあってそこから顔が出たり、部屋の真ん中に大きい長い樫の机があったり、やすりと小刀と襟飾りが一つ落ちていたりする実験室内の何でもない景色の叙述にも、妙に心が惹かれるのである。漱石先生が只一度あの地下室を訪ねられただけで、あの頃の研究室の生活をこれほどよく「体験」されたことは、ちょっと不思議なくらいである。このような地下室の実験室は、この頃は余り流行らないようで、どこの大学でも大抵の実験は、普通のビルディング風な建物の立派な地上の部屋でやれるようになった。それと同時に野々宮さんの時代の懐かしい研究の雰囲気も、今では時勢におくれてしまったようである。

シュリーレン法というのは、光の通る媒質の屈折率の異なる所を写真に写るようにする方法で、まあちょうどうまい日当たりの時に陽炎が障子にうつって見えるようなわけである。それで弾丸が飛行する時には、空気中に強い圧縮波や渦流が出来るので、それが写真に撮れるのである。光源には電気火花を使うので、その発光継続時間は百万分の一秒くらいだからそれくらいの時間内では弾丸も気波も止まって写るのである。漱石先生はその実験に大変興味を持たれて「これを小説に書くが良いか」と云われたそうである。寺田先生が「私はかまいませんが、何分相手は殿様ですから少し困ります」と答えられたところ「それでは何か他の話をしてくれ」ということになって、当時読んでおられた「光線の圧力」の測定に関する論文の内容を話されたのだそうである。この話は『蒸発皿』の『夏目漱石先生の追憶』の中に先生自身も書かれているので確かな話と思われる。もっともその中では何分相手は殿様ですからという一句は省略されている。この話だと漱石先生は野々宮さんに鉄砲弾の実験をやらせようと考えられたが、寺田先生の依頼で取り止めにされたことになっている。ところが今度寺田寅彦全集の編輯の為に矢島祐利氏が日記を整理中『三四郎』に関係した記載があってそれを教示されたのであるが、それに依ると少し話が違って来るのである。『三四郎』が朝日に載り出したのは明治四十一年九月一日からであるが、そのちょっと前八月十九日の日記には、

水、晴
午後夏目先生を訪《おとな》ふ、小説「三四郎」中に野々宮理学士といふが大学にて銃丸の写真の実験をなせる箇所あり。改めて貰ふ

となっている。これから見ると漱石先生は一度は野々宮さんがシュリーレン写真の実験をしていることにして書き上げられたのを、寺田先生の依頼で書き直されたことになる。即ち先生自身が『夏目漱石先生の追憶』に書かれていることと、日記にあることとは少し違うのである。当時の事情をはっきりさせようとすることは、これくらいのことでもなかなかむずかしいものである。

とにかく寺田先生と大河内博士とは、ちょうど『三四郎』の中の野々宮さんのように、昼間のうちに準備をして置いて、夜になっては実験を始められていた。寺田先生は大変な勉強振りで、流石の大河内博士も少々辟易されたそうであるが、その間の消息は『思想』三月号の寺田寅彦追悼号に大河内博士が親しく書かれている。

それで問題は光線の圧力になるのであるが、寺田先生が漱石先生に話されたのは、ニコルスとハルの論文の内容であって、その原文は Annalen der Physik という独逸の物理専門雑誌の一九〇三年八月号に出ている。前の『猫』の『首縊りの力学』の場合は、とにかく漱石先生が原文を見られて、それを寒月君の演説に翻訳されたのであるが、今度の場合は寺田先生の話を一度聞かれただけで、早速野々宮さんの精養軒での話になったのである。それでいて「雲母《マイカ》で作った薄い円盤を水晶の糸で釣るして真空の中に置いて、この円盤の面へ弧光《アーク》灯の光を直角にあてるとこの円盤が光に圧されて動く」という風に、ニコルスの実験の要領が、実に明確に記されているのはちょっと驚くべきことである。ニコルスの以前にレベデフと云う人がこの実験をした時は、硝子の糸を使ったのであるが、ニコルスの場合は水晶の糸を使っているのもその通りである。只雲母《マイカ》の円盤の出所は分からない。実際には顕微鏡用の薄い硝子の円板を使ったのである。

光線の圧力の問題は、野々宮さんの話にある通り、マクスエルが電磁気の理論から計算し、またバルトリが独立に熱力学的に出した値もそれと一致したので、理論上は確定的のものと予想されてはいたが、実験が困難な為に約三十年近くの色々の人の努力にも拘らず、実験的に確かめることは出来なかった。初めてこれに成功したのがレベデフであって、一九〇一年のことである。即ち漱石先生が倫敦《ロンドン》で『倫敦消息』を書いておられた頃のことである。どこの中学の物理器械の標本の中にも見られるのであるが、真空にした硝子球の中に薄い羽根を四枚つけたものが封入してあって、光が当たるとその羽根がくるくる廻る装置がある。それをよく光線の圧力を示す器械という人もあるが、これはラジオメーターといって全く別の作用を示す装置である。原理は真空といっても幾分空気が残っている為に起こる現象なのであって、この作用がある為に却《かえ》って本当の光線の圧力を測定するのが困難になるのである。光線の圧力の方がひどく弱くて、このラジオメーター作用の一万分の一くらいしか働かないのである。

それからまた野々宮さんの話の中にあるように、彗星の尾が何時でも太陽と反対の方角に靡くのは、光線の圧力で吹き飛ばされるんじゃなかろうかと思い附いた人もあるくらいだというのも本当であって、この予想は三百年も昔にケプラーが既に出しているのである。漱石先生の『断片』の明治四十一年初夏以降、即ち『三四郎』のあたりのところに、寺田先生からこの話を聞かれて直ぐ書き止めておかれたノートがある。光圧は半径の二乗に比例し、重力は三乗に比例するということが英文で認《したた》めてある。それから水晶の糸の作り方も書いてある。ところが今度小宮さんに伺って初めて知ったことであるが、朝日新聞に初めて『三四郎』が出た時と、その翌年単行本として出たものとは、少しばかりこの『光線の圧力』の話が訂正されているのである。今全集に載っているものは勿論単行本の際に訂正されたものである。第一に朝日の時には、水晶の糸の作り方のところで「水晶の粉を酸水素吹管の焔で溶かして置いて、かたまった所を両方の手で左右へ引っ張る」話になっているが、全集所載のものでは、この「かたまった所を」というのが削除されている。勿論本当は溶けたところを引っ張るのであるが、断片のノートにも朝日のものと同じように記されている。それから「理論上はマクスエル以来予想されていたのですが、それをレベデフという人が初めて実験で証明したのです」という一句も後で挿入されたもので、朝日の分ではこの処が「初め気が付いたのは何でも瑞典《スウエーデン》かどこかの学者ですが」となっていたのである。レベデフは露西亜《ロシア》人なので多分後で寺田先生の注意で訂正されたものと思われる。殊にマクスエルやレベデフの名が入って来たのは勿論寺田先生の追加であろう。その他二ヵ所ばかり削除があって、広田先生が物理学者浪漫派論を担ぎ出すところで、元のでは「彗星でも出れば気が付く人もあるかも知れないが、それでなければ」自然の献立のうちに光線の圧力という事実は印刷されていないようじゃないかと言うのであるが、この括弧の部分も後には削除になっている。これも実は少し無理なところなのであって、勿論削除された方が無難なのである。今度の漱石全集に初めて収載される手紙の中で、在独の寺田先生に宛てられた漱石先生の手紙がある。その中には「君がいなくなったので理科大学の穴倉生活抔《など》が書けなくなった。彗星の知ったか振りの議論も出来ない」という一文がある。

『断片』のついでに、『三四郎』のところのちょっと前に妙な画がある。四角の箱の前後両面に板と書き、左右両面を硝子としてあって、中に水がはいっている。そして木の板の面へ鉄砲玉を打ち込むという印の矢がかいてあるものである。そしてその次に「硝子ガ破レルダラウカ。破レヌダラウカ。遣ツテ見ナケレバ中々分ラナイ。ヤツテ見タラ。硝子ガ部屋中ヘ飛ンデアブナク怪我ヲスル所デアツタ。」とノート書きがしてある。

これは前に述べた寺田先生と大河内博士との鉄砲弾の実験中の一挿話なのである。この話を私は前に寺田先生から聞いたのであるが、漱石先生の『断片』中にこれがあるとは、最近小宮さんに注意されるまで知らなかった。その話というのは、実験の途中で、水の中へ弾丸を打ち込んだらどうなるだろうかという話になって、木箱の中へ水を一杯入れて打って見られたのである。その木箱には両横側に硝子の窓をつけてあって、即ち『断片』の中の挿画のようになっていたのである。「後からよく考えて見れば無茶な話さ、破れるに決まっているのだが、やはりやって見なければ分からぬものだよ」と寺田先生は苦笑しながら話されたことがある。実際のところ、この中へ弾丸を打ち込まれた瞬間、両側の硝子は漱石先生の手記にある如く、木っ葉微塵に爆発してしまって、危うく怪我をされるところだったそうである。全くの素人がちょっと考えれば、鉄砲弾は木壁を貫くだけで、横側の硝子板には影響が無いようであるが、流体はある一部へ加えられた圧力を四方八方へそのまま伝えるという流体力学の原理があって、硝子の破れるのは当然なのである。しかし寺田先生や大河内博士が「遣って見なければなかなか分からない」と云われるのには、もっと深い意味があったのであろうと推察される。

例えば流体の圧力伝播の所謂パスカルの原理なるものが、鉄砲弾のような速い衝撃に対してもそのまま当て嵌まるかどうか、もっと広く云って、非常に速い衝撃に対する流体の性質如何という問題になると、結局遣って見なければちょっとには分からないのである。漱石先生がこの話に興味を持たれて挿画まで入れて手記してあったのには、実は少々驚いたのである。物理学を専門としている人の中で、この話を聞いて「はああパスカルの原理というのがありますからね」と云って、その話全体をすっかり忘れてしまうような人が全然無いとは云えないのである。漱石先生はこの手記の直ぐ後に「苦学ヲシテ卒業シタ人ガ嫁ヲ貰フ時ニ富豪カラ貰ヒタガルダラウカ。又ハ同程度ノ家カラ貰ヒタガルダラウカ云々。人事問題ノ解釈ハ硝子ヲワル砲丸ヨリ余程複雑デアル。」と書き加えられている。

硝子の破れた話にはまだ後がある。寺田先生はこの時実験室中に散った硝子の破片をすっかり拾い集めて、それを一つ一つ接ぎ合わせて見て、ほとんど完全にもとの硝子板の形になるまで根気よく続けられたそうである。そして破れ目がどういう風に這入って、硝子板がどう飛散したかということを調べられたのである。「なかなか大変な仕事だったよ。しかし子供の遊戯にそんなのがあるだろう。まああの興味でやったわけだよ」と寺田先生は当時を追憶しながら語られた。野々宮さんが望遠鏡を覗き暮らしたあの地下室で、小さい硝子の破片を沢山集めて、その割れ口を一つ一つ合わせて見ては接いでおられた冬彦先生の姿は、『三四郎』の読者にもまた懐かしいものであろう。

附記

三四郎が大学の運動会を見に行くと、野々宮さんが計測係を勤めて、真っ黒なフロックを着て、胸に掛員の徽章を附けて、大分人品をあげている。華やかなりし当時の大学の運動会では、計測係には物理教室の若い先生方が狩り出されることになっていたという話を前に聞いたことがある。今度矢島氏は明治三十六年の寺田先生の日記の中からこの件を書き出して教示された。

「十一月十四日　土　晴

大学の運動会なり。例の time 係りの御手伝ひに行く、参観人夥《おびただ》し」

とある由である。これらの寺田先生の日記や雑纂は寺田寅彦全集に収載されるはずである。それが出たら漱石先生の断片の中にある色々の事柄で、その意味の判明するものがもっと出て来るかもしれないと思われる。

（昭和十一年六月）

線香花火

もう十年以上も前のことであるが、まだ私が大学の学生として寺田先生の指導の下に物理の卒業実験をしていた頃の話である。

その頃先生はよく新しく卒業して地方の高等学校などへ奉職して行く人に、金や設備が無くても出来る実験というものがあるという話をして、そういう「仕事」を是非試みて見るようにと勧めておられた。そしてその実例として挙げられた色々の題目の中には、何時も決まって線香花火の問題が一つ含まれていたのであった。

線香花火の火花が、間歇的にあの沸騰している小さい火の球から射出される機構、それからその火花が初めのうちは所謂「松葉」であって、細かく枝分かれした爆発的分裂を数段もするのであるが、次第に勢いが減るとともに「散り菊」になって行く現象が、余程先生の興味を惹いていたようであった。それればかりでなく先生の持論、即ち日本人は自分の眼で物を見なくていかぬという気持ちが、このような日本古来のものに強い愛着の心を向けさせたこともあったように思われる。先生がこの種の金のかからぬ、しかし新しく手を付けるべき問題に就いて、その実験の道を指示される時には、実に明確にその階程を説き尽くされるのであって、明日からでもその通りに手を付けさえすれば、必ず一応のところまでは誰にでも出来るように「教育」されるのであった。ところで毎年四月、先生の家の応接間の一夕、この教育を受けては「なるほど線香花火は面白いようですから早速やって見ましょう」といって出掛けて行った数人の人々から、その後何の知らせもないのが例であった。こんなことが毎年毎年繰返されているうちに、とうとうこれは自分の所でやらねばならぬと、先生が癇癪を起こされたのであった。このことは随筆の中にも書かれているはずである。

ちょうど夏休みの頃で、湯本君と二人、真裸体の上に白衣を着て、水素の爆発の写真を撮っていた。午後の暑い真中に、何時ものようにその実験室へ這入って来られて、暫く話の末「どうです、この暑さじゃそう勉強しちゃとても耐《たま》りませんよ、一つ銷夏法《しょうか》だと思って線香花火をやりませんか」ということになった。少々前からの実験に手を焼いていた矢先でもあり、早速線香花火の方へ取りかかることになった。まずすべきことは、線香花火を買って来ることであるが、それは五銭くらい買えば、まず夏休み中の仕事には十分であった。それに写真器と顕微鏡とが揃えば、当座はそれで実験が始められるのである。

まず線香花火を一本取り出して、火を点けてその燃え方を観察してみる。初め硝石と硫黄との燃焼する特有の香がして、盛んに小さい焔を出しながら燃え上がり、暫くして火薬の部分が赤熱された鎔融状態の小さい火球となる。その火球はジリジリ小さい音を立てて盛んに沸騰しながら、間歇的に松葉を射出し始める。そして華麗で幻惑的な火花の顕示《ディスプレイ》の短い期間を経ると、松葉は段々短くなり、その代わりに数が増して来て、やがて散り菊の章に移って静かに消失するのである。沢山の花火に就いて一々それらの時間を測定して、その平均をとって、まず標準的の線香花火の火花の過程を記録する。

次には火花の実体を見るために、硝子板を火球に近づけて、火花をその上に受けて顕微鏡で覗くという仕事を始める。直ぐ分かったことは、この火花は非常に細かい炭素粒の塊がある種の塩《えん》らしい透明物質に包まれたものであるということであった。それで火花の松葉形の分裂は、この透明な高温の鎔融物質中に包まれている炭素粒が、途中で爆発的の燃焼を起こして、この塊を四散させる為だろうということくらいは、見当をつけることが出来た。次にはこの火花の写真を撮って、分裂の模様を見るというのが順当な経路である。ところがこの赤味がかった光の弱い火花の写真を撮るということが、この頃のように速いパンクロマチックの乾板の得られなかった当時では、なかなか容易な業ではなかった。とうとう夏休み中かかって、微かな火花の痕跡の写真が撮れるというところで満足するより仕方なかった。それでも「何も写らないという間が一番苦労なので、どんなに微かでも何か写りさえすれば、その後立派な写真が撮れるようになるまでのことはわけはない」といわれる先生の言葉に安心して、この実験はひとまず切り上げということになった。

次の年の夏が来て、また線香花火の時期となった。その年の春大学を出て理研で引き続いて先生の実験を手伝っていた私の所へ、東北大学の物理の学生の関口君という人がやって来て、何か夏休み向きの実験をやりたいという話があった。ちょうど良いところだったので、二人で線香花火の写真を撮り出した。狭い暗室の中に閉じ籠もって、硫黄の香に咽《む》せながら、何枚も何枚も写真を撮って見る。その上乾板の感度を高める為にアンモニアを使うので、換気の悪い暗室の中は直ぐ鼻をつく瓦斯《ガス》に充満されてしまう。そのような感覚的の記憶は年を経るとともに苦痛の方面が段々薄らいで、懐かしさの思い出に変わって行くのも面白いことである。もっともそれには単に感覚的の記憶という以外に、その頃のひたむきな気持ちと肉体的の健康さとに対する愛惜に近い気持ちが手伝っていることもあるのであろう。

そのようなことを、二週間も続けているうちに、どこを際立って改良したということもなしに、段々良い写真が撮れるようになって来た。松葉の火花の美しさは、単に爆発の際に非常に沢山の数に分裂するという以外に、この時四散した小火花が更に第二段、第三段の爆発をすることに依るという点も納得出来た。写真を撮ることが出来るようになれば、今度は乾板を廻転しながら、その上に火花の像を結ばせると、火花の速度を測ることが出来る。このような場合、普通は廻転ドラムに捲きつけたフィルム上に写真を撮るのであるが、この場合のように、感光度の極端に大きいことの必要な時には、乾板を廻す装置を作った方が良いのである。第一費用も十分の一くらいで済む。火花の速度は案外小さく、普通は平均毎秒六十糎《センチ》くらいのもので、火球を飛び出してから、最初の大爆発までの時間は十分の一秒程度のものである。これらの数値は、線香花火の火花の化学変化を調べる時に大切な値となるであろう。速度が案外小さいことは、夏の夜の縁側で、わずかばかりの涼風にもこの火花がかなり吹き流されることからも見当がつくことである。

次に調べることは、火花の射出及び爆発の際のエネルギーの源、即ちその化学変化である。線香花火は硝石、硫黄、炭素の粉をよく雑ぜて磨り合わせ、それを日本紙の紙撚《こより》の先端に包み込んだものである。前に、そのほかに鉄の粉も雑ぜてあるという話も聞いたことがあるが、現在普通市販のものには鉄ははいっていないようである。この日本紙の紙撚というのも、重要な意味があるのであって、沸騰している火球を宙釣りにして保つには、紙がなかなか大切なのである。薄い西洋紙で線香花火を作って見たが、火球が出来ると同時に紙が焼け切れて、どうしても駄目であった。このことなども、この花火が西洋にない理由の一つかもしれない。火球の中での化学変化を見るには、沸騰している火球を、その各段階で急に水の中に落として、その溶液の定性分析をすることと、硝子板に受けた火花を洗い取って、その液を調べることを試みた。化学者の眼に這入ったら、とんだお笑い草になるかもしれないが、これで硝石が分解して酸素を供給し、硫黄と炭素粉との燃焼を助け、その際急激に発生する瓦斯《ガス》で火花を射出する階程を見たつもりなのであった。

火球が酸化の為にどれくらいの温度になった時に火花が出始めるかを見るのは、ちょっと厄介である。これにはやはり器械が要るので、鎔鉱炉の中の温度なども測る光学的高温計を用いるとわけなく測ることが出来る。それは火花の明るさと電流を通じて赤熱した針金の明るさとを比較して、その時の電流の値から温度を知るという方法である。大学の工学部にこの器械があったので、線香花火を一把持って行って、その器械を使わせて貰ったら、半日で片がついてしまった。その結果によると、火球は出来初めは８６０℃くらいで、その間は未だ火花は出ない。それが内部での硝石の分解による酸化と表面での酸化との為に、暫くすると940℃くらいまで温度が上がる。そうすると松葉花火が盛んに出始めるのであるが、また軈《やが》て温度が漸次下がって行って、850℃くらいになると、火花が出なくなって、間もなく消失するのである。それでは初めまだ温度が十分高くならぬうちに、アーク灯の光の熱線を火球の片側へ水晶レンズで集光したら、その側から先に火花が出始めるかという疑問が起こる。早速やって見たが、これはどうも予期通りに行かなかった。やはり内部での化学変化が十分進行しないうちは、表面だけ少し温度が上がったのでは駄目らしい。しかしこのアーク灯で照らしながらよく見ると、ちょうど煙草を輪に吹いた時のような煙の輪の非常に小さいもの、まず南京玉くらいの煙の輪が盛んに火球の表面から放出されているのが見えた。これは火花としては眼に見えないくらいの極微の鎔融滴が、盛んに射出される為と思われる。その状態が進んで、化学変化がもっと激しくなると、温度の微変動《フラクチユエーシヨン》ももっと大きくなり相当の大きさの塊を射出し得るくらいの瓦斯《ガス》発生を伴う変化がある一部で起こり、その時射出された小滴が火花として眼に見えるのである。

この頃電気花火という名前で販売されている西洋風な花火は、アルミニウムの粉を主として、これに光を増す為にマグネシウムを少量加え、硝石その他の燃焼を助ける物質を混じて、糊で針金に固めつけたものである。この花火では火球は出来ず、点火と同時に多数の火花を連続的に放出し続けて消えてしまう。この花火では、松葉のような複雑で美しい火花は勿論見られないし、火球がジリジリ沸騰している間の絢爛の前の静寂も味わわれない。松葉の美しさの根源である爆発の現象は、単に炭素の粉が赤熱されて放出されるだけでは起こらないのであって、空気中をある距離だけ走って急激な爆発的の燃焼が起こるまでは、他の物質で包まれている必要があるのである。電気花火の場合にはそういうことはほとんど起こらないが、線香花火の場合には、最も簡単な薬品の組み合わせで最も有効にその条件が満たされているのである。

この年の夏休みがすんで、線香花火もまず一段落というところまで進んで、一休みとなった。その後私は急に外国へ行くことになった。倫敦《ロンドン》で先生から受け取った手紙の一節には次のような文句があった。

線香花火の紹介がベリヒテに出て居ますね。"Matuba" Funken や "Tirigiku" Funken が欧羅巴《ヨーロッパ》迄も通用することと相成り、曙町の狸爺、一人でニヤニヤして居る姿を御想像被下度《くだされたく》候《そうろう》。

（昭和十一年十二月）

霜柱と白粉の話

寺田寅彦先生門下の中に、桃谷君という私の友人がある。桃谷君の家は関西でも有名な旧家で、化粧品の製造では日本でも有数な家である。私とは高等学校時代からの同窓で、一緒に大学で物理学を修めた因縁があるので、霜柱と白粉《おしろい》という妙な題目の話が生まれたわけなのである。

大学を卒業する間近になって、桃谷君は卒業後二、三年大学で研究生活をして、それから家へ帰って化粧品の製造と研究とに入りたいという希望をもち出したのである。ところで大学院に入るにしても、白粉の研究に直ぐ間に合うような知識を授けてくれる先生などがどこにもある理由もなく、折角の桃谷君の大望も指導教授の点でまず困ってしまったのであった。それで色々考えた揚げ句、結局寺田先生の所へ持ち込むよりほかに方法がないということになった。

ある土曜の晩、例の曙町の応接間へ乗り込んで、いよいよこの御願いを切り出すことになったのであるが、流石の先生もこの話には少々面喰らわれたようであった。

「どうも白粉の研究までは流石に僕も考えたことがないのでね」と、いつものように顔一杯皺だらけにして苦笑された。しかし頼む方は本気なので、先生もそれでは何か考えて見ようということになって、後は色々な話になったのであった。そのうちに先生は何か急に思い付かれたことがあったらしく「そうだ一つやって見るか」と切り出されたのである。「君、霜柱の研究でも良かったら一つやって見ませんか」という話なのである。普通だったら少し度胆を抜かれるところであるが、前々から実験室の中ではこの程度の指導振りにはもう馴れているので、一議に及ばずかしこまりましたということになったのであった。とにかく電気火花をパチパチと飛ばせて覗き込みながら「うんそうかこれは君、電子《エレクトロン》の針金が出来ているのだね。そうだ、一つこの電子《エレクトロン》の針金の写真を撮る工夫をしてくれ給え」などという命令を受けて、平気でかしこまりましたというくらいだから、白粉の研究に霜柱を作って見るくらいは勿論吾々の仲間には何でもないことなのであった。

　霜柱と白粉との関係の表向きの理由は、先生は前から霜柱の現象に興味を持っておられて、あの不思議な氷の結晶が関東平野の赤土という特殊な土で美事に発達する原因を、この土の膠質学的の特殊の性質に依るものと考えておられたのであった。それでこの膠質の物理的性質の研究というのが、即ち化粧品の科学的研究の基礎を為すものであるということになるので、聞いて見れば如何にもその通りである。しかしそれだけのことならば、何も寺田先生を煩わすまでのこともないのである。それよりも膠質の物理的性質の研究に、霜柱のような妙なものを特に選ばれたという点が問題なのであるが、今になって考えて見ると少し分かるような気がする。その理由は色々あるのであろうが、第一に化粧品のような沢山の要素があって、その各要素の総合的の効果が問題となるようなものの研究には、なるべく一つの目的をもって複雑な現象を解析して行く訓練を受けておく必要がある。その目的には霜柱のようなものの研究が、如何にも恰好である。

今一つには現在の物理学には、物性の研究に大きい欠けた部門がある。今の物理を論ずる時には、一定の大きさを持った均質な物体について、その色々の物理的性質を調べるかそれでなければ、その物質の窮極の姿である分子や原子の構造を論ずるかであって、その中間の姿、即ち粉体や膠質は兎角《とかく》物理的な研究の範囲外に取り残されている傾向がある。ところが化粧品の場合と限らず、日常の吾々の生活に密接な関係のあるものは、中間的性質に支配されるものが多いのである。即ち霜柱の研究には、氷塊の物理的性質や、氷の原子の構造ばかり調べていたのでは、分からないことが沢山残るであろうということは直観的にも分かることである。もっともこんなことを仰々しく並べ立てても、地下の先生ににやにやされるだけかもしれない。何かほかにもっと深い意味があるのですかと聞いて見たら、きっと昔先生に五月蠅《うるさ》く根掘り葉掘り何かをきいた時のように「今に分かるよ」と云われることだろう。

卒業後桃谷君は霜柱の研究を始め、私も同じく先生の下で火花の研究を続けることになって、二年ばかり一緒に暮らした。桃谷君は実験室の前の廊下の片隅に冷蔵庫を据えつけて学校へ来るとその中で水晶の粉で作った「土」から霜柱を生やすことに専念していた。そしてその年の冬には、学校の工事場から荒土を一杯車に積み込んで自分の家の庭へ運び、霜柱の苗圃《びょうほ》を作って、その中で出来る天然の霜柱の観測をしていた。如何にも立派な花壇のように見えるので、よく何を御作りですかと聞かれたそうである。そして霜柱を生やすのですと答えると、大抵の人は妙な顔をしたという話であった。霜柱は夜の中に生長するので、その生長の過程の写真を撮る為には、夜中に何度も起きねばならぬことは勿論である。新婚の美しい桃谷夫人が、夜中の二時頃起こされて、星月夜の庭でフラッシュを焚かされたことも勿論であった。初めのうちは皆も少し同情したのであるが、ある時桃谷君から「何、あれもとても面白がっているんだよ。そして研究の手伝いだと云って喜んでいるよ」とやられたので、その後は誰も同情をせぬことに決めた。

その後桃谷君は予定通り家へ帰って、只今は化粧品の研究と製造とに没頭している。私は時々大阪へ行く毎に桃谷君に会うのを楽しみにしている。ある時桃谷君は「霜柱の研究は今になって考えて見ると随分役に立っている」と述懐したことがあった。白粉の原料の酸化亜鉛の中に、極めて微量でも鉛がはいっていると、健康の上に非常に恐ろしい悪作用があることは、今では常識になっているが、所謂舶来の白粉の中にも随分ひどいものがあるそうである。亜鉛の中のごく微量の鉛を化学的に検出するのは、非常に困難な問題であって、物理的に調べる方が良いのである。それも所謂《いわゆる》現代の正統派の物理学者だったらスペクトル分析でも行うところであろうが、桃谷君は特殊な顕微鏡調査の方法を案出して、亜鉛の粉の中にある鉛の微粒子を検出することに成功していた。「やはり目で見るのが一番確実だよ。まず自然をよく見よという先生の教訓は如何なる場合でも本当だよ」という話であった。

この話が大変面白かったので、次の機会に一度研究所と工場とを見に行ったことがあった。そして非常に驚いたのである。白粉なんかは酸化亜鉛の粉に匂いをつけたくらいのものと思っていたのは、大変な間違いであったことが分かった。第一に白粉を付けた時に、金属的な光沢があってはいけないので、特に粉白粉の場合にそれが大切な問題になるのである。普通の方法で酸化亜鉛の粉を非常に細かくすると、皆丸い微粒子になってしまうのである。ところがこの丸い粒子の表面から反射する光は、拡散度が十分でない為か、どうしても金属的な光沢を帯びて感ぜられるのである。それで個々の粒子が丸くならないように粉を摩《す》り潰すことが必要になるのであるが、これは随分無理な注文である。普通に考えたらとても出来そうもないことが、多年の経験と研究との恐ろしさで、特殊の摩鉢《すりばち》と摩棒《すりぼう》とを使って、そして摩る速度と摩棒の運動とを適当に選ぶことによって、可能になったのだそうである。

それにも増して大切なことは、所謂化粧映えの問題である。ある種の白粉を使った場合に、何となく輝いた美しさが出て来るのが化粧映えであるが、その物理的研究があるのである。化粧映えは勿論白粉の粒子の大きさや粒の大小の揃い方などにもよるのであるが、その上粒子の表面に炭酸瓦斯《ガス》を吸着させるという意外な方法のあることをきかされて、大いに驚いたのであった。酸化亜鉛の粉が巧く摩り上がった時に、適当な筒の中で上から撒いて落とし、炭酸瓦斯を下から送ってやると、個々の微粒子の表面に炭酸瓦斯の分子が極めて薄い層となって吸着されるのである。考えて見れば、外から当たった光線が炭酸瓦斯の薄層を通って中に入り、酸化亜鉛粒子の表面で反射されてまた出て来ることになれば、所謂薄層による光の干渉が起きて良いはずであって、理想的に行けば、銀色の魚の肌のように輝くかもしれないのである。勿論粒のことであるから鏡面反射は起きないので、白粉を塗った顔が七色に輝く心配もなく、只何となく輝かしい感じを与える程度に止まっているのであろう。そう云えば、何時か固体表面に吸着した炭酸瓦斯の薄層の光学的性質を研究した論文が、英国の物理雑誌に出ていたことがあったが、あれが化粧映えの研究だとは知らなかった。

　これらはほんの一例で、ほかに実は色々細かい点で、しかも実際問題としては大切な研究があったのであるが、それは余り公表しない方が良いのかもしれない。ところで面白いことはこのようにして色々条件をかえて作った白粉の優劣を比較する方法である。それには専属の美顔師がいて、毎日つぎつぎと試作されて来る白粉で、実際に御化粧をして見るのである。そして白粉の色々な性能を何十項目と並べた採点表に点数をかき込んで、その総点をとって毎日廻して来るのである。何よりも驚いたことには、その総点は普通三、四百点になっているのであるが、時々前に一度調べた資料をまた黙って渡して見ると、その総点は前の採点の時と最後の数字が少し違うくらいで、何百何十というところまでは、大抵一致した値を出して来るという話であった。どうも人間の感覚というものも恐ろしいものである。もっとも食通の人の味覚などのことを思ったら、当然なことかもしれないが、白粉ののりとかつきとか化粧映えとかいうものが、それほどはっきり分かるものであるとは全く知らなかった。これらの採点化粧の試験台には、研究所や工場に勤めている若い娘さん達が、代わり代わりに来るのだそうである。夕方 No.532 とか No.533 とかいう御化粧をした娘さん達がいそいそと家路に就く姿を想像したら、独りで微笑まれた。

桃谷君が化粧品の研究と製造とに、霜柱の研究法を応用し始めてから、もう十年近くになる。その間物理的研究や科学的経営を売り物にしたり、広告に使ったりしたことはないようであるが、成績は大変良いそうである。桃谷君の意見では、こういう仕事に物理的研究態度を導入する際に、一番役に立つものは、物理の研究で培った頭の勤勉さと根気とであって、知識の集積や学位などではないというのである。実際にどんどん品質を良くして、また大いに儲けて見せてくれるので、これはいくら威張られても仕方がない。

「万《よろ》ず研究御誂え所とささやかなる看板を掲げ、後生を送るもあわれなりける」と御機嫌であった先生に、この話を伝えられないのは誠に残念である。（昭和十二年十二月）

球皮事件

この話は寺田先生が航空船の爆発の原因を調査された時の研究室の内部の話である。もう十三、四年も前の話であるし、その当時新聞にも、通俗科学の雑誌にもこの内容は出たことがある。それに更に詳しい研究報告も英文で書かれて、理研の報文に当局の許可を得て出版されているのだから、今頃書くのは少し陳腐の感がないでもないが、それだけに別に差し障りのあることもないだろうと思われる。

問題はある航空船が、ある場所で初めて爆発したことがあって、先生がその原因調査の会の嘱託として、その原因を調べられたのである。ちょうど私は湯本君と一緒に、その頃先生の指導の下に水素の爆発の実験をしていたので、ちょうど良い塩梅にその研究の御手伝いをすることが出来たのである。この話は純粋に物理的の研究方法として見ても非常に興味が深く、かつ先生が如何に優れた科学者であったかということを示す良い例でもあるが、そのほかにちょっと探偵小説風な興味もある珍しい話なのである。

冬の初めのある日、先生は珍しく少し興奮されたらしい顔付きで実験室にはいって来られた。そして湯本君と私とを呼ばれて「ちょうど君達の水素の方の実験と直接関係のあることだから、一つ御苦労だが今の実験をちょっと止めて、飛行船の爆発の実験をやって貰いたいのだが」という話を切り出されたのであった。話はこうなのである。ある航空船が全く原因不明で、某日某時霞浦の上空で爆発をして、乗組員は全部焼死し、黒焦げの器械の残骸が畑の中で発見されたというのである。それで、それだけの材料がここに提供されて、その原因を究明して、今後の対策をはかりたいというのが今度の新しい実験の目的なのである。

きいて見るとこれは大変な話で、普通に考えたら、こんな難問を初めから本気で真面目に引きうける人は、先生のような責任の地位にある人の中には少ないのである。ちょっと考えると、これは手の付けようのない難問で、いくら先生でもこれをどう解決して行かれるかということは、全く見当が付かなかった。それだけにこれは千載一遇の好機であると、湯本君と私とは非常な興味を持って、胸を躍らせながら先生の実験の命令を待ったのであった。そういう場合、先生は非常に優れた教育者としての一面を遺憾なく発揮されて、この実験がどういう意味を持つか、どうしてこの実験が必要になったかという由来を詳しく話されたのである。

「こういう問題はとにかく、最初に出来るだけ詳しく当時の事情を知ることが必要である」ということをまず教えられた。先生は、色々当日の気象状態、航空船の模様から途中の飛行状態と、出来るだけ詳しい情報を集められたのだそうである。そしてそれを一々吟味して行かれたうちに、一つちょっと変だと思われたことがあった。それはちょうど爆破の直前に航空船から「只今非常にがぶって（動揺のこと）難飛行を続けている」という意味の無電が来たのであるが、それに対して基地の方からある命令を出してやった無電には、返事がなかったという点なのである。

爆破の時刻は精確なことは分からないが、大体その頃ということは分かっていた。この返事がなかったという点に先生は着目されて、次のような疑問を持たれたのであった。即ち、航空船が無電を打った時に、何かの原因で水素に点火したとすると、それから一、二分して爆破が起こり、従ってこっちから打ってやった無電に返事をするひまがなく墜落したとすると、この点は説明出来るのである。無電を打つには高電圧の高周波を用いるので、火花の発生する機会は沢山あるが、普通の状態では航空船の水素は気嚢の中にあり、火花はその中でとぶことは考えられないので、別に大した危険はない。しかしこの場合のように、機体が動揺して揉まれている時には、水素の流出する機会も多く、無電を打った時の火花が、その漏洩した水素の噴孔《ジェット》に点火する機会も多くなるという風に説明すれば、なるほど前後の事情がよく了解出来るのである。

それで差し当たり水素を細い硝子管の先から噴出させて、それに点火し得る最小限度の火花の大きさはどれくらいかということを、早速実験して貰いたいという御話なのであった。そんな簡単なことくらい誰か前にやってありそうなものだが、実は我々の知っている範囲内の文献には無いのである。しかしそんなことなら装置も何も要るものではない。早速水素を吹き出させて、その水素の噴流と空気とが巧い割合に混じていそうな所を狙って、変圧器だの百ボルトの交流だのの小さい火花をとばせて見ると、面白いほどよく火がつくのであった。段々火花を小さくして行っても、火の点け方も巧くなるせいか、しまいには二ボルトの乾電池で針金の先を付けたり離したりして出来る、やっと目に見えるかどうかというほどの小さい火花でも、十分点火することが出来るようになった。「これくらいの小さい火花で良いのなら、いくらでも発生する機会はある。どうも少し有望らしいぞ」と先生も乗り気になっておられたようであった。

その間に先生は、航空船の構造と無電の配線のことを調べておられたらしい。そしてある日銀白色の布片を持って上機嫌で実験室へはいって来られて、出し抜けに「君達分かったよ。やはり思った通りだった」という御話なのである。「航空船ではアースが無いから、気嚢をアースの代わりに使ってるんだ。当たり前のことだがね。だから発信すると、気嚢の上に接地電流が流れるんだ。それがまた三千ボルトというのだから、君達の実験で分かったように、そんな小さい火花でも点火するのだったら、この球皮（気嚢の皮）の上に、三千ボルトくらいの交流を通して、この上にそれくらいの小さい火花が出るかどうかやって見てくれ給え」と云って、その銀白色の布片を渡されたのであった。この球皮は表面にアルミニウムの粉を入れた塗料が塗ってあるので「これは電気の良導体ということになっているのだが、それだったら火花が出ないはずなのだ。しかしとにかくやって見給え」と云い残して帰って行かれた。

それで早速その球皮の電導度を測って見たのであるが、やって見て驚いたことには、良導体どころか大変な絶縁体なのである。もっともアルミニウムの粉は表面が酸化物で蔽われていて、その酸化皮膜は非常に良い絶縁物であることは前から分かっていることではあるし、それがゴムようの塗料で塗りつけてあるのだから、全体としては電気の絶縁体であることは、考えて見れば当然なのである。絶縁体ならば、その表面に火花のとぶこともまた当然なのである。それで普通の交流を有り合わせの変圧器でちょっと高圧にして、それからとって来た針金の先を、この球皮の上にあてがって見ると、全面にわたって星のようにチカチカと細かい火花が飛ぶので全く驚いてしまった。次の日先生の来られるのを待ち兼ねて、この話をすると、先生は早速自分でやって見られて、大変喜ばれた。「やっぱりやって見なければ分からないものだな。今ちょっとで僕もこれを良導体と思うところだった」と笑いながら、何時までも子供が玩具をいじるような顔をして、星のような火花を出して喜んでおられた。そしてその日のうちに、もうこの火花がアルミニウムの粉が少数集まった集団間の狭い間隙をとぶ特殊の火花であるとの見当をつけて、次の実験の手順を云い付けて帰って行かれた。

そこまで行くと、後は誠に簡単である。やるべきことは山のように出て来るが、全体の見通しは美事にきまって、坦々たる大道を行くように研究は進んで行った。まず顕微鏡の下に球皮を置いて、その上に火花を出させて写真に撮る。暫く電流を通し続けていると、表面の性質が変化して行くのであるが、その状態変化を調べる。火花の性質が分かると、今度はこの球皮上の火花で水素に点火するかどうかを確かめる。もっとも問題なく点火するのであった。それで今度は当時使っていた実際の無電機を借りて来て、それを発信させながら球皮の上に持って行って見ると、果たして同じように小さい火花が一面に出る。そこへまた水素の噴孔《ジェット》を持って行くと、勿論火が点くのであった。

それでいよいよ無電発信による航空船爆破の模型実験になるのであるが、その為には太鼓の胴のような枠に球皮を張って、その面へ無電機の接地電線をとりつける。この球皮張りの太鼓の中へは水素を流し入れ、球皮の一点に小さい孔を作って、そこから水素を漏洩させて置くのである。勿論航空船の気嚢全体に相当するくらいの電気容量のコンデンサーを入れて置くという風な細かい注意は沢山要るのであるが、そんなことは大した問題ではない。すっかり用意をととのえて、無電機を働かせて見ると、果たして水素に火が付いて、暫くすると球皮に燃え移り、やがて全体が猛然と爆発するのであった。なお念の為にと、航空中の状況に似せる為に、扇風器で風を吹きつけて見ても、その火は吹き消せず、却って焰を球皮上に沿ってなびかせる為に、燃焼を助けるという点まで確かめて、この実験は一段落となったのである。原因が分かってしまえば、対策の方はもう問題ではない。実に快刀乱麻を絶つとはこういうことであろう。

こう書いて見ると、何でもないことのように思われるのであるが、実際には各段階でそれぞれ派生的な事柄が沢山あって、その都度ちょっと迷うのであるが、先生はいつも何でもないことのように、次々と実験の方向を指示して研究を進められた。まるで嚢中の物を探るように暢気な顔をしながら、指図をしておられたことを、今更の如く思い出すのである。湯本君も私も面白くなって、夢中になってやっていると、先生は飄然としてはいって来られて、「僕がいないと実験が捗るね。僕が来て気焔ばかり揚げていると、どうも邪魔をするようだ。しかし今夜もやりますか。それだったら一つ牛肉でも喰って来ませんか、また邪魔をするようだがね」と云って、大学前の肉屋へ連れて行かれたようなこともあった。

これでこの話は終わるのであるが、今になって考えて見ると、この話は単に寺田先生が非常に優れた科学者であったことを示す話として大切なばかりでなく、この事件の解決には先生の人としての偉《えら》さがよく出ていると思われるのである。それと云うのは、この頃の学者の中には、純粋な学問上の研究を重視する余り、この話に出て来るような題目の研究は自分ではやらないばかりでなく、他の人のこの種の研究まで軽蔑的な目で見る人もあるような気がする。暢気な仕事のようには書いたが、この研究をされた時の先生の態度には、恐ろしく真剣なところがあって、先生の御自身の物理学の体系には直接関係のないように見えるこの研究も、国家的の立場から必要な研究と思われれば、正に全能力を傾けて遂行するという意気込みが、あのおだやかな先生の言動の中にほの見えていたのである。それでなくては、いくら先生でもこの難問をこのようにてきぱきと解決されることは出来なかったのではないかと思われる。

（昭和十三年一月）

先生を囲《めぐ》る話

この話は大正十二年の暮れから昭和三年の春までの四年余りにわたって、私が先生の下で学生または助手として働いていた間に、実験室や御宅の応接間で、折にふれて先生から聞いた話を思い出す毎《ごと》に書き留めて置いたものを整理したものである。書きかけて見ると、なんだか少し自分のこともかなり這入りそうで、少し面はゆいところもあるが、一方考えて見ると、このような弟子の一人として見た主観も少し混っている話が沢山集まったならば、却って先生の全貌を見ようとする人に、良いデータを供給することになるかもしれない。

ちょうどこの時代は、先生が胃潰瘍の大患から恢復されて、再び大学へ顔を出し始められて間も無い頃から始まり、次いで理研入りとなって、更に地震研究所の専任教授になられ、物理学者としての多忙なそして多彩な生活に復帰された時代であり、文芸的にも『冬彦集』や『藪柑子集』の出版があって、先生の随筆に対する態度が決定的に明らかにされた時代である。以下断片的に輯録した先生の話の中には、後に随筆として書かれたものもかなりあるが、著しい重複にならざる限り、一応書き残して置くことにした。先生が応接間で若い連中を前にして語られていた言葉と、それが後に完全な形となって随筆の中に書かれたものとの比較もまた一部の読者には興味があることと思われるからである。

一　その頃の応接間

その頃の応接間は、現在の姿と別に変わった所は無かったので、その内部の様子などを詳しく書くのは、少し御迷惑なことかもしれないが、これから後の話には、その話が醸し出される雰囲気の説明がかなり重要な要件になると思われるので、押して簡単な叙景をすることとする。まず壁には色々いわれのある油絵が三枚ばかり掛かっていて、そのほかに先生御自身の描かれた小さい絵が時々取り換えられて、一枚ないし二枚くらい掛けられてあった。片隅にはピアノが置いてあって、その上には随分使い旧された楽譜が一杯に積み重ねられていた。今一方の隅には、随筆に書かれた蓄音機が置かれてあり、その前には楽譜台とヴァイオリンのケースとが乱雑に立っていた。ほかには印度更紗の壁飾りと、壺が一つ室の装飾品として置かれてあった。

部屋の真ん中には、掛け心地の良い細身の肱掛《ひじか》け椅子が卓を挟んであり、その一方に先生が、その頃はよくジャケツ風なコートを着込んで、煙草を吹かしておられたものであった。夜など少し早めに伺うと、夕食の後らしく、ヴァイオリンを弾いておられた。しげしげ伺うようになってからは、先生も大分気安く、ヴァイオリンを弾きながら、ちょっと頤《あご》でしゃくって椅子に腰を下ろすように命ぜられて、真面目臭った顔付きでヴァイオリンを続けられていたようなこともあった。そして一節の終わりまで行くと「ヤア失敬失敬」と云いながら、ヴァイオリンを無造作に置いて、椅子によりながら、卓の上の敷島を一本抜いてにやりとされるのが常であった。

卓の上にはよく画の本が二冊くらい載せてあった。何時か画の話のついでに、その中の一冊を取り上げて眺めながら、

僕は画の本はかなり持っていますよ。今に僕が死んで、僕の遺書が売り物にでも出たらきっと皆が驚くよ。「なんだ、物理の本なんかちっとも有りゃしないじゃないか。絵の本ばかりじゃないか」ってね。描く方も以前は大分やったが、この頃はちっともやらない。描く暇が無いから、見るだけで我慢しているんだよ。

という様な話が出たこともあった。

この応接間に就いては面白い話がある。ある時妙な発明家がやって来て、永久運動の器械を発明したからと云って、複雑な器械の設計図を持ち込んだことがあった。この器械はちょっと甚だ巧妙な設計になっていて、先生も大分悩ませられたそうである。結局実際には出来ないような設計になっていたので、鼎《けり》が付いたのであるが、その後大分経って、ある新聞の小説に永久運動の器械を作る発明家が出て来て、その発明家がある博士を訪問する場面が出て来たのである。

ところが君、その応接間の叙景というのが驚くじゃ無いか、この部屋の様子がそっくり書いてあるんだよ。

という話なのである。その時には先生が本当に驚かれたらしい表情が出ていて、如何にも可笑しかった。

二　フランス語の話

語学の勉強の話が出たことがあった。

君達もし学者になるつもりなら、英仏独だけは是非要るね、そしてそのうちどれか一つは自由に書けなくちゃいけませんね。君もし仏蘭西《フランス》語がまだだったら、大学にいる間に少しやった方が良いでしょう。僕なんか高等学校時代から少しずつ独学でやったものですよ。もっとも全くの独学で、発音もなにも滅茶苦茶なので、東京へ来てから、少し発音だけは教わったんだがね。何しろその当時の熊本だから、勿論良い本も何も無いので、仏語独習なんていういい加減な本を古本屋から漁って来て、一人でこつこつ始めたものです。その次には陸軍の兵隊さんか誰かの使ったらしい古本を探して来てね、それに沢山仮名が付いていたので、それを頼りにしてやったような始末さ。それでも結構今は不自由しないよ。

それから伊太利《イタリア》語もその調子でやって、どうにか科学の参考書だけは読めるようになった。その調子で四、五年前から露西亜《ロシア》語も始めているが、これはアルハベットも違うし、どうも進歩が遅くて閉口したね。それでも止めずに少しずつでもやっていれば、幾分進歩して行くようだ。この頃は狭くなって、ツルゲーネフなどの小説を買って来て、その英訳と対照して読んでいるが、この方はなかなか具合が良さそうだ。今『初恋』を読んでいるが、なかなか面白いね。
何でも僕は一人でこつこつやるということに興味を感じているんでね。何にしても語学は自分でやらなきゃ駄目だよ。

先生はちょっと言葉を切って、微笑みながら顔を見られる。こうなっては仕方がないので、頭を掻いてこっちもにやにやしているより仕方がない。先生は上機嫌である。

それから大分後のことであるが、実験室へ這入って来られた先生が、突然私と湯本君に向かって「君達フランス語はどうしました」という質問である。両人とも面喰らって恐る恐る「始めようと思いながら未だつい……」という極めて拙い答弁をしてしまった。「それでは来週から僕が先生になってフランス語の講習を始めよう」という爆弾的宣言が下りてしまった。

さあ大変だということになって、両人額を集めて相談の結果、ちょうど化学教室で学生にフランス語の課外講習をやっていたのを倖い、両人ともその方へ出ることにして、やっと先生の「講習」を喰い止めてやれやれとしたものであった。

三　コロキウム

この時代から始まって、後ずっと理研の方で先生の亡くなられるまで続いたものに「寺田小学校」というものがあった。この綽名は理研の藤岡君がつけたもので、実は一週一回午後三時から、先生を中心にして弟子達が皆集まって、内輪なコロキウム（雑誌会）を開いたのであった。後にはその都度先生が西洋菓子を買って来られて、論文の説明がすむと御茶にしながら、勝手な討論《デイスカツシヨン》や雑談をするのであった。先生の奇想天外なセオリーや大気焔の聴けるのもこの時であって、皆が大変楽しみにしていたものである。

このコロキウムの起こりは大正十三年の夏のことで、先生の理研入りの前年であった。大学の実験室の狭い一部屋で、湯本君と私とで水素の爆発の実験をしていた時のことである。僕らが余り本を読まなかったので、とうとう先生から三人でコロキウムをやろうと云い出されてしまった。論文は何でも良く、長さも随意で、但し各人勝手な時に勝手な質問討論をして差し支えなしというのである。実験室の片隅に、やっと木の円椅子を三つ入れる隙間を作って、一尺に二尺くらいの小さい黒板を掛けて、そこで始めるということになった。

それで火曜日の九時からということになって、さて当日少し寝過ぎて大急ぎで実験室へ馳《か》けつけて見ると大変「御両人揃ったら呼びに来て下さい寺田」といつもの赤鉛筆で紙切れに書いたものが、実験台の上に載せてある。湯本君ものこのこやって来て、頭を掻くばかりであった。こんな時でも先生は滅多にひどく叱られるようなことは無かった。

学校のコロキウムには、時々いやに難しくて、とても分かりそうもない題目ばかり並ぶことがある。そんな時にはこっそり逃げ出して、実験室で紅茶なんか作って、太平楽を並べることが流行った。何時かそれが先生に見付かってすっかり油を搾られたことがあった。

君達コロキウムには出ないんですか。やはりなるべく出た方がいいよ。分からぬと思っても、聞いているとその中にきっと何かのヒントがあるもので、それが大切なんですよ。オリジナリティというものは、何も無いところから出るものじゃなくて、出来るだけ沢山の人のやったことを利用して、初めて出せるものだからね。僕なんか学生時代には、特に頼んで一年の時からコロキウムを聴かして貰ったものだよ。勿論分かりやしなかったが、為にはなったと今でも思っているね。

四　ディノソウルスの卵

これもある夜の応接間での話の中の一つである。イルストラシオン〔フランスで発行されていた絵入り新聞。L'Illustration〕に出ていたツタンカーメンの遺物の写真を見せて貰っていた時の話のついでであった。

今日のタイムスを見ると、例のゴビの砂漠でディノソウルスの卵を見付けたアンドリウスが、また中央亜細亜《アジア》へ二年とかの計画で、何百頭とかの駱駝と途方もない人数の人とを引き連れて出かけたようだ。あの辺を人類発生の地と見ているらしいので、その遺跡を探す為にあの砂漠をさぐって歩くのだそうだ。とても日本人には出来ないな。あんなことになると、とても亜米利加《アメリカ》には叶わないね。金の有る無しに拘わらず、日本人だったら、たとえ金を出す人があっても、宛も無いあの中央亜細亜の砂漠へ、二年の計画でそんなものを探しに出かける人があるだろうかな。勿論売名的な男にならあるだろうが、まあ大学教授くらいの程度の人で、それだけの意気の有る人がいるだろうか疑問だね。そう云えばエベレストの英国の登山隊も、相変わらず今年もまた計画しているそうだが、これも日本人にはあんな風には出来そうも無いな。

オンネスの所へ行った時、液体ヘリウムを作る処を見せられたが、どうも大したものだったことを覚えている。こっちの室で液体空気を作って、それを次の室へとうとうと流してやって、まるで水かなんかのように、どんどん使っているんだからな。金のことじゃ亜米利加に叶わないし、そうかと云ってオンネスの所みたいに、世界の名物になるほどの事も出来ず、日本ももっと科学に力を入れて本気でやらなきゃ、何時まで経っても外国から尊敬なんかされないよ。尊敬され無きゃ排日などされても仕方が無いじゃないか。こっちが騒げば騒ぐほど、排斥すべき劣等国民だと思われるだけだ。いくらポンピアンクリームや耳隠しを排斥したって、日本が亜米利加から尊敬されるようになるまでは、排日は君なかなか止まんよ。そんなことに騒ぐよりも不燃性水素でも作って見給え、排日なんか一辺に止んでしまうから。

先生は、辞して帰る時、玄関まで送って来られて、私が靴の紐を結んでいるのを立って見ておられながら「ディノソウルスの卵が見付かったって、人間がどうなるというのじゃ無いが、……それだから益々面白いんだなあ」と独り言のように云っておられた。

五　田丸先生とローマ字

先生がローマ字に大変熱心で、始終ローマ字世界〔雑誌〕に書いておられたのは周知のことである。先生はローマ字運動の先頭に立たれたようなことは無かったが、隠れた後援者としては、随分力を尽くされていたようである。その一つの動機としては、先生の田丸先生に対する敬愛の心持ちが重要な要素であったことは見逃し得ぬと思われる。ある晩この話が出た。

実際田丸先生のローマ字に対する熱心さには頭が下がるよ。田丸先生が、何もそんなに御やりにならなくてもと云う人があるが、時には僕らでさえ、田丸先生があの半分の熱心さでも、物理の方に向けられたらと思うことがあるからね。しかしよく考えて見れば、物理の方は後には田丸先生に代わる人が出て来る見込みはあるが、ローマ字の方は田丸先生を除いては二度とあのような人を見付けることはまず出来そうもないからなあ。何にしてもあれを兎や角批評することは出来ない。本当に真剣なんだから。

田丸先生程の頭と熱心さとをもってしなくては、恐らくローマ字もこれだけにはならなかっただろう。田中館先生も、これはまた熱心過ぎるくらい熱心で、時と所の区別なくやられるんで、それにローマ字を使わぬ者は馬鹿だと云わぬばかりだから、少々閉口することもあるが。もっとも先生のは何となく愛嬌があって、人の感情を害するというようなことは無いからいい。何にしても青森から帰って来て、直ぐ停車場からローマ字会へ馳け付けるなんてことが始終なんだから、実際感心してしまう。あの時代の人の方が偉いような気がするな。やはり武士道が残っているんだろう。僕なんかとても駄目さ。まず帰ったら一服して、美味しい菓子でも喰って、ねころびながら画の本でも見て、一休みしないことにゃとてもまた出掛けるなんていう元気は無いからな。

田丸先生が亡くなられた時、先生はつくづくと「これでローマ字の方も随分打撃だろう。僕なんかもローマ字のファンと云うよりも、田丸先生のファンと云った方が適切かも知れないからなあ、もっともこれは冗談だが」と述懐されていたことがある。

この話に就いては、先生が高等学校時代に田丸先生から数学を教わり、それで工科から物理へ転ぜられたという話を附記して置く必要がある。

六　電車の中の読書

電車の中でも少しずつ本を読む癖をつけると、結構読めるものですよ。深川の水産講習所へ通っている間だったが、往復の電車の中でカントのプロレゴメナを到頭読み上げてしまったこともあるからね。もっともあれは一句が長くて、ワンセンテンスが一頁近い奴があるんで随分苦しんだものだが。

何時か〔小宮〕豊隆か誰かの随筆を読んでいたら「僕の知ってる人の中で、カントの哲学序説を電車の中で読み上げてしまった人もある。勿論これは異例に属するものだが……」と書いてあって、あんまり近い所の話だったんで驚いたよ。今も電車に乗る時は、少し遠廻りしても、腰掛けられる車に乗ることにしているが、結局その方が良さそうだ。僕なんか五分や十分早く行かなきゃならぬというような用事なんて滅多に無いんだからね。

この話があってから数年後、いつか先生と一緒に電車に乗ったら、いつもの風呂敷包みの中から、サンスクリットの本を取り出して、ちょっと私にその表紙を見せながら、にやりと笑ってまた急いで包みの中へ蔵《しま》われたことがあった。

七　初めて伺った時

初めて先生の所へ伺ったのは、ニュートン祭の会計報告の時であった。ニュートン祭というのは、東京の大学の物理教室で、毎年十二月二十五日のクリスマスの夜、先生方先輩学生が集まって、漫画の幻灯や御寿司の立ち喰いなどで、一夕打ちとけた懇親の会をするのである。その頃の先生は、ニュートン祭の会計を受け持っておられて、毎年余った金は先生の名で貯金して置いて戴くことになっていた。実際の会計事務は学生がやるので、先生は先生達方面の寄附金を集めて下さることになっていた。そんな随分迷惑な仕事を、先生は案外機嫌よくやって下さっていた。その年は私が学生方面の会計をやらされていたので、ニュートン祭の翌日の晩、会計簿と残金とを持って、先生の御宅の応接間へ伺ったのであった。その時先生は「どうも毎年、五月から七月頃になるまで会計が出来なかったものだが、君のは馬鹿に早いね、僕は本当は、几帳面なのが大好きなんだ」と大変御機嫌が良かった。

　ゆっくり話して行き給えと云われるままに、初めて見るこの応接間を、田舎出の大学生らしく物珍しげに見廻しながら、色々の話を聞いて驚いていた。大分遅くなったようなので、御暇《おいとま》しようと思って「先生は御忙しいんでしょうから」と月並みなことを云う。

「なに、良いさ、もう御休みになったのだから何も忙しいことは無い。始終忙しい忙しいと云っているのが現代人の欠陥だ。中には忙しいと云うことが、何か偉いことのように思っている人もあるが、僕なんかその反対だね。君、家はどこかね。何、本郷か、それじゃ電車が無くなっても平気だね。僕なんか夏目先生の所へ遊びに行っていた頃は、牛込から弥生町まで歩いて帰ったもんだ。所謂「寒月」が皎々と冴え返っている中を歩いて帰ったものだよ。

と云って、先生はにやりとしておられた。

　それから二、三日して、また何か用事を見付けて図々しく伺って見た時、先生は前の会計簿を持って出て来られて「君この会計の計算が違っているよ、一円余計に金を受け取っていることになってる」と云って一円札を出されたのであった。何思わずそうでしたかと云って、それを受け取って鰐口の中へ入れると、先生は、

そうあっさり受け取って貰うと大変有り難い。僕はまたもし君がそれは商人の間違いだろうとか何とか云って、受け取ってくれなかったらどうしようかと思って、随分気にしていたんだがね。そういう点は現代式の教育の良い点なんだろう。

と云われた。こんなことを褒められたのは実に意外だった。

八　随筆の弁

初めて伺った時に聞いた話にこんなのがある。

僕みたい絵も描きたいし、音楽も好きだし、それに変なものも書きたいし、こんな道楽者は物理なんかやるんじゃ無かった。もう何も書くまいと決心していても、雑誌社の人たちは実に根気よく頼みに来るし、それに余り頼まれると気の毒になる

性質だから、つい書いて見る気になってしまうんだ。それに、ちょっと小使いにもなるからなかなか具合の良いこともあるね。夏目先生が猫の最初の原稿料だったか、二十円くらいはいって来たことがあったが、先生もあぶく銭がはいったのでとても嬉しく、どうしようかと色々考えた末、丸善かどこかへ出掛けて行って、水彩画の絵の具一式と、ワットマンか何かの引き裂くと絵葉書になる紙を綴ったのを一冊と、それから象牙の紙切りナイフとを買って来られたことがある。きっと平生から欲しいと思っておられたものを買って来られたんだろう。ちょっとそういう気になって楽しみなものだよ。まだ原稿料で生活の方を何とかしようというほど家計も困っていないし、またそれほど堕落もしていないが、ちょいちょい不意のあぶく銭が入ると、ちょっと都合の良いこともあってね。

こんな時にはちょっと気まり悪そうにして、独特の微苦笑を洩らされるのである。これが初めて御宅へ伺った学生の一人へ話される言葉なのである。

実はそれに僕はこう見えても、科学普及ということにもかなり自信を持っているんだ。この頃の科学何とかいう雑誌や本のような趣味の低いものは、とても駄目だ。僕は科学的に考える方法というものを、日常の生活に取り入れることをかなり注意して書いているつもりなんだ。だから僕の本などは、ごく少数の人だけがアップレシエートしてくれれば、それで良いのだと思っている。

九　パブロワの踊り

何時か名人の話の出たついでに、その頃初めて東京へ来て騒がれていたパブロワの踊りの話が出た。

実は朝日の記者に誘われて二人で出掛けて行ったんだがね。目的は力学的に見たパブロワの踊りというのを書くつもりだったんだからちょっと凄いだろう。ところがどうも一度ではなかなかいかん。もう一度と思ったが、入場料が非常に高いのでどうしようかと考えた。結局原稿料で埋め合わせれば理由《わけ》は無いと思って到頭二度見たよ。

やはり重心の動き方と脚の運びで、力学的に安定した時が、見た目にも落ち付きがあって美しいと思った。踊りはなかなか複雑だが、重心の動きを見ていると、案外簡単なリズムから出来上がっているものだということが分かって面白かった。雄弁家の演説というものがちょうどあれだね。

それで結局その話は何に御書きになりましたかと聞いたら「とうとう書かなかったよ、まるまる損をしたわけさ」と顔一杯皺だらけにして大笑いをされた。

一〇　物理学序説

ある晩の応接間の話で、この日は先生は大変機嫌が良くて、大気焔を揚げられたのであった。

どうも日本人はあまり夢を持っていなくていけない。それだから何時まで経っても、外国人の跡ばかり追っているのだ。「何々効果」というようなものが発見されると、それのディテイルを細かく精密にやる人はいくらでもいるが、そしてそれも大事なことではあるが、肝心の本当に新しい事実を発見するようなことを試みる人が少ない。X線でも、放射能でも、皆最近の発明なんだ。君達は、あんなものはもうとっくに見付かっていたような気がするかもしれないが、その発見の当時を知っている僕たちにはごく新しい事だ。まだまだあれくらいのことは沢山どこかに転がっているような気がしてならぬのだが。

この頃のような方向に原子論が発達すると、電子と水素核《プロトン》とで何もかも説明出来てしまうような気持ちを皆に持たせてしまっていけないね。(註、この話は約十年前のことで、今の中性子や陽電子のことは誰も夢にも考えなかった頃の話である)電子のことも水素核のことも分かり、光も全波長のものが分かってしまったら、もう自然界にはそれ以上かくされたものが無くなってしまったような気になるのが一番いけない。まだまだそれくらいのものはいくらでもあるよ。

僕はファラデイのような物理学を想像して学校へはいったのだが、失望したね。物理なんかちっとも教わりやしない。まるで数学ばかり教わったんだ。物理の数学中毒という論文を一度書いて見たいね。もっともそんなことをすると、四方に差し障りが出て困るんだが。僕だって数学が不要だなんて決して云いやしない。数学は物理の研究には無くてはならぬ精鋭な武器なんだが、どんな良い薬だって、余り使い過ぎると中毒するものだから、僕はその中毒のことを云っているのだ。しかしそんな勝手な熱ばかりあげてさっぱりやらないから、数学の方はどんどん忘れてしまうね。この頃は三角の公式まで思い出せぬことがあるくらいだから、これじゃ困るね。数学がこんなに幅をきかすというのは、要するに学校教育というものがいけないのだと僕は思っている。今の学校教育というものは、余り組織立てることばかりに一所懸命になるから、こんなことになってしまうんだ。教育は何と云っても昔の塾教育に限るようだね。僕はそのうち『物理学序説』というものを書くから、今はとても忙しいし、それに差し障りがあるといけないから、今に六十になって停年になったら、一つそれを書いて大いに天下の物理学者を教育してやるつもりだ。

この話をきいた時は、先生珍しく気焔を揚げられたくらいに考えていたのであるが、亡くなられてから、この『物理学序説』の原稿が発見されたのである。それは海洋物理学の講義の草稿らしいフルスカップ〔フールスキャップ＝筆記用の洋紙〕の裏に書かれたもので、百十枚かあった由である。その初めに予定らしい数字が書いてあって、それで見ると約三分の一くらいは出来ていたようである。この原稿は先生が亡くなられてから、岩波の小林〔勇〕君が全集の為に未発表の原稿を探しているうちに、先生の書斎で発見したもので、その校正を見せて貰って初めて驚いたのである。これが完成されなかったことは実に惜しいのであるが、これだけでも世に出たことは望外の喜びである。

一一　人類学の一つの問題

この話も応接間での講義の一つである。私の弟〔治宇二郎〕が人類学をやっていたので、その話の出た時のことである。

人類学のような学問をやる人が我が国には少ないので困るのだ。もっと沢山やる人があって、あのような学問がどんどん現代科学に寄与《コントリビュート》するようになるとよいのだが。人類学といえば、僕は一つ面白いアイデアを持っているからあげよう。やって見たらきっと面白いだろうと思う。

今度の大地震なんかで土地が隆起したのは事実だが、古い時代でもこんな地震があって、そのセンスが同じであったかどうか、少なくとも第三紀以後の大地震帯の活動が同じセンスであったか否かということは大問題なのだ。それを見るには貝塚やその他の遺跡の分布を見たら面白いと思う。例えば貝塚の同じ時代のものが巧く海岸線と並行に近い線の上にのっていたら、地震毎に土地の隆起が同じセンスに起きたことが分かり、それと今度の地震のくわしい隆起の図とを比較して見たら面白いだろう。歴史時代になってからは大分よく分かっているし、地質時代のこともかなりよく分かっているのだが、ちょうどその連鎖に当たるところがまるで分かっていないのだ。そんな方面へ発展させたら、人類学も大分広い分野《フィルド》があるだろうと思っている。

それで未だ足らぬところがあるには決まっているが、そこは言語学や、出来たら神話などを調べたら、大分補足出来やしないかという気がする。例えば地名のアイヌ語源のものの意味を調べたり、竜が火を吹くのは火山の噴火だという風に解釈して補って見るのだね。もっとも木村鷹太郎のようになっても困るが、あれだって一面の真理はあると思うよ。

一二　名人

誰かが世界で一番偉い男は、カイゼルとチャプリンだと云ったことがあるね。カイゼルの方はもっとも今は面影も無いが、チャプリンの方は偉いね。道化た真似でも、あれだけになると、必ずその中に何か本当のものを捕らえている。どんなことでも、本当のものを捕らえている以上、そいつはなかなか真似の出来るものじゃ無いんだ。例えば〔岡本〕一平とか、〔柳家〕小さんとかいう男は、大学教授なんていう男と較べたら、まるで問題にならんくらい偉いね。大学教授なんていうのは、一番間の抜けた仕事で、気の利いた人は決してやらぬ仕事だね。何時か小さんの落語を聞いたことがあるが、何か本当のものをつかんでいるという気がした。あの前座に出る者なんかの話は全く inhaltlos〔空っぽ〕なんだ。まるで内容が無いからあんなことになるんだね。君達機会があったら、何でも良い、名人といわれる人の芸は、少なくとも一度は見て置いた方が良いよ。

一平の漫画は、あれは頭で描くのだ。だから何か本当のものがある。一平の真似をして、この頃沢山描いている連中がいるが、まるで内容が無いね。ずっと落ちてしまう。やっぱり何でも真似をしてはいかん。漫画だって、オリジナリティがあって始めてある意味が出て来るんだね。もっともあの男は特別偉いんだ。この頃大臣のメンタルテストというものを出しているが、あれなんかも実に思い切ったことをどんどんきいているね。大臣なんかまるで眼中に無いという様子だよ。あんなのに較べたら大学の教授なんていうのは駄目だな。もっとも大学の教授だって偉い人も沢山あるんで、僕みたいな男と較べたらという意味だよ。誤解しちゃいかん。

一三　影画の名人

名人と云えば、僕は影画《かげえ》の名人の芸を見たことがある。僕が仏蘭西《フランス》にいた時、巴里《パリ》の一流の寄席で、手で影画を作って見せる男がいたが、実に巧いものだった。先生は片手をぐっと突き出して、犬の頭の恰好の影を作って見せながら

こんな工合に、只何の仕掛けも無く、犬の頭を作るんだがね、それが実に不思議なんだ。パンを持って行くと嬉しそうにしたり、怒ったり、吠えたり、影が君、色々な表情をするのだから、実に巧いものだった。こういう工合に両手で猿を二匹作るんだが、それが頭を掻いたり、足を撫でたり、相手の蚤をとってやったりするところまで出るんだから全く驚いたよ。

それから僕が後で紐育《ニューヨーク》へ渡ってから、やはり一流の寄席へ行って見たら、またその男が出て来たので驚いたね。どんなつまらぬことでも名人となると、それで世界を立派に押し渡ることが出来るものだとつくづく感心したよ。光源はポイントラ

イトで、アークか何か使って向こうの幕に写すだけで、あとは手だけ持って行けばいいのだから簡単さ。

最後には、書き割りの家があって、亭主が酔っぱらって帰って来ると、お神さんが二階から水をぶっかけるという喜劇をやるのだ。それが済むと、指を開いて見せるのだが、亭主とお神さんとが、ばらばらと五本の指になってしまうのだが、あの時は実に妙な気持ちになったよ。

一四　本多先生と一緒に実験された頃

先生は大学を出られて間も無い頃、その当時まだ東京の大学におられた本多先生と一緒に、磁気の実験をしておられたことがあった。漱石先生の『猫』の中で寒月君が首縊りの力学の講演の稽古に乗り込んで来るところで、迷亭が「所がその問題がマグネ付けられたノッヅルに就いて抔《など》と云う乾燥無味なものじゃないんだ」と云う条《くだ》りがあるが、実際は先生は本多先生と一緒に実験された頃は、非常に面白かったようであった。只本多先生が余り猛烈に勉強されるので少々辟易の気味であったらしい。

なんにしてもあの地下室で、毎晩毎晩十二時過ぎまで頑張られるのには弱ったよ。僕はまだ新米で助手なんだから、本多さんが実験しておられるのに先に帰るわけにも行かず、毎晩一緒に帰ったものだ。勿論門はしまっていたがね。本多さんは決して塀の隙間から出るなんていうことはしないで、いつでもあの弥生町の門だが、ちゃんと門番を叩き起こして錠をあけて門を開かせて帰ったものだ。門番は睡《ねむ》いので初めのうちはぶつぶつ云っていたがね。何しろそれが毎晩のことでしかも半年も続いたから、流石の門番もすっかり感服してしまって、しまいには「どうも毎晩御勉強で、御疲れでしょう」と挨拶をするようになったものだ。

ちょうど秋の頃で上野では絵の展覧会があるのに、それを見に行く暇も無いのだ。僕は昔京都へ行かないかと勧められた時に、どうも家の都合もあって断ったことがあるが、その時には「寺田は絵の展覧会が見られないからと云って京都を断ったそうだ」という噂が立ったくらいなのだから、あれは実に苦痛だったよ。本多さんと来たら、土曜も日曜もないのだからね。ところがちょうど十一月三日の天長節の朝さ、下宿の二階で目を覚まして見たら、秋晴れの青空に暖かそうな日が射しているじゃないか。有り難い、今日こそ展覧会を見に行こうと思って、いそいそと起きて飯を喰っていると、障子をあけて這入って来る人があるんだ。見ると本多さんさ。「今日は休日で誰もいなくて学校が静かでいいわな、さあ行こう」と云われるんだ。あんな悲観したことは無かったよ。実にやりきれなかったよ。

私は思わず吹き出してしまった。先生も珍しく大声を揚げて笑い出された。暫くして先生は真面目な顔になって云われた。

しかしあの頃の実験で僕は一つ大事なことを会得したよ。それは必ず出来るという確信を持って何時までも根気よくやって居れば、ほとんど不可能のように思われたことでも、遂には必ず出来るということだ。そんなことが物理の研究の場合にもあるとは思われないだろう。しかしそれがあるのだ。これはちょっと唯物論では説明出来ないな。本多さんと来たら少し無茶なんだ。機械の感度からいっても、装置の性質からいっても、とても測れそうもないことでも、何時までもくっついているんだ。そうしていると、どこを目立って改良したということも無くて、自然に測れるようになるのだから実に妙だよ。あれは良い経験をしたものだな。あの時使っていたディラトメーターなんか随分無茶なものだったが、あれでよく測れたものだったなあ。

一五　ガリレーの地動説

人間の性質の中には、どんな大学者にも必ず人間味があるもので、恐ろしい罪人と立派な学者とが一緒にその中に棲んでいるものだ。結局その中のどちらが表面に出るかによって決まるのだ。それだから僕は偽善者は大嫌いだ。その他の人間ならどんな人間にでも必ず何か取りえがあると思っている。そのつもりで見ると、必ず何か取りえがあるから妙だね。只どうしても僕は偽善者だけは好きになれない。実際人間味のある可憐な人々の失策ばかりとりあげて、云わばそれの at the expense of でね。それで自分の地位を保ったり、あるいはそれを厳しく云い立てることによって、自分が立派な人間であることを人に証明しようとする道徳家連中くらい癪に障る者は無いよ。こんなことを云うと、危険思想だと思われて、寺田君の説によると泥棒をする人が善人なんだからと時々冷やかされることがあるんだ。

ガリレーが宗教裁判で「自分は地球自転説は捨てる。しかし地球は廻っている」と云ったという説に対し、この頃、それはガリレーが腰を抜かして目を廻して「あぁ廻る廻る」と云ったのだという説を出した人があるが、僕にはこの後の説の方が本当にガリレーの偉さを示していると思われる。初めのではちょっともガリレーに同情することが出来ない。まるで芝居を見ているような気がして、ちっとも人間らしいところが無いじゃないか。腰を抜かしたところに、それまでのガリレーの内心の苦悶も見ることが出来るし、当時の世の中の空気も分かるし、それでこそガリレーが益々偉く見えて来るのだ。これは喜劇のように見えて、本当は大変な悲劇になっていると少なくとも僕にはそう見えるな。

ネーチュアに、シュスターが色々の物理の大家に会った時の印象記が出ていたが、あれも面白かったなあ。毎号楽しみにしていたものだ。あの印象記には実際その大家の先生の人間味が出ていた。なるほどやっぱり吾々と同じ人間であったかと分かって非常に愉快だった。

一六　筆禍の心配

先生と漱石先生との関係は、随筆『夏目漱石先生の追憶』の中にある通りである。ある晩のこと、やはり曙町の応接間での話であるが、その日は珍しく漱石先生の話が出た。色々追憶の中にあるような話があった末、漱石全集の話が出た時のことである。

漱石全集の手紙のことについて色々事件があってね。森田〔草平〕君なんか全部出してしまえと云うし、その為迷惑する人があっても困るしね。あれでも実は随分迷惑に思っている人もあるんだからね。それにあの雑録や日記の中にはまだ出しては無いが、かなり大変なこともあるんだ。森田君なんか、何でも関《かま》わず出してしまえと云ったが、つまらぬことで筆禍になってもつまらないから、僕なんか大いに止めたわけさ。僕はこれでも官吏だからね。

実際書きつけていると、段々図々しくなって、思い切ったことを書きたくなるので困るよ。口で云ったことなら、何を云ったってかまわないが、筆で書いたものだけは、どんなつまらぬことでもやかましくて、実際馬鹿らしい目にあうことがあるからね。君なんかも今に何か書くようなことがあってもそれだけは注意し給え。

実は今度の議会を見て来て、議会見物記というのを書こうと思ったのだが、ちょうど書き上げた時、武藤山治とかいう人が「議会は最も能率の上がらぬ機関だ」とか云って懲罰になったということを聞いて、怖くなったから止めてしまった。僕が死んで遺稿でも整理する時があったら出してくれ給え。実際、あんな不愉快な所は無いね。バントラとかいう人が、まるで何やらちっとも分からぬことを云って、手を振り廻して無暗《むやみ》と怒鳴っているし、政友会の方は、また厭に落ち付いて、何と云われたってどうせ多数決できめるんだからというので、図々しく平気で構えているし、実際あんな不愉快な所は無いよ。

一七　水産時代の思い出

先生は大学を出られて暫くして、水産講習所へ講義に行っておられたことがあった。その頃手をつけられた水産方面の色々の問題が、その後優れた後継者達の手で今日では立派な水産物理学に仕上げられ、日本の水産技術と同様、立派に世界に覇を成しているのである。初めの中《うち》は先生一人で講義も実験もやっておられたのであるが、段々忙しくなったので、藤原先生を連れて行って、講義だけを担当して貰われ、先生は研究の方に専念されるようになったのだそうである。先生はその当時の仕事が余程御気に入っていたらしく、随分懐かしそうにその頃の思い出話をされたことがあった。

あの頃は面白かったよ。藤原君が講義を受け持ってくれたので、僕は安心して自分の勝手なことばかりしていたんだ。何しろ藤原君の講義というのが振るっていてね。「世に物と事とあり、物とは何ぞ、例えば幽霊は物なりや否や」という調子なんだからね。恐らく物理の講義の中に幽霊が出て来るなんていうのは、藤原君だけくらいのものだろう。

藤原君は学生時代はおとなしい若い学生で、あんなに偉くなろうとは思っていなかった。しかし一緒に水産講習所へ通っていた時の電車の中の話は面白かった。エントロピーが増す一方だというのは可笑しい、仏教の御経の中に何とかいう文句があるが、あれはエントロピーが減ることを意味しているなどという話なんだ。どうも少し変わっていると思っていたが、到頭ノルウェーで出したあの有名な渦《ボルテックス》の論文の中の根本概念はやはりそこにあったのだ。

研究の方も面白かったな。僕は縄の腐れる理論をやるし、藤原君は乾物の理論、缶詰の理論を出すという始末さ。何でも干し鱈を作る話なんだが、肉を繊維の集まりとしてその中を毛管現象で水分が上って行って、表面から蒸発するというのを、何十頁か長い数式ばかりで埋めたんだから、水産講習所の連中を煙に捲いたわけさ。

もっともこれは冗談じゃ無いんだ。僕はあの縄の腐れる論文には大分自信があるんだが、誰も読んでくれないのだ。あんまり変わったことをやるのはやはり損だな。

一八　雲の美

大正十三年の夏は大変な暑さで、夏休み中実験室へ出てはいたものの、実験なんか勿論何も手にはつかなかった。それでも先生は毎日のように実験室へ顔を出された。まず朝室へはいると、真裸になってその上に白い実験着を着て、紅茶をわかして、手製の硝子細工の冷却器に水道の水を通して冷やしておく。昼頃先生が見えると、それにうんと砂糖を入れて出すのである。ごみごみした実験台の上で、先生は如何にも汚さそうにその紅茶をとりあげながら、実験結果の曲線を覗かれる。「うん、そうか、これを皆集めて三次元的にすると、金屛風に山の芋を立てかけたような形になるんだな」という風な指導振りが一応すむと、後は暢気な雑談を暫くして帰って行かれるのであった。

ある日ちょうど先生のおられた時に、気象台の藤原先生が這入って来られた。何でも藤原先生が見られることになっていた論文を見終わられたので、それを持って来られたのである。小使にでも持たせて寄こされれば済むところを、わざわざ御自身で持って来られるのは、藤原先生も寺田先生に師事されていたからなのである。「実際こう低気圧《タイフーン》に腰を据えられては全く神経衰弱になってしまいます」と藤原先生がこぼされる。先生はにやにやしながら、ちょうどその日の朝の新聞に出ていた記事のことを話されるのであった。

「藤原君も、ああでも無かったが、気象台へ行くと、皆人が悪くなるからね。新聞記者を操縦するところなんか巧いものだ」

「ええ、なかなか新聞記者学を卒業するには、十年はかかりますね。今頃になって漸く、そのこつが分かりましたが、Ｉ先生なんかまだまだ一年生ですね」

「何だかこの前なんか、中央気象台の藤原博士に会って、雲の美の話をして下さいと言ったら、雲の話なら僕も少しは知っているが、雲の美となると、どうも大学の寺田先生で無くちゃとおっしゃいましたからと云って、婦人記者が僕の所へやって来たね。実際藤原君も人が悪いなあ。物理学者を侮辱していると少々憤慨していたところなんだ」

先生は僕達の顔と藤原先生の顔とを等分に眺めながら、にやにやしておられる。藤原先生は頭を掻きながら、

「どうも婦人記者には一番困ります。雲の美、雲の美と云って、いやに美しがってば

かりいるもので、これじゃとても僕の手には負えぬと思って先生の所へ差し向けた理由《わけ》なんです」

と云って、大笑いになってしまった。

藤原先生が辞して帰られようとした時、硝子戸に、ばらばらと雨がかかる。「やあしまった。傘を持って来なかった。洋傘のいらぬのがありませんか」と藤原先生がまた頭を掻かれた。これは早速その年のニュートン祭の漫画の幻灯の種になってしまった。

一九　全人格の活動

同じ実験室でのある他の日の話である。少し実験が面白くなって、先生も頻繁に実験室へ顔を出されていた頃のことである。ある日先生が見えているところへ、岩波書店の主人があの野趣に富んだ精悍な顔を不意に見せたことがあった。一言二言挨拶をしておられるうちに「どうです、この頃はちっとも御書きになりませんなあ」という申し出であった。先生は少しきまりの悪そうな顔を私達の方へ向けながら「何分御覧の通りの始末ですよ、これでもなかなか忙しいんでね」と実験の装置を指差される。

「それはそうでしょうが、それだけでは寺田さんの半分だけですね。全人格の活動とは云えませんな。どうかもう一方の半分の御活動も願いたいものですな」と言い棄てて、岩波の主人はさっさと帰って行ってしまった。

後で先生は苦笑しながら、

どうも驚いたな。あれが精一杯の御世辞なんだから。しかし全人格の活動とは巧いことを云ったものだ。実はそれが本当なのかもしれないからな。何にしてもこれは岩波の主人にしちゃ出来過ぎだ。ことによると道々考えて来たのかもしれないな。

こんなちょっと人の悪いようなリマークをされる時は、先生は全くの上機嫌なのである。

二〇　実験の心得

その頃の実験室は生地むき出しの汚いコンクリートの建物の中の狭い一室で、二間に三間くらいの極めて狭い部屋であった。その中で湯本君が水素の爆発をやり、桃谷君が霜柱を作り、室井君が熱電気の研究に焔を針金に吹きつけ、片隅で私が電気の火花をパチパチ飛ばすというのだから、まず玩具箱をひっくり返したような騒ぎである。その中で先生は悠然として朝日〔タバコの銘柄〕を吹かしながら「こんなに雑然としているようでも、これらの題目が皆僕の頭の中では一つに融合しているのだからな」と云って、済まして気焔を揚げておられた。

時々は前に云ったような珍客が、晴れやかな空気を持ち込んで来るようなこともあったが、時には先生が真顔になって実験の心得を説かれることもあった。

装置を一度作るとどうしてもその通りを追って行くのが一番楽で、どんどんそれを変えて新しく実験を進めて行くのが何となく億劫になって、次の事に手を出し兼ねるようになってしまう。それが実験家には一番いけないことだ。

型に嵌った実験を精密にやって、恒数を決めて行ったりする仕事も僕は決してつまらぬとは云わない。それも立派なことで、また無くてはならぬ仕事であるが、それにはそんな仕事に適した人があるから、その人に任して僕は御免を蒙ると云うだけなんだ。僕は子供の時から家で非常に大事にしてくれたもので、自分の好きな事だけして来られた。まあ、苦学力行の正反対で楽学の大家だね。しかし世の中には自分の好きなことをやるというのが何か悪いことのように思う人があるので困るよ。どうも日本人には、自分の性質に合わぬむつかしいことをひどく尊敬する癖があるようだ。自分の性に合わぬことに大変な勉強をして、やっと人並みくらいの仕事をして得意になっているのは、征服感の満足だということに気が付かないんだね。まあ自分の好きなことを暢気にやって行くのが、少なくとも身体には一番良いね。

しかし、実験家として立って行くには、決して億劫がってはいかぬ。どんなつまらぬことでもやって見なければ分からぬものだから。まずやって見ることが一番大切なんだ。頭の良い人は実験が出来ぬというのもそのことで、余り頭の良い人は何でも直ぐ分かってしまったような気がするのでいかんのだ。どんなことでもやって見なければ決して分かるものじゃ無い。何と云っても相手は自然なんだから。

先生は窓越しに青空を仰ぎながら、ごそごそとポケットから煙草を探り出して「実験物理学者になるには、自然をよく見ることが必要だ。一つルッソウの真似をして、自然に帰れとでも皆の前で云って見るかな」と感慨深そうに云っておられた。

二一　ボーアの理論

この話は物理を専門にしておらぬ人には興味が少ないかもしれないが、その代わり物理の専門家の人には、ある意味で非常に興味のある話であろうと思う。

この頃のように量子力学が非常にむつかしくなって、物理をやっていても、その方面の専門家でないとちょっと理解出来無いようになって来ると、この先物理がどのようになって行くのか少し気懸かりになる。

しかし新しい理論というものは、どれも出初めは大変難しく見えるもので、今では皆に親しまれているボーアの原子構造論でも、出た初め頃はなかなか大変だったのである。次の話は、長岡先生や寺田先生らが、その理論をめぐって色々議論をされた席の話である。東大の物理では、毎月一回、御殿で懇親会というのがある。それは先生方、在京先輩、三年の学生が集まって、一円の夕食を共にし、引き続いて誰かが、新しい物理学上の問題に就いて一席話をするのである。

六月のある晩のこと、長岡先生が新着のボーアの本を紹介されて、その頃では破天荒に新しいボーアの原子論の大体を約一時間にわたって話されたことがあった。もっとも定常軌道のことや、プランクの量子論の導入の問題は、その前から知られていて、先生方も十分考えておられた問題なので、話が済むと直ぐ討論《ディスカッション》が始まったのである。まず寺田先生が「電子が次の軌道へ行く時がν《ニュー》の光で、それを飛び越えてまた次の軌道へ行く時にはν′《ニューダッシュ》の光を出すとすると、何だか電子が自分の行先を知っていて、それに相当する波長の光を出すような気がしますがね」と例の悠揚迫らぬ姿で、質問とも独り言ともつかぬ話をされる。余り妙な質問なので、長岡先生は本を撫でながら苦笑しておられる。すると横から佐野先生が飛び出して「君、それはね、それは」と言いながら、黒板の前へ出て行かれて「電子はね、この途中は飛び越してこの軌道の所へ来て暫くまごまごしている間に光を出すんです、ここでちょっとまごまごするんです。これは本当です」と、チョークで黒板を叩きながら、電子のまごまごしている姿を見せるつもりらしい。先生は「定常軌道の考え方からして、軌道の上で光を出しては困る。根本概念に矛盾するから」となかなか納得されない。すると高橋〔胖〕さんがのっそりと立ち上がって「それは、その、電子が出る時にあるタンゼントを持って出て行って、ヘリックスかなんか描いて行くとすると、タンゼントの角によってνも決まり、どの軌道へ行くかも決まるとするとよい理由《わけ》ですが」と云われる。「そんな人為的《アーティフィシアル》な考えはどうも困る」と先生はなかなか頑強である。

この頃になって見れば、このボーアの理論は、今の量子力学などから見ると大変易しいものになっている。やがては今の量子力学にも皆が馴れて、小学生がラジオをいじるように、気楽に親しまれる日が来るかもしれない。

先生が晩年書かれた『生命と割れ目』や『藤の実の研究』などの論文の題目だけ聞いておられる一部の読者は、先生は今の所謂「正統派」の物理学、即ち相対論や原子論の方面には全く興味を持たれなかったように思われるかもしれないが、実は決してそうでは無かった。相対論のやかましかった頃は「大学に籍がある以上は一通り知っておらねばね」と云いながら、難しいラウエの本を読んでおられた。先生の『アインシュタインの側面観』には、理論の内容のことはちっとも書かれていないが、その当時、我が国で相対論を十分理解しておられた少数の先生方の一人であったのである。その後原子論が物理学界の主潮となってからは、先生はゾムマーフェルドの千頁に近いあの大著を読みながら「一回ざっと読んで今二回目を半分ばかり読んでいる。なかなか面白いよ」と云っておられた。そして理研の藤岡君の帯《バンド》スペクトルの講義を喜んで聞いていられた。先生が『電子と割れ目の類似《アナロジー》』を書かれるには、ちゃんと準備がしてあったのである。

二、三年前のこと、割れ目の研究の生物学上に於ける意義を論ぜられていた頃、理研の部屋へ伺った時には、机の上に細胞学の部厚な洋書が四冊ばかり載っていた。「これを皆読んだのだから、なかなか勉強だろう。何理由《わけ》は無いよ」と云っておられた。この調子だから、単なる奇想を堂々と発表する人があると「出鱈目」だと云って、大変御機嫌が悪かった。無理も無いことである。

二二　本

本の話が出たことがあった。

本は何といっても大家のものに限る。マクスウェルの電磁気とか、トムソン、テイトの物理教科書とかは、今頃の人にはほとんど読む人が無いだろうが、閑《ひま》があったら是非読んで見給え。新しい整った本よりも、あんな本の方がどれだけ役に立つか分からない。書いてある事は旧いし、今から見たら間違っていることもあるだろうが、只何となく、あれくらいの大家の書いた本には、インスピレーションがあるね。そこが一番大切なんだ。この頃出る色々のものから寄せ集めたような、書いている本人もよく分からぬような人の書いた本にはそれが無いのだ。実際そのインスピレーションを得るというのが、本の一番大切な要素なんだ。

僕は卒業前の正月休みに、レイレーの音響学《サウンド》を持って修善寺へ行ったことがあるがね。湯に入ってはレイレーを読み、湯に入ってはレイレーを読むという生活は実に楽しかったな。到頭二週間近くで全部読み上げてしまったが、あれは後々まで随分役に立ったものだった。この頃ラジオの色々のものを見ても、初めての配線《コンネクション》のものでも直ぐ分かるね。みんなレイレーの音響学《サウンド》にあるものばかりだね。あの旧い音響学と最近のヴァルブとでは大変の違いのように見えるが、結局振動という一番大切な点では全く同じことだよ。

それから閑があったら、大家のものでごく通俗なもので、知り抜いていることを書いた本も読んだ方が良い。そんなものを読んでいる間には、自分の頭に余裕があるから、きっと何かのヒントを得るものだ。特に実験を一所懸命やっている時に、そんな本を読むと、非常に大切なヒントを得ることがよくあるよ。その意味で、あまり実験ばかりやらないで、時々はうんと遊び給え。高い山へでも登ったり、温泉にでも浸っている間に、ふっとまるで飛んでも無い新しいアイディアを得ることがあるから。よく今の若い者は遊んでばかりいて困ると云われる先生もあるが、僕は、どうも今の若い者は勉強ばかりしていていかんと云いたいね。

二三　露西亜語

先生が外国語に堪能だったことは事新しく云うまでもない。普通書かれたのは英語が主であったが、独逸《ドイツ》語と仏蘭西語も自由であり、読むだけは、伊太利語も露西亜語もかなり楽だったように見えた。『比較言語学に於ける統計的研究』を書かれた頃は、単語だけは十数ヵ国語に相当通じておられた。英文は非常に立派な文章を書かれた。露西亜語に凝っておられた頃、今ツルゲネーフの『初恋』を読んでいるが、やはり原文の方が面白いなどと云っておられたことがあった。よく「露西亜語の論文で必要なのがあったら僕の所へ持って来給え、読んであげるから」と理研などで云っておられたことがあったが、これは結局誰も持ち込まなかったらしい。

露西亜語と云えば面白い話がある。ある日角袖《かくそで》〔和服を着た巡査〕か刑事みたいな人が御宅へ調べに来たことがあったそうである。先生の留守の時に来て女中さんをつかまえて色々根掘り葉掘りきいて行ったのであるが、その中で、女中さんがちょっと「露西亜語の本なども御読みになるようです」と云ったら、その男が「やっぱりそうでしたか」と云っていたそうであった。

君、その時にね、その刑事が妙に声を落としたそうだ。「やっぱりそうでしたか」は良かったね。しかしあんな報告が基になって、色々やられるんじゃ耐らないね。これは少しくだらぬことになりそうだから、今度からは御免を蒙った方が利口らしい。

どうも心なしか、露西亜語の方はその後は余り吹聴されなくなったようだった。

二四　ある探偵事件

ある晩のこと「僕は今日一つ探偵事件を解決したよ」と先生は上機嫌で話されたことがあった。それというのは、その日先生の御宅へ妙な私製葉書が舞い込んだのである。表にはちゃんと宛名が間違いなく書かれているのに、裏は真っ白なのであった。どうも悪戯にしても余り変である。こういう場合先生は、何時か小宮さんが云われたように、綜ての可能性《ポシビリティ》を考えて見られるのが得意でもあり、また好きでもあった。宛名の字の書き振りから見ると、どうもこの葉書は沢山同様な葉書を書いたものの一枚らしいという気がしたので、そうするとこれは印刷の葉書で、何かの間違いで一枚だけ刷り落ちたものかもしれないということに気が付かれたそうであった。それならば、この葉書の上に重なっていたものが印刷された時の活字の圧力が、この葉書の上に残っているはずだと、色々の角度で光線を反射して見られると、どうも字の型らしい痕がある。さてこれをどうしたら読むことが出来るかと散々考えられた末、鉛筆の芯を細かい粉に削ってその葉書の上に散らし、それを指先でそっと撫でつけて見たら、字がありありと出て来たという話なのである。結局その葉書は何かの会の招待状か何かで、大した必要のある葉書でも無かったのであるが、先生は大分御得意のようであった。

球皮事件の話にしても、この話にしても、私が何よりも驚いたのは、先生の測り知るべからざる強い自信である。自分が考えたならば分からないことなら分からないが、分かることならきっと分かるはずだという自信が、どこかに潜在意識として働いていたればこそ、一枚の真っ白な葉書にこれだけの脳力の消費が出来たのであろうと思われる。

先生は探偵小説が御好きではなかったかという話を時々聞かれるが、何時かちょっと伺った時の話では、余り興味を持っておられなかったらしい。「探偵小説というものは、どれも皆つまらぬものばかりでね」という意味をもらされたことがあった。しかしそれは今の普通の探偵小説では、きっと先生には絡繰《からくり》が余り見え透くので、つまらないと云われるのだろうと思われる。五、六年前に札幌へ来られた時にこんなことがあった。一緒に学校の構内を歩いていたら、鴉《からす》が一羽頭の上を飛び去って、赤い血のようなものがついた布切れを先生の眼の前に落として行ったことがあった。その時先生は「それは人間の血じゃないかね、これだけを材料にしても、立派な探偵小説が出来るな」と云ってにやりとされたことがあった。

二五　赤い蛇腹の写真器

大正十四年の一月のある土曜日のことである。ちょうどその頃海軍から委託の球皮の実験が大分面白くなって、先生もその時は珍しく興奮してその仕事に熱中されていたのであったが、その仕事も大体の見通しがついて幾分ほっとした頃のことである。実験用に写真器のシャッターが一つ要るので、それを買いに浅沼商店へ先生と皆で出掛けるという騒ぎなのである。今から考えて見ると随分貧弱な話であるが、その頃はシャッター一つまで委託の研究費で先生御自身買いに出掛けられたものであった。

朝その話があって、午後になってもまだ私と湯本君とは、海軍から借りた無電機のアンテナを雪の積もっている屋上に張り廻していた。先生がのっそり屋上へ顔を出され「写真屋へはどうします、手が空いたら行きましょう。僕は下で校正をしているから、手が空き次第来てくれ給え」と云って寒そうにして下りて行かれる。湯本君は「やあ、先生珈琲がのめないかと思って心配していられるぞ」と大急ぎで片付けてしまう。

それでは参りましょうという段になると、先生は例の微笑を浮かべながら、同室の室井君達に「どうです、諸君も」と誘いかけられる。室井君は生真面目な顔をして、バット〔ゴールデンバット。タバコの銘柄〕の煙を濛々《もうもう》と揚げながらテレスコープにしがみついている。「今日は土曜だから、いいでしょう。余りやっては神経衰弱になってしまう。写真屋で油を売るのも一つの勉強だから」と先生もちょっと持て余しの気味である。「おい止せ止せ室井君、行こうや」と湯本君の助太刀で、室井君も漸く御輿をあげて、さていよいよ四人で電車に乗り込むという騒ぎである。

浅沼商店で問題のシャッターを買うのは二、三分で済んでしまう。すると先生はいつも持って歩いておられる風呂敷包みの中から、古色蒼然とした写真器を一つ取り出されて「この写真器は二十年も前に独逸で買って来たものだが、××糎《センチ》に〇〇糎《センチ》のフィルムで無くちゃいけないのだ。ところがそれが今どこで聞いて見てもないから、何とか今買えるフィルムに合うようにしてもらえないかな」と店員に渡される。若い店員はちょっと見て「これは三号のフィルムで合います」とまるでにべもなく言う。そして一番普通のイーストマンの巻《ロール》フィルムを持って来る。先生は少し慌てながら、「それは君その書いてある長さがちがうんだよ」と云われるが、店員は平気でちゃんと嵌めて見せてしまう。「なるほどね。やっぱり実物を持って来なくちゃ駄目だね。そんなくらいなら、もっと早くからこの器械を利用すれば良かった。どうも、二十年もディメンションばかり云って探していたんだから。また諸君を喜ばせてしまったな」と先生は頭を掻かれる。その写真器というのは、蛇腹が赤いのだから益々変わっている。この赤いところがちょっと変わっていますねと誰かが口を出すと、先生は「どうもこの蛇腹では大分軽蔑されるから、今度は一つ黒く塗ってしまう」と云いながら、その店員をつかまえて「ところでね、君このシャッターがちょっと妙でね、こう一々挺子《てこ》で持ち上げるので不便なんだが、これを直して貰えないかな」と説明される。店員は仔細らしくその写真器を調べている間に、先生は印画紙の見本に掲げてある額を眺めておられる。図柄は石の階段を下から大写しにしたものであった。店員が「この写真器はもう旧いから誰かにおあげになって、新しいのを御買いになった方が御得でしょう」という結論に達した頃は、先生はもうその方へ返辞はされずに「君、あの階段の磨り減り方がプロバビリティ曲線《カーブ》になっているなあ」と額を指差しておられる。

僕は中村〔清二〕先生の洋行中、暫く一般物理の講義を持ったことがあったがね。助手に学生の出席時間をつけさせて見たら、やっぱりちゃんとプロバビリティ曲線《カーブ》になったから、早速講義の材料に使ったことがあったよ。

と話をされていた。帰りには果たして予定通り珈琲の御馳走になった。

二六　ヴァイオリンの思い出

この話も一部は、随筆にかかれているのであるが、御話の方がもっと先生の私的《プライヴエト》な感情がはいっていると思われるので、書き止めることとする。何時か、今は発狂して行衛《ゆくえ》が分からぬという噂のO君と二人で、先生の応接間へ御訪ねした時のことであった。まだセロの勉強の始まる前で、先生はヴァイオリンに大分御熱心だった頃の話である。

　僕のヴァイオリンも古いものだ。龍田山の頂上へ持ち上がった時から、もう二十年余りになるからなあ。あの時狸か何かが鳴いて逃げ帰ったというのは、あれは嘘だが、龍田山へ上ったことは本当だ。なんでもあの時買ったヴァイオリンは九円だったが、月々十二円ずつ送って貰っていたのだから、その借金を返してしまうには、なんでも随分かかったものだった。そのヴァイオリンを担いで東京へ来て、一つ誰か先生に就いて勉強しようと思って考えて見たがなかなか見当たらない。到頭思い切ってケーベル先生のところへ出かけて行ったものだ。話の方は、僕の拙い英語と先生の拙い英語でちょうどよかったが今から考えて見ると実に変なことをしたものだ。一度も会ったことの無いケーベル先生のところへ突然出かけて行って、ヴァイオリンの先生を紹介してくれと云ったのだからね。もっともケーベル先生という人が、そんな人なんだ。初めて会ってヴァイオリンの先生の紹介を頼んでも良いような気がした人なんだ。到頭先生紹介状を書いて音楽学校の先生か誰かに紹介してくれたが、一体幾らのヴァイオリンなんだと云うので“nine yen”と云うと、ケーベル先生ぷーっと吹き出してしまってね。一体外国人が人の前で大声で笑うということは滅多に無いことなんだから。あの時ばかりは余程可笑しかったと見えてね。なかなか笑い止まなかったよ。それからその先生の所へ行ったが、今から考えて見ると誰が知りもせぬ学生に教えてくれるものかね。しかしその頃はちっとも知らなかったから、喜んで出かけて行ってみると、それは音楽学校の教習所があるから、そこへ通えと云われたのさ。僕は忙しくてとてもそんな所へ出かける理由《わけ》には行かぬと云うと、兎に角非常に忙しいからとても教えられないと体よく断られてしまった。それで先生につくことはおじゃんになってしまって、独りで勝手に弾いていたものだった。

この頃直ぐ近所に先生があるので、そこへ通っているが、また全然初めからやり直しさ。弓の使い方なんかちっとも気に懸けていなかったが、やっぱり先生に就いて見ると違うね。この頃は「少しヴァイオリンらしい音が出ますね」などと御世辞を云って貰って、上機嫌になっているところさ。

どうも先生の所へ行くと、十五、六くらいの子供が来ていてね。それと一緒に教わるのは初めは随分気まりが悪かったよ。この頃はそんなでも無くなったが。もっとも先生もね、僕みたいな年寄りが、子供の前で顔をしかめてやるのが気の毒だと思って、一人だけ別の室でやってくれるよ。それでも待っている間は、そんな子供達と一緒に腰を掛けているのだよ。なかなか勤勉なものさ。

二七　日本の商人

日本の色々な商売をしている人が、どうしてあんなに進歩しないのか、不思議なくらいだ。蓄音機なんか特に著しいな。ちょっとしたことで良いのだが、一週間に一つずつでも、どんなつまらぬことでも気に留めて改良して行く気になれば、決してあんなものにはならぬはずだ。金が無くて科学的の研究は出来ませんなどと云っているが、決して金が無いのじゃない。考え方が無いのだ。考えて生活するという余裕がまだ日本人には無いのだな。実際科学的にやるというと、直ぐコンクリートの建物を建てて、実験室を作ってという風に考えるのだから。これは一つは吾々物理学者の責任なんだな。科学的にやるという意味を分からすことはまず今のところでは到底出来んな。印刷屋でも、毎日一字ずつ活字の型を改良して行っても、すぐ立派なものになってしまうがな。そして結局その方が勝つものだがね。もっともこれは実際はなかなか難しいことなんだ。

二八　落第

私も少し話が内輪話のようになるが、ある晩先生がひどく懐古的な話をされたので、私もつい高等学校の入学試験に落第して、一年家で商売の手伝いをしたことがあるという話をした。そしたら先生が「それはよいことをした。そういう経験は世の中を知る上に於て滅多にない良い経験だ。一年くらい大学を遅く出るということは、一生のことを考えて見ると、ちっとも損にはならない」と妙に力瘤《ちからこぶ》を入れて落第を礼讃された。そして声を潜めるようにして、

実は僕も中学の入学試験に落第したことがあるんだ。小学校の時、なまじっか出来るなんて、慢心して、碌々《ろくろく》準備をしなかったものだから、良い懲らしめになった。それで慌ててね、一所懸命勉強して次の年成績が良かったもので、中学の二年の補欠試験を受けてどうにかパスしたので、年の上では損はしなかったが、立派な落第さ。しかしあの時の経験は実に貴かったと今でも思っている。その中学には色々面白い先生がいてね、溝淵さんなんかもいたんだ。若くて先生というより兄さ

んというような気がしていたもんだ。溝淵さんからは、随分色々ハイカラなことを仕込まれたものだ。

私はびっくりして「溝淵先生がハイカラだったんですか」と聞いたら「何、思想上のハイカラさ」と云って大笑いをされた。

それから高等学校は五高だったが、五高にも良い先生が沢山おられたものだった。夏目先生に英語を教わり、田丸先生に三角を教わったものだ。田丸先生に教わると三角が生きて来るのだから妙だ。数学は子供の時から嫌いだったのが、あの時初めて面白いと思った。それまで二部の工科だったのを、田丸先生の感化で到頭三年の時理科に変わってしまったんだ。

理科の独逸語《ドイツ》は青木〔昌吉〕さんだったが、生徒は僕と木下さん〔木下季吉先生〕とそれから農科を出て今局長になってる男と三人切りだった。そして一人休むと今日は三分の一欠席していますから御話にして下さいなどと云っていたものだよ。

二九　中学時代の先生達

中学時代の先生には愉快な人が多かった。英語の先生にアメリカに十年もいた人がいて、始終教員室から帽子をかぶって外套を着て教室へやって来るんだ。そして講義が済むとまた帽子をかぶって教員室へ帰って行くというのだから変わっていたね。その先生にパラフレーズを随分ひどくやらされたものだが、今になってそれが随分役に立っているよ。何にしても、遊廓へ行って、そこから朝黄八丈のどてらに靴をはいて学校へ出て来るという噂があったくらいだから、随分変わっていたね。何でも後にはタイムスの記者になったという話だったが。

それから漢文の先生には面白い老人がいてね。何か話をして下さいと云うと、それじゃ子供の出来る話をしてやると云って、漢法の古い解剖図を黒板一杯に描いて説明してくれたものだった。愉快な先生で四書くらいはちゃんと本文も註も全部暗記していて、本を持って講義をしたことなんか一遍も無いんだ。何時か子供の出来る話をしている最中に、校長さんが見廻りに来ても平気で続けていたことがあったよ。

作文の先生にはこんな人がいたね。黒板一杯に南画の山水を描いて、唐人が杖を曳いて橋の上を渡って行く画を描いて、今日はこれに就いて作文を作れと云って平気なものだった。それからある時なんか「ある男が野原で便所へ行きたくなったので、そこで用を弁じてしまった。そして弁当を喰おうと思って握り飯を取り出したら、蜂か何か来て慌てて、その握り飯をその大便の上に落としてしまったんだ。そこでその男が、こいつはなるほど早道だと云った」という話をして「さあ今の話を漢語交じりの作文に直して見ろ」と云って済ましていたものだった。勿論便所へ行きたくなったなどという難しい漢語はちゃんと教えてくれたが、今でも妙にその言葉だけは覚えているよ。「内逼る」と云うのだ。

とにかく、今になって考えて見ると、そんな先生方から一番多く何物かを教わって来たという気がするな。実際師範学校を出た先生に小学校で教わり、高等師範を出た先生に中学を教わる今の子供達は不幸だなあと思うこともあるよ。こんなことを云うとまた、寺田はひねくれたことを云うと云われるかもしれないが。

この話も後で先生が随筆に書かれたことがあるかもしれないと思って、矢島氏に問い合わせて見たら、随筆には書かれていないが、ノートの中に「中学時代の先生の列伝」とだけ一行書かれたものがあった由である。いずれ何かの機会に書かれるつもりだったのが、そのままになったものと思われる。ここで先生の現代の所謂整頓した教育に対する意見を聞く機会を逸したことは誠に残念である。

三〇　冬彦の語源

先生の筆名、吉村冬彦の語源は、矢島氏が考証された通りで、全く同じ意味のことを先生から伺ったことがある。

僕の家の先祖は吉村という姓だったので、それに僕が冬生まれた男だから、吉村冬彦としたわけさ。だからこの名はペンネームというより、むしろ僕は一つの本名だと思っているのだ。

この頃の人は本名で何でもどんどん書くが、僕らの若い頃は、何となく周囲が怖いような気がして、とても寺田寅彦で堂々とあんなものを書くことは出来なかったものだよ。まあこんな道楽のことはどうでも良いとして、実験でも随分気兼ねばかりしてやって来たものだ。僕はしかしあんまり周囲に気を配りすぎたような気がする。古ぼけた器械ばかり持ち出して、変な実験をやって途方もない理論をそれにくっつけるばかりが、僕の本当の希望では無かったのだが。今理研におられる先生方が大学で実験をしておられた頃は、電気なんかの新しい流行の実験をすると、直ぐ蓄電池のパワーが足りなくなるし、器械を買って貰うのも大変だったし、遠慮ばかりしているうちに、到頭物理の方まで、吉村冬彦になってしまったんだよ。

三一　油絵の話

あの頃先生の御弟子たちの中で、油絵を始めるのが流行ったことがあった。ことの起こりは今理研にいるS君が、二、三年前まだ大学院時代に、油絵を始めたいと先生に話したら、それじゃ僕が手ほどきをしてやろうということになって、S君を引っ張って神田の文房堂へつれて行って、一々説明しながら必要なものを一通り揃えて下さったことがあったそうである。そして帰りに風月へ行って珈琲の御馳走まであったという話を、何かの機会にS君が一同に披露したので、急に皆が羨ましくなったのである。

ある晩先生の応接間へ伺ったら、S君が油絵を持って来ていた。それを椅子の上に立てかけて、先生が一々丁寧に批評をしておられた。色の使い方、構図の取り方から、細かい技巧の点まで、実に篤切を極めた説明があって、画の心得の話になる。

空は青、樹は緑と思って画を描いてはいけない。その点物理の研究と同じだよ。そういう先入主を離れて樹を見ると、樹は決して緑じゃ無い。陽の当たっている所は黄色、蔭の所は青か赤だよ。緑はその間にちょっと出ているばかりなんだ。考えてみればそのはずだろう。そしてよく注意して見て、その色を大胆に使わないと画にならない。シーツが白いと思って、白く描くとどうしても白く見えぬ。それでは描いたものになってしまう。本当の白いシーツは、赤や黄で描いて初めて出せることが非常に多い。そのつもりで一度白いシーツを見て見給え。きっと驚くから。

しかしそんなことに余り拘泥すると、美術学校の落第生のような画になってしまう。ところがまた全然そんなことを考えないと、本当の画の面白さが分からない。そこがむつかしいところだよ。まあそれだけ見えるようになったら描くんだな。見えぬものを描いちゃいかん。腹に無いことはせぬ方が良い。素人の画は拙いが、何となく嫌味が無くて風韻のあるのが良いので、何でも余り上手になったら素人の芸はおしまいだね。

画ばかりでなく、音楽でも何でもそうだよ。田丸先生がよく、昔ニュートン祭の時独唱されたが、先生のは実に感服する。決して上手ではなく、自分でも上手でないことは知っておられたが、上手でない者が一所懸命やるところが素人の芸の貴いところだということを自覚して、一心になってやられるんだ。如何にも田丸先生らしい。あれでなくちゃ駄目だよ。夏目先生の画でも、確かにそんなところがあったものだ。

実は僕はこの頃画の先生の所へも通っているんだがね。この夏は到頭モデルまで描いたよ。こうなっちゃ、あんまり道楽者のように思われて困るのだが、僕にはどうもヴィタミンが無くちゃ生きて行けないんだから仕方がない。

先生はちょっと気まりの悪そうな笑いをされる。S君が「ヴィタミンにもＡＢＣＤ……と沢山あるようですから」と言うと「どうも今の若い人は口が悪くてかなわんよ」と苦笑しておられた。

三二　学士院会員

先生が学士院会員になられた時、最年少の会員だと新聞に書かれてあった。ちょうどその日実験室へ見えた時に、皆で御祝いを言ったら「どうもまだ若い気でいるのに、とうとうあんなものにされちゃったよ。今日も御殿で末広〔恭二〕君に会ったら、いよいよ君も老大家の域にはいったのだから自重せにゃいかんよと冷やかされたので、悲観しているところなんだ」という話であった。「先生は地球物理の方で会員になられたのですから、その方はもう大家になったが、物理の方はこれからだとおっしゃれば良かったのですに」と言ったら「それは巧い。今度末広君に会ったら、早速敵をとってやろう。うんそれに限る」と大機嫌で帰って行かれた。

三三　Rationalist の論

先生は書かれるものには「とも考えられる」とか「かもしれない」というような表現を始終用いておられるが、話をされる時には、特に少数の集まりの場合には、少し熱がはいって来ると、随分はっきりと物を言われたものであった。

僕はこの頃になつて、科学者はすべての問題に口を入れて、決して恥ずかしくないという自信を得たよ。この頃ネーチュアに、scientistという言葉がいけない、rationalistとした方が良いという意見が出ていたが、その通りだと僕も思う。科学者というものは、宜しくrationalist即ち合理的に物を考える人にならなければいけない。特に物理をやる者は、物の理を学んでいるという気持ちを始終失ってはいけない。少し極端なようだが、僕はどんな学問をやるにも物理が必要だと思うね。物の理を知らなくては学問は出来ないからね。ところが専門の物理学者になってしまうと、却って物の理を忘れてしまうことがあるから、その点は余程注意していなければいけない。ネーチュアにrationalistの論が出た時、色々の人の意見をきいていたが、その返事の中に、ラサフォードが自分はアマチュアである、決してprofessional scientistではないという回答をしていたが、大いに我が意を得たりと思ったね。あれでなくちゃいけない。

実験なんかでも、余り勉強ばかりしていると、つい目を瞑って研究をするようになるから、余程その点は注意する必要がある。いつでもアマチュアの気持ちを失わずに、楽しみながら、始終目を開いて仕事をしなければいけない。それが即ちrationalistなんだよ。

三四　恐縮された話

湯本君と一緒に実験をしていた頃の話である。四月の休みに湯本君は郷里へ帰って少し帰京が遅れたことがあった。先生から何か新しい実験の装置のことでちょっと相談したいから湯本君が帰ったら直ぐ会いたいと云ってくれ給えと言い付けられたことがあった。それでその由をちょっと湯本君の家へ電話で伝えたところが、大変な騒ぎになってしまったのだそうである。翌日の午後飛んで帰って来た湯本君の話によると、何でも家から「テラダシキキヨウマツスクカヘレ」という電報が郷里へ行って、それがちょうど湯本君が親類の結婚披露とかの席に列《つらな》っていたところへ配達され、それという勢いで今朝の三時に起きて一番で帰って来たという話なのである。

その話を次の土曜の晩先生の応接間へ伺った時ちょっとしたら、先生はまるで小娘のように真っ赤になってひどく恐縮されたので、却って弱ってしまった。「それは困った。僕はそういう意味で云ったのではない」と何遍も繰り返しながら、もう一つ恐縮された話をされた。

僕はこんなに恐縮するような目に遭ったのはこれで二度目だ。もう大分前の話だが、渡辺さんと一緒にマグネットの長さをミクロンまで測っていたことがあったが、ある時渡辺さんがちょっと出張か何かでどこかへ出掛けたことがあったんだ。ところがその晩十二時頃になって、僕の家の門を叩く人があって、起きて見ると渡辺さんが門の前に立っているんだ。そして「実は国府津まで行ったんだが、あの原器室の入り口の鍵を忘れて持って行ってしまったので、急に返しに来たよ」と云って鍵を出された。あの時ばかりは流石の僕も恐縮の極み冷や汗が出たよ。あんなに弱ったことはなかったね。僕は今は御覧の通り出来るだけずぼらにやっているが、これでも若い時は薬瓶を提げて我慢しながら学校へ通ったものだった。僕も本当は几帳面なのが好きなんで、自分も身体の良かったうちは出来るだけちゃんとやって来た心算だったが、とても渡辺さんには敵わないね。几帳面もあれくらいになると雅味が出て来るよ。もっともあの時は心底から恐縮してしまって雅味どころの騒ぎではなかったがね。

三五　昼寄席

この話は先生の大学時代から学校を卒業されて間も無い頃の、先生の御家庭の事情などがそのまま出ているので、書かない方が良いかとも思われるのであるが、これらの話は断片的には、先生御自身でところどころに書かれていることであるし、また先生は、夏目先生の資料を早く集めて置いた方が良いということを話され、その時、どんなことでも材料は全部集めて置いた方が、後に夏目先生を研究する人には大切な資料になるのだからと話しておられたことを思い出したので、書き止めて置くことにする。

僕が初めて東京へ出て来た時は、銀座の商店に親類があったもので、そこから学校へ通ったものだ。そこの息子というのが遊び人でね、よく昼寄席なんか連れて行ってくれたものだった。その頃の昼寄席と来たら実に呑気なもので、大抵は広い客席にばらばらくらいしか客がいなくて、それが皆話をききに行くのではなくて、昼寝をしに行くのだね。みんな浴衣掛けで団扇を持ってねているんだ。中にはグーグーいびきをかいているのもいる。それでも若い男が高座で何か一所懸命に語っているのだ。どうも今の世の中には到底存在の許されそうも無い呑気なものだった。その親類の家というのが天金の裏でね、時々天ぷらをとって御馳走をしてくれたことがあったっけ。

それからそこはどうもやかましいので、またその親類のおやじに頼んだら、谷中の御寺を探してくれてね。何でも古い汚い御寺だったよ。本堂の裏が寄宿舎のようになっていて、美術学校の生徒らに間貸しをしていたものだった。僕は仏壇の直ぐ横で、随分暗い不衛生な所だったよ。何であんな所をわざわざ探してくれたのか、大学の前には立派な下宿屋が沢山あったのにと、今思って見ると、癪に障るくらいだが、あの頃は僕は、何でも云われるままにきいているべきものと思っていた。毎日毎日精進料理ばかりで我慢していたものだった。何でも東京は悪友が多いからとでもいうので、わざわざあんな所を選んだものだろうと思う。

美術学校の連中は、本箱に本なんか一冊も無くて、その中に鍋やら丼やらを放り込んで自炊をしていた。日曜の朝なんか遊びに行くと、よく枕の上に頤《あご》をのせて床の中で新聞を読んだりしていたものだった。あの連中の生活と来たら実際羨ましいくらい呑気なものだった。

その寺の坊主といったら、実に変な坊主で、ある晩遅く、いろりの横で何やらこそこそやっているので、何思わず行って見たら、暗いランプの下で五十銭銀貨を山のように積んで勘定をしているんだ。あの時は実にゾーッとしたよ。

それから国から妻と母が来てね。僕は高等学校時代に妻帯していたんだ。身体が弱かったし、一人息子だったもので、親が心配して無理に貰ってしまったんだ。それでまた家を探して貰ったら、今度は藍染町の汚い小路の離れを借りてくれたんだがね。そこがまた実際不衛生極まる所だったよ。それから仲御徒町の金貸しのばあさんの離れを借りたり、随分流浪の生活をしたものだ。それが漸く今の坂井さんの前の家があいて、それに引っ越してやっと山の手の生活に入ったと思った矢先、妻が病気で死んでしまったのだ。実際、何故あんな不衛生ないやな所ばかり流浪して歩いていたものか、今思うと腹が立つくらいだ。随分永らくあの前を通るといやな感じがしたが、この頃やっと平気になれるようになった。

それから僕も病気になって、学校を休んで国へ帰って一年近くも海岸で暮らしたものだ。その間には随分面白いこともあった。案外ローマンスくらいあったかもしれないよ。

いつもなら、こんなところで機嫌の良い微笑が出るところであるが、この時ばかりは如何にも淋しそうな笑いであった。

三六　津浪と金庫の話

三陸の津浪の被害地を、地球物理学会の錚々たる先生方一同で見学に行った時、大変な難問にぶつかってしまった。それは何とかいう一番大きい金庫が津浪の為に打ちあげられて、小さな家を二軒もとび越して山手の方へ持って行かれたという話が、現場で立証されてしまったのである。金庫の旧の位置も津浪で持って来られた現在の場所も確定したのだから、頭の良いことでは自信のある若い地球物理学者が揃った手前、何とか説明しなくては済まされない。津浪の浪が一局所に集まって来て、ホースから迸《ほとばし》り出る水のような作用が生じたとかいう風な名論が続出したが、とても何百貫とある金庫を家二軒とび越させる力は出て来ない。散々皆で頭をひねっているうちに、誰かがちょっとその金庫の大きさと目方とから比重を計算して見たら、〇・四とか〇・五とかいう値が出てしまった。何のことはない、金庫は浮いて来たのである。そこで前から黙ってきいておられた隊長格の石本〔巳四雄〕さんが感嘆の声を発せられた。「なるほどそう云えば軍艦だって浮いているからなあ」というのである。

その後曙町の応接間に先生をお訪ねした時、ちょっと茶目っ気を出して、この話を持ち出したことがあった。少しは驚かれるかと思って「何にしても何百貫とあるものですから」と言いかけたら「君、目方じゃ駄目だよ、比重でなくちゃ」と云われたので、ギャフンとなってしまった。

三七　俳句的論文

僕の論文を中央気象台の岡田さんが評して、湯上がりに俳句をよむような気持ちで論文をかくと云っておられたんだ。まさかそれほどでもないんで、少し苛《ひど》いとも思ったが、よく考えて見ると、実際適評だね。正にその通りな点もなきにしも非ずなんだから。どうも岡田さんはなかなか油断が出来ないな。あれで随分人の灸所をよく見るんだからね。それでも僕の論文を真面目に読んでくれるので有り難いよ。どうも日本じゃ僕の論文なんか誰も本気で読んでくれる人はないんだから。岡田さんくらいのものかもしれないよ。

先生はこの俳句的論文という評が大分気に入っておられたらしく「どうも苛いことを云うものだ」とその後も度々人に話されて、上機嫌であった。

先生は大学で気象学を講ぜられ、藤原先生が師事されていたくらいだから、日本の気象学のある意味での開拓者の一人である。先生は航空船の爆破の研究の一副産物として、電光の生成機構に関する興味深い説を提出されたことがある。その説は、岡田博士の大著『気象学』の中に詳しく紹介され、電光に関する寺田博士の説として挙げられている。岡田先生はこの説を重視されて、色々説明を加えて幾分展開もしてあったので、それを見られた先生は「いやどうもこう書かれると少々恐縮だね、もっとも「岡田の説」も大分はいっているようだからまあいいだろう」とにやにやしておられた。

三八　理研の額

理研のある建物の入り口の脇に、小さいホールがあって、そこでちょっとした応接くらいは出来るようになっている。その壁間に墨絵の額がかかっているが、その図柄は大きい鉢が一つ描いてあって、その中に鮎のような形の魚が三匹ばかり泳いでいるのである。

ある日先生はとても上機嫌で実験室へやって来られて「今ね、そこで所長さんを一つ凹まして来たところなんだ」と皆の顔を見廻しながら大得意になっておられた。「ちょうどあのホールのところで大河内君にばったり会ったものでね、あの魚の絵をさして、あれは理研のつもりなんだろうと云ったら、大河内君が慌ててね、とんでもないと云って逃げて行ってしまったよ。ちょっと愉快だったね」と云って大笑いをされていた。その意味は、理研の中に沢山偉い先生方を集めて、あの魚のように飼って楽しんでいるのだろうとやじられたのである。それでは所長さんが慌てて逃げ出されたのも無理はない。先生にはこういう茶目な一面もあったのである。

何時だったか忘れたが「一つ理研を動物園に見立てて、先生方に名前をつけようかな」などと云って喜んでおられたこともあった。「まずN先生のライオン、T君の鶴は動かないところだな。僕はまあ木菟《みみずく》ということになろうかな。ほかの先生方は、まあ止めておこう。叱られるといけないから」。時には実験室の中でこんな話が出るのだから、随分暢気なものであった。

三九　セロの勉強

この話は先生のセロの勉強振りの話である。

先生がセロを始められたのは、大正十二、三年頃だったかと思うが、初めからなかなか熱心で「この方はヴァイオリンとちがって、最初から余り家の連中を悩まさなくて済むので大変工合が良い」と上機嫌で毎日猛練習をしておられた。その話が悪太郎連中の耳にはいって、年に一度、東大の物理学教室でニュートン祭というのをやって、先生方の逸話などを漫画の幻灯にして、諸先生の御目にかけるという厄介な催しがあるのであるが、早速その時の好材料とされてしまったことがあった。構図は何でも先生が首を曲げながらセロをひいておられて、その背景にピアノがあり、ピアノの上にカンフルチンキの瓶がのっているという凝ったものであった。そして説明係の学生が「このカンフルチンキは、御練習の後、方々の節々に塗られる為の御用意であります」という説明をしたので、先生は顔一杯皺だらけにして苦笑しておられた。満場の喝采はおして知るべしである。先生は「どうもひどいことを云うものだが、万更《まんざら》根も葉もないことでもなくてね」とにやにやしておられた。

そんな事件があって次の夏か、一年おいて次の夏かに、暫く先生が理研へ顔を出されないことがあった。その後御宅へ伺って見たら、応接間に新しいセロが来ていて、今までのセロと二挺並べてたてかけてあった。先生はその二挺のセロを頤で示しながら「どうもこの頃色々家に病人があったり、不幸なことがあったりして、この調子じゃとても僕の方が続かないと思ったから、少し贅沢のようだったが、セロを二挺にしたよ。今度は少し上等なんだ。そして毎週先生が来てくれて、只今大いにセロの勉強をしているところなんだ」という話であった。

セロの先生はSさんで、初めのうちは確か水曜の晩がセロだったと思う。時々はわざとその晩に出かけて行って、先生のセロの勉強振りを拝見するという不心得なことをしたこともあった。その光景というのがまた実に変わっていて面白かったからである。

まずSさんが見えて、初めは暫く雑談がある。そのうちによく先生は「どうも色々用事ばかり多くて、今夜も余り準備が出来ていないのだが」と苦笑しながら、御稽古が始まるのであった。真ん中の卓を少し横へ押しやって、先生とSさんとが向かい合って合奏が始まる。Sさんはなかなか厳格な先生で、ちょっとも胡麻化しがきかないのである。ちょっとでもちがうと一々やり直しである。そしてしまいには「どうも首の曲げ方が悪いんですな」というような妙な注文が出る。そして先生の後ろへ廻って、頭をつかまえて「さあ弾いて御覧なさい」という調子なのである。先生は人が見ていることなどにはちっともおかまいなく、真面目くさった顔をして「うん、こうか、こうか」と云いながら、首を窮屈そうにあちらこちらひねって、一所懸命に弾かれる。そういう猛練習が三、四十分続くと「まあ今夜はこれくらいにして置こう」と先生が兜を脱がれる。すると後は御茶になって、今度は先生と生徒が急に入れかわりになるのである。

「君、ヴァイオリンの弓が長くてセロの弓が短いのはどういう理由か知っていますか」という風な話になる。Sさんは急に恭謙な学生になって「存じませんな」と云う。「それはね、セロの糸は太くて長いから」弦の振動の勢力《エネルギー》は振幅と糸の質量との函数で、結局セロの場合は大分強い力が要ることになるので、弓の支点の関係上、ヴァイオリンのように長くては不便になるのだという物理学の講義が一くさり出るのである。Sさんは一々「成る程、成る程」と云いながら聞いておられる。

それにしても、ヴァイオリンでもセロでも、昔からあの形と決まっていて、ちょっと変えてもいけないというのだから実に不思議だ。僕は誰か耳の良い助手の人が見つかったら、ヴァイオリンの研究をやりたいと前から思っているのだが。

精密なコンデンサーカップリングか何か使って、箱の面の各点の振動の様子を見て、ノーダルラインでも決めて見たら、きっと何か面白いことが見つかると思う。昔の名器とこの頃の廉物のヴァイオリンとをそういう風にして較べて見たら、どこがちがうかなどということが一遍に分かりやしないかな。もっともヴァイオリンの製造家の方では大分研究しているらしいが、まだまだ物理学者の手でやるべきことが沢山残されている。まあ未だほとんど手がついていないと云っても良いだろうな。

　糸の振動にしたって、本当のところはちっとも分かっていないんだ。弓の当て方でずいぶん高周波《ハイヤーハーモニックス》が違うのだし、第一松脂の効能というものが、あれがまたなかなか面白いものなのだ。もっともあれはレーレーが大分やっているがね。そう云えばパガニニなんか全部放弦《オープン》で、左の手を全然使わずに、弓だけで曲を弾いて見せたというが、あれなんかも弓を適当に駒にかけて弾くと、理論上は勝手な音が出ても良いことにはなるのだが、もっとも実際はあんな鬼才でなくては、そんな芸当は出来ないんだ。あんな不具みたいな手でなくちゃ、あの曲はちょっと弾けないのかもしれないな。君、パガニニの指を知っていますか。

　Sさんは勿論「存じませんな」と云う。先生はついと立って隣の書斎から部厚い洋書を持って来られて、無雑作に開いて差し出される。なるほどパガニニの指の写真版がのっていたが、それは鷲の爪のような形をした手であった。

附記

この話の中で、先生のヴァイオリンの物理的研究方法の話は、この意味のことを話されたのは事実であるが、何分もう大分昔のことではあり、大体のメモはその当時すぐ作ってあったのであるが、詳しい点は思い出しながら書いたものである。もし音楽や音響学の専門家が見られて可笑しい点があっても、それは筆者の誤解に基づくものであることを御断りしておく。

先生が亡くなられてからか、あるいは病床におられた頃、外国でヴァイオリンの名器と廉物との木質の差をX線を用いて研究して、その差を指摘した論文が出た。その研究と全く同じアイディアも前に先生が話しておられたことがあった。その時先生は、ニスの影響についても色々御考えがあったようであるが、そういう研究もそのうち外国でやられるかもしれない。

先生の尺八の研究は有名であり、米国でその紹介が出た時「日本人は欧米人の真似ばかりしている国民かと思ったら、こういうオリジナルな研究をする人もある」と附け加えてあったくらいである。先生は僕はこれでも大分国威を発揚しているんだぜとこっそり得意になっておられたことがあった。その後三味線の研究も思い立たれて、大分心支度は出来ていたようであった。私たちの一年前のクラスの五代君と湯本君とが、大学の卒業実験を先生についてやろうとした時、先生は二、三の研究題目を示されて、そのうちのどれでも好きなものを選び給えと云われたことがあった。その中には三味線の研究というのもはいっていた。五代君と湯本君とは相談の結果、耳に自信がありませんからと云って、三味線の方は敬遠して、水素の燃焼の方を選んだそうである。その後遂にこの三味線の研究は、実現の機会が無かったようである。ちょっと惜しいような気もする。それよりも大学の物理の卒業実験に、三味線の研究というような題目が選ばれたような時代は、もうとっくに過ぎ去ったように思われ、当時の大学の雰囲気が今更の如くなつかしまれるのである。

四〇　僕が死んだら

いつかこんな妙なことを、先生は冗談らしく云っておられたことがあった。

僕は今一番読んでみたいと思うのは、僕が死んだら皆が僕のことをどういう風に書くだろうかということだ。君、何かそれを読むような巧い方法は無いだろうか。

どうだろう、これは。上海かどこかへ行って隠れてしまうんだ。そして日本へは自殺したとか何とか電報を打たせて、半年くらい支那のどこかに隠れていて、こっそり帰って来るという案は。もっとも駄目かね。屍体が見付からなかったら、皆が安心して書かないかな。

どうもひどく冗談らしい中に、どこかひどく真剣なようなところがあって、どうとも返事に困ってしまった。

（昭和十一年—昭和十三年）

第三部

墨流しの物理的研究

寺田寅彦先生は晩年理化学研究所で、墨流しの研究に着手された。その研究の進行につれて、東洋に於て古代から使われている墨は、膠質学[1]上より見ても、非常に複雑で興味深い問題であることが分かり、この研究は「墨汁の膠質的研究」となって、先生の逝去の直前まで数年間続けられていた。その結果の前半は、既に理研欧文報告第二十三巻及び二十七巻にそれぞれ、

Experimental studies on Colloid nature of Chinese black ink. Part I and II.

として発表され、またその続きは帝国学士院記事第十一巻に、

Cataphoresis of Chinese ink in water containing deuterium oxide.

として発表されている。学士院の方は重水[2]で墨を磨った時の性質を調べられたものである。その後の研究は、講演会で発表されただけで、材料は揃っているが、論文としてまとめられてはいない。この小論では、以上三つの既刊の論文の中から、墨流しに関係する部分を紹介することにする。

墨は周知の如く、支那から輸入されたもので、我が国に入ったのは、日本書紀によると、推古天皇の時代である。その後我が国に於ても墨が製造され始め、延喜式《えんぎしき》に既にその製法が出ているくらいである。製法の詳しい記述等は『古梅園墨談』などに譲り、以下この物理的研究に必要な点だけを述べる。この研究に使用された墨は、市販の紅花墨で、この種の油煙墨は、桐油か菜種油を燃した煤《すす》を、膠の濃厚溶液でねって型に入れて、初めは灰の中で乾かし、後空中に放置して十分乾燥させたものである。墨を硯で磨って得た墨汁は膠質液となり、そのまま放置しても墨の粒子はなかなか沈澱しない。但し水の中に電解質(3)が溶け込んでいる場合とか、膠が腐敗している場合には、墨の粒子は沈んで所謂上澄みの水が出来る。

普通の炭素粒は水に混じても膠質液とならず、従って暫く置けば、炭素粒だけ下に沈澱してしまう。ところが少量の膠が入ると膠質液となるのは、この際膠が極めて薄い膜となって、炭素粒子をつつんでいる為と思われる。このようなものを保護膠質というのである。膠は炭素に対して強い吸着力を有しているもので、硝子板に煤の粉を盛り上げ、その片隅に膠液を一滴落としてやると、煤の粉の山は見る見る膠滴の中に吸い込まれて、一様な溶液となってしまうことからも、この強さが分かる。水滴では全くこのような現象は起こらない。

炭素粒の懸浮液(4)を作る方法は、欧洲の学者によって十分研究され、色々の方法が知られている。スプリング氏は、炭素粒に附着しているごく微量の油脂類、例えば手から出る脂のようなものを完全に取り去れば、即ち極端に清浄にした炭素粒ならば、水中に懸浮状態となって止まるということを発見した。しかしこの完全に綺麗にするということは、研究室内でもなかなか容易に出来ることではないのである。その他ナトリウムの特殊の化合物を用いる方法などもあるが、東洋の墨のように膠を用いるというやり方は、未だ研究が出来ていないのである。従ってこの研究は、墨を書画用に使用する以外に、純物理学的方面にも、炭素の膠質液という重大な研究題目として、早く我が国人の手で完成すべき仕事なのである。

墨流し

墨流しは古来我が国で行われた遊戯であるが、染め物にも応用されている。これを行うには、まず広い器に水を満たし、その水面に墨汁の少量を流して墨の薄膜を作る。そして針状の尖ったものの先に、石鹼脂類などをちょっとつけて、それで墨膜上の一点にちょっと触れるのである。例えば細い硝子棒の尖端でちょっと鼻のあたりを撫でて、それでそっと墨膜をつつけばよい。するとその点を中心にして、墨膜に円い孔が出来、そこだけ水面が白い顔を出す。孔の直径は脂類の量によって決まり、多いほど大きくなる。墨膜上にそのような孔を沢山作っておいて、水を徐々に動かすと、墨膜は色々複雑な形となる。その時紙をそっと水面にあてて、この墨膜を紙につけてとるのが、いわゆる墨流しである。模様の型には大体一定の特徴があって、その一例は第一図に示す如くである。

この墨流しに似たものは欧洲にもあって、彼の地の製本屋が、この方法を実用化している由である。それは粘土を亜麻仁油にとかしてその液面に印刷しようと思う絵の具を、牛の胆汁あるいはその他の特殊油に混じて流すのである。この絵の具の薄膜に孔を作るのは、墨流しと全く同じ方法によるのであるが、粘土の種類によって孔の形がいろいろ変わり、星状の孔が出来たりするのであって、この絵の具膜を紙か布かにつけてとると、面白い模様が出来るのである。墨の場合にも、条件によってはこの星状の模様などが出来ることが、この研究で分かった。

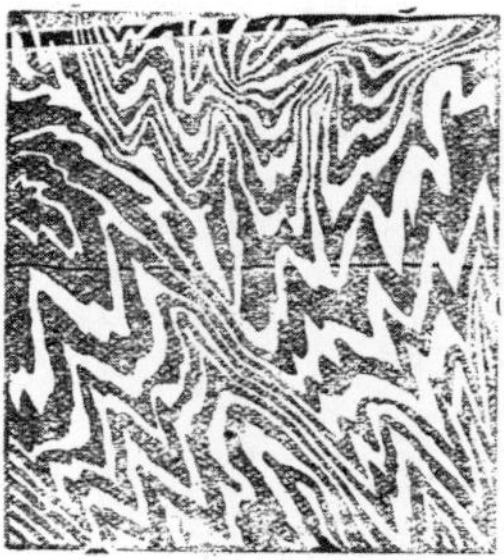

第一図

墨の粒子の大きさ

まず最初に墨の粒子の大きさを測ってある。用いた墨は奈良古梅園の紅花墨で、市販の品である。あらかじめ墨の目方を精密に測っておいて、それを磨って墨汁が適当な濃さになった時、その墨をよく拭いて、また目方を測り、前後の差から、水に溶け込んだ墨の量をきめる。この時硯の中にあった水の量を測っておくと、墨汁の濃度を定量的に決めることが出来る。

このようにして濃度の分かった墨汁をつくり、その液の微量を、格外顕微鏡[5]で調べて、一定容積中の墨の粒子の数を算えるのである。前に濃度が定量的に分かっているのであるから、墨の比重からこの一定容積中の墨の実質の体積が計算される。それで墨の粒子を皆一様な大きさの球と仮定すると、体積と粒子の数とから、一つの粒子の大きさが計算出来るのである。

この実験の一例では、一立方糎《センチ》の墨汁中にある墨の実質の量が1.6×10^{-5}瓦《グラム》[6]の濃度のものが用いられた。格外顕微鏡でかぞえた数は、一立方糎《センチ》について15×10^{9}個であった。墨の比重としては1.4という普通の墨の価を用いた。もっとも微粒子になった時、もとと同じ比重をもっているか否かは分からないので、その点は少し不安であるが、ほかに方法がないので致し方がない。これらの価から墨の粒子の一つ一つの平均体積は 0.75×10^{-15} 立方糎《センチ》となり、球形とすると、直径は0.00012粍《ミリ》となる。即ち墨の粒子の直径は、大体一万分の一粍《ミリ》と思えばよいのである。

もっとも格外顕微鏡で見ていると、粒子には大小いろいろあって、小さいものは水の分子との衝突によって、所謂ブラウン運動という運動をして、びくびく動くのであるが、大きいものはじっと静止して見える。それで大体墨の粒子は直径千分の一粍《ミリ》から、十万分の一粍《ミリ》くらいまで色々あって、平均が約一万分の一粍《ミリ》と思えば、大した間違いがないであろう。

水面に拡がった墨膜の厚さ

墨膜の厚さを測るには、一定量の墨汁を水面に落とし、それが拡がる面積を測ればよい。もっとも墨汁中の水は下の水と一緒になってしまうので、墨の実質の膜の厚さを測るのであるから、濃度の分かった墨汁を用いる必要がある。

この実験では、前述のようにして、0.25瓦《グラム》の墨を10立方糎《センチ》の水に磨り込んだものを用いた。その墨汁の中に、直径一粍《ミリ》の細い硝子棒の先をちょっと浸すと、棒の頭に墨汁の微小滴がつく。硝子棒を十分綺麗にしておくと、大体いつも一定量の墨汁がつくので、その量は7.67立方粍《ミリ》くらいであった。この棒の頭を静かに水面にふれると、墨汁の微滴はほとんど全部水面に拡がり出て、棒にはほとんど残らない。但しこの時、水は十分綺麗で表面に有機性の脂などは少しも無いようにしておく必要がある。写真用の陶器皿を十分よく洗って、その中に水を一杯入れ、少し溢れ流して作った水面はこの目的に適う。

前述の濃度から計算して、硝子棒の頭についた墨汁の微滴内にある墨の実質は1.92×10^{-4}瓦《グラム》であることが分かる。これが普通半径15糎《センチ》の円形の墨膜に拡がるので、墨膜の一平方糎《センチ》内にある墨の実質は大体2.72×10^{-7}瓦《グラム》あることになる。前述の如く墨の粒子は一個平均、直径は1.2×10^{-5}糎《センチ》で目方は1.07×10^{-15}瓦《グラム》くらいであるから、今の場合一平方糎《センチ》には2.55×10^{8}個の墨の粒子があることになる。これが一平面に並ぶと、粒子間の距離は6.3×10^{-5}糎《センチ》となり、粒子の直径からみると、約五倍くらいの価になる。それでこの粒子の間は、粒子よりもずっと小さい炭素分子と、膠の分子とで埋められているものと考えられる。

墨の中に含まれている膠の量は約その中の六分の一くらいであるとすると、この場合の膠の量は4.5×10^{-8}瓦《グラム》となる。膠の組成の分子量は大体分かっているので、その分子一個の目方も分かり、その値を計算してみると2.14×10^{-22}瓦《グラム》となる。即ちこの場合墨膜一平方糎《センチ》内にある膠分子の数は2.1×10^{14}個である。これが一平面上に並ぶと、分子間の距離は約7×10^{-8}糎《センチ》となる。水面に液体の有機化合物を浮かすと、それは分子が一重に並んだ薄膜になることは前からよく知られていて、その時の分子間の距離は、大体今膠の分子間の距離として算出した値と一致するのである。

以上の結果を譬えて言えば、水面に出来る墨膜の構造は、大形の林檎くらいの大きさの煤の粒子が、窓硝子くらいの厚さの膠質に包まれていて、それが二尺くらいの間隔を置いて一面に並び、その間に小さい炭素分子と膠分子とが薄い膜をなして詰まっているようなものと見て差し支えないのである。但し林檎の直径は約一万分の一粍《ミリ》である。

水面に出来る墨の膜の固形化

陶器皿に水を入れ、その水面に墨の膜を作っておいて、その中へ第二図甲に示すように、二枚の銅の極板を挿入し、これに百ボルトの電圧を加えた。すると陽極（＋）

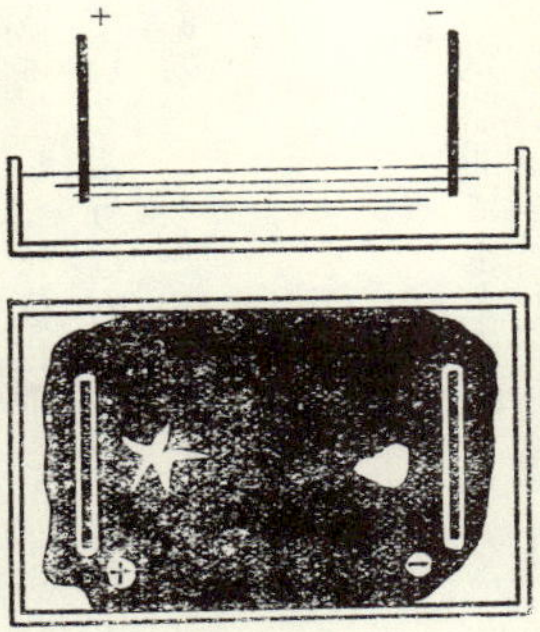

第二図

の方に近い墨膜の部分が固形化することが分かった。陰極（－）に近い部分には、そのような傾向は認められなかった。

墨膜が固化したことは、脂のついた針で孔を作ってみると、星状に割れることから知ることが出来た。第二図乙に示すように、陽極に近い部分には星状の割れ目が出来るのに、陰極に近い部分では円い孔になるということは、墨膜の表面張力が脂の膜の表面張力より大きい為に、中心部の脂が円形に拡がることを示している。従って墨膜はまだ液状を保っていることが分かる。この墨膜の固形化は、陽極に近い部分から始まり、漸次拡がって行って、一、二時間経つと墨膜全体が固形化してしまうことが分かった。それを見るには、電圧を加えてから色々な時間経過した後に、各点で割れ目を作って見れば良いのである。

ところが電極の銅板を白金板に変えて、同じ実験をくり返して見ると、このような墨膜の固化は起こらないのである。それでこの現象は電気分解によって、銅のイオン[7]が水中に溶け出し、それがコロイド粒子の凝集[8]を起こしたものとして説明出来るのである。

それで初めから水の中に銅の化合物を溶かしておいて、その上で墨膜を作って見たら、電圧を加えなくても固化が起こったのである。即ち硫酸銅の溶液の上に墨膜を作ったのであるが、その時は膜は忽《たちま》ち固化してしまった。即ち膜を作って直ぐ脂のついた針でつついてみると、星状の割れ目が出来たのである。

この現象の発見によって、溶液中のイオンが墨膜の性質に著しい影響があることが分かった。それで更に色々な化合物の溶液について、濃度を色々かえて実験をして見た。その結果、墨膜の固形化は漸次に進行するもので、その速度は化合物の種類によって異なるが、同じ化合物については、濃度が大きいほど速いということが分かった。第三図は塩化銅の$\frac{1}{40}$モル溶液[9]（稀薄溶液）上に作った薄膜で、ａｂｃｄの順に、それぞれ膜を作ってから、五秒、十秒、二十秒、四十秒経過

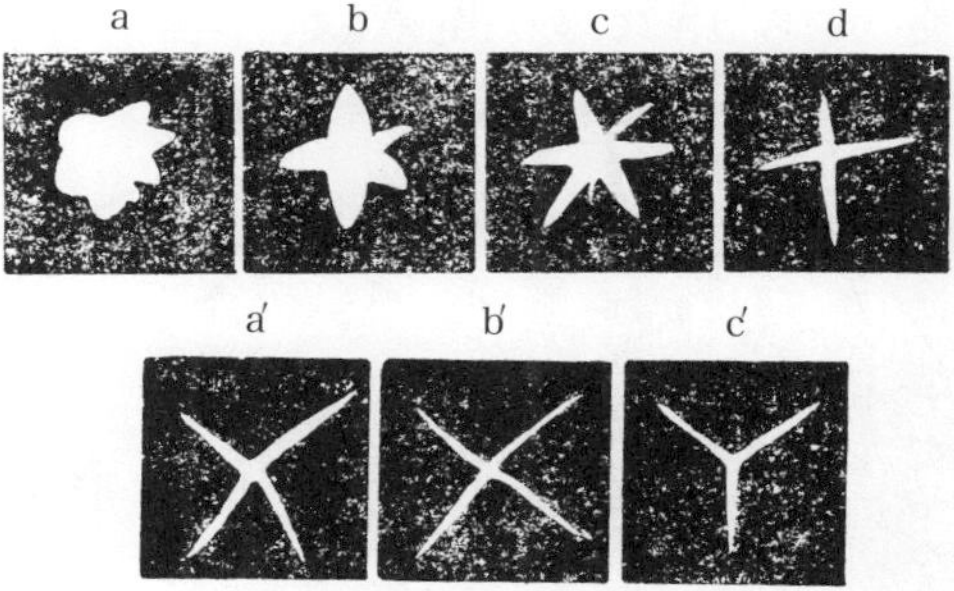

第三図

後に作った割れ目の状況を示す。時間の経過につれて、孔が円形から星状に移って行く状態、即ち膜の固化して行く様子が見られるのである。同図a′b′c′は、濃度を前の十倍、即ち1/4モルにした場合に、それぞれ前の場合に対応する時間後に於ける割れ目の状況を示したものである。濃度が大きくなると、固化が早く起こることが良く見られるであろう。同様の実験は、塩

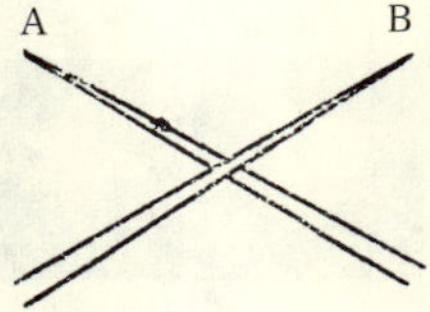

第四図

化鉄や塩化アルミニウムの溶液についても繰り返して行われ、同様の結果が得られたのである。墨膜が十分固化してから、沢山の割れ目を作ると、割れ目が互いに交錯して、結局墨膜は沢山の多角形片に分かれてしまう。そして水を動かすと、これらの薄片は水面を流れ動くのである。この膜の薄片は分子数層くらいの厚さで、今までに知られた固体の薄片としては、恐らく一番薄いものであろう。

次に固化した墨膜に一つの割れ目を作っておいて、暫くして第二の割れ目をこれと交錯するように作ってやると、第四図のように完全に切れ合うことが知られた。同図に於て、Aが初めに作った割れ目で、Bが後に作ったものである。交錯の工合をよく見ると、BはAの空所を真っ直ぐに通過しているので、これから見て次のようなことが分かる。墨膜が固化した場合、全体に歪みがはいって割れ易い状態にある。脂のつ

いた針の先端で一部を破ると割れ目が入り、そこへ下の水面が顔を出す。すると脂はその水面に沿って、眼に見えぬ薄膜となって割れ目の間隙を満たす。脂類が水の自由表面に分子一重の薄層となって拡がることは、前述の如く、よく研究されていることである。この眼に見えぬ脂の薄層もまた暫くすると固化してしまうので、第二の割れ目はその所を直線的に交錯して出来るのである。この眼に見えぬ脂の薄膜は固化はしても、墨膜の固化したものよりも跪いことが分かった。

圧縮による墨膜の固化

墨膜は横から圧縮することによってもまた固化することが次に知られた。長方形の皿に水道の水を一杯入れ、その上に墨膜を作る。そして綺麗に洗った硝子板を水中に立てて、第五図に示すように、皿の縦の方向に静かに動かして、墨膜を横から圧縮する。硝子板を進めて、墨膜が初めの面積の$\frac{1}{10}$くらいまで圧縮すると、星状の割れ目が出来、膜が固化したことを示す。その時硝子板を戻すと、墨膜はそれにつれて拡がって来る。そして脂のついた針で触れると、今度は円形の孔が出来る。即ち圧縮によって固化した墨膜は、旧の形に膨脹させることによって、再び液状の膜に返ることが

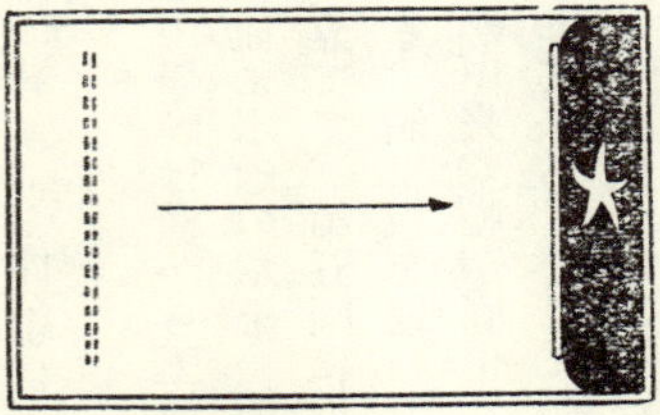

第五図

分かった。この固化と液化とは何度もくり返して生ぜしめることが出来た。これは非常に面白い現象である。

ところで水道の水の代わりに、蒸溜水を使ってこの実験をしてみると、いくら圧縮しても墨は固化しないのであった。即ち水道の水の中にある微量の不純物が、圧縮の際の固化に効くということが分かった。それで蒸溜水の中にごく微量の電解質を入れて実験をして見た。まず塩化ニッケルの非常に薄い溶液（0.014モル液）を用いて見た。この程度の稀薄溶液では、墨膜はそのままでは数時間は固化しないのである。ところがちょっと圧縮すると、即ち大体旧の一割程度も圧縮すると、直ぐ固化することを知った。更に塩化アルミニウムの溶液では、百分の一モル程度の極端に稀薄な溶液でも、一割程度の圧縮によって固化が起きることが分かった。百万分の一モル程度のごく微量の不純物が有効に作用するということは驚くべきことで、膜の性質が水の成分によって如何に著しい変化を受けるかという一つの例である。これらの場合も圧縮膨脹によって、固化と液化とが交互に起きることも確かめられた。

淡墨で描いた上に暫く経って濃い墨を塗る時、二度目の墨はぼけるのであるが、そのぼけ方は場合によって少しちがう。それに関聯した実験もされている。水面に一様な墨膜を作っておいて、直ぐ引き続いてその中心に第二の墨滴を加えてやると、前の墨膜上に一様に拡がって、両者の区別はつかなくなる。ところが数分経ってから第二の墨滴を落とすと、拡がり方が遅く、前の墨膜の途中まで行ったところで止まってしまう。そして両者の境界が判然とつくのである。即ち墨を重ねる場合には、前の墨は単に乾くということ以外に、墨の実質も変化していて、後の墨との間の融合の度合いに影響するということが分かったのである。

第六図

木片の端で作った墨膜の孔

以上の実験では、硝子棒の尖端に脂を微量につけて、それで墨膜に孔を作ったのである。この場合硝子棒の代わりに、木材の細い棒、例えば妻楊子《つまようじ》の先でちょっと墨膜に触れても良いのである。木材の棒の場合は木質内の油脂が出て来て、墨膜に孔を作るのであるが、出来る孔の形は、前の場合のような円形に近いものとは著しく異なるのである。それは木質の顕微鏡的の繊維構造の中で、油脂を出す特別の繊維が少数あって、その繊維からだけ脂が射出されるので、第六図のような特殊の形の孔となるのである。脂を出す繊維は決まっているので、同じ棒を用いると、大体いつも同じ形の孔が出来る。この現象は画などの方とは直接の関係が無いかもしれないが、面白い現象である。案外植物の木質の研究の方面に応用があるかもしれない。

墨膜に出来る細胞渦

流した墨汁の量が多い時には、墨膜はかなりの厚さになる。その時には暫く放置すると、第七図甲のように、中心から細い放射状の線が出来ることが多い。これは薄い液層内に対流によって出来る細胞渦の為である。細胞渦というのは、一様な液層が非常に細かい沢山の渦に分かれる現象を云うのであって、渦は横から拡大して見ると、第七図乙のような構造になっている場合が多い。この渦は液層がやや厚くて、上面が冷え下面が暖かい時に起こり易い。普通液膜を空中に放置すると、表面は蒸発の為に熱を奪われて冷えるので大概の場合薄い液層が乾く時にはこの現象が起きる。紙や布に墨汁を十分たっぷり載せて描いた場合、乾いた時に妙な縞模様が出来るのも、この細胞渦によるのである。

水中に電解質が少量あると、墨膜は細胞渦によって放射状の縞になると同時に、膜が固化して行くので、縞は第七図のように規則正しくならず、色々複雑な形をとるようになる。実際墨を用いて画を描く時には、これらの色々な現象が集積して、種々の面白い効果を出すことがあるであろう。

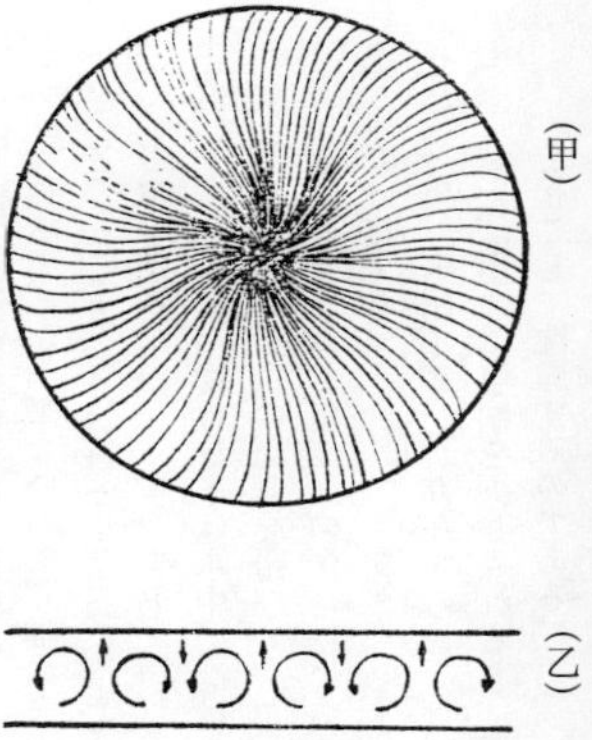

第七図

註

(1) 膠質学。膠質はコロイドの訳で、コロイド粒子というのは分子が数百ないし数千くらいあるいはそれ以上集まった微粒子で、極く大倍率の顕微鏡でも見えないくらいの小さい粒子である。膠を水に溶かした時は、膠の実質は水の中にコロイド溶液として存在する。これに対して砂糖や塩の水溶液は分子溶液と称すべきものである。墨汁はこの膠質溶液である。膠質溶液は非常に沢山あり、この方面の学問は近年長足の進歩を遂げ膠質学という部門となっている。

(2) 重水。普通の水は普通の水素原子二つと酸素原子一つとから出来ているが、このほかに普通の水素原子の二倍重い特殊の水素原子があって、それと酸素原子とから成る水が存在することが近年分かった。その水を重水という。われわれが日常用いる水にも、重水がごく微量含まれている。

(3) 電解質。普通の意味で水に溶ける物質即ち塩とか色々の化学薬品のようなものを云う。これらの溶解物質は、水に溶けた場合、帯電原子あるいは原子の集まりとなる。即ちイオンに分解するので、これらの溶液は良く電気を伝導する。

(4) 懸浮液。粒子が沈澱せず、懸浮《サスペンション》の状態でいる液。膠質液も懸浮液の一つである。この時の粒子を懸浮状態にあると云う。

(5) 格外顕微鏡。普通の顕微鏡ではいくら高倍率にしても見えないくらいの微粒子を見る特殊の顕微鏡。視野を真っ暗にしておいて、横から強い光線で照らすと、粒子が闇夜の星のように光って見えるのである。ちょうど塵自身は眼に見えないくらい小さいにも拘らず、暗い室内に日光が漏れ入る場合には、その光線の中にある微塵が光って見えるのと同じ原理である。従ってこの顕微鏡では微粒子の形は見ることが出来ないので、唯光点の数から、存在する微粒子の数だけが測れるのである。

(6) 1.6×10^{-5} というのは 0.000016 のこと、15×10^{9} は 1500000000 のことである。肩についている小数字の数だけ0がつく。この小数字が負の時は小数点下になる。

(7) イオン。化合物の分子は水中に溶けると、構成要素たる原子または原子の集合に分離し、この際分離したものは正負の電気を帯びる。これをイオンといい、金属の方が正、他が負に帯電する。例えば塩はナトリウムと塩素との化合物であるが、水に溶けると、正のナトリウムイオンと負の塩素イオンとに分離する。

(8) 凝集。金属イオンが存在すると、コロイド粒子は多数集合して一塊になる。この現象を凝集と云う。例えば墨汁に塩類を少し入れると、墨が沈澱して上澄みが出来るのは、イオンの為に墨の粒子が凝集を起こして沈澱するのである。

(9) 一モル溶液。溶かすべき物質の分子量の数だけの瓦《グラム》数を一立《リットル》の水に溶かしたもの。これは溶解物質の分子数の濃度を示すことになり、便利な為に多くの場合モル濃度を用いる。

(昭和十二年十月)

墨並びに硯の物理学的研究

前文に於て墨流しの現象の物理学的研究を紹介した。その研究では墨を磨る時の水の成分のことは詳しく調べてあったが、用いた硯は普通市販の一定の硯に限られていた。それで寺田先生は次に、色々の墨を色々の硯で磨った時に、墨汁の膠質的性質が如何に変わるかという問題にとりかかられたのである。

墨汁の色々の性質特に墨色などが、墨の良否によるばかりでなく、硯の種類によっても著しく左右されるということは、画家及び書家の間では常識となっている。古来名硯と称せられるものの色々の特性については、伝説的な説明が沢山ついているが、それらの主張は主として古代の支那文献から伝わったものである。例えば良い硯で墨を磨ると、ちょうど熱した銅の上で蠟を磨るような手触りであるというような説明がある。従来の大抵の記載はこの種の主観的なものが多いのであるが、この実験で墨と硯との間の摩擦係数、墨のおり方、粒子の大きさなどを調べて見ると、墨汁の物理的性質は硯によってもまた著しく異なるということが、客観的に実証されたのであった。

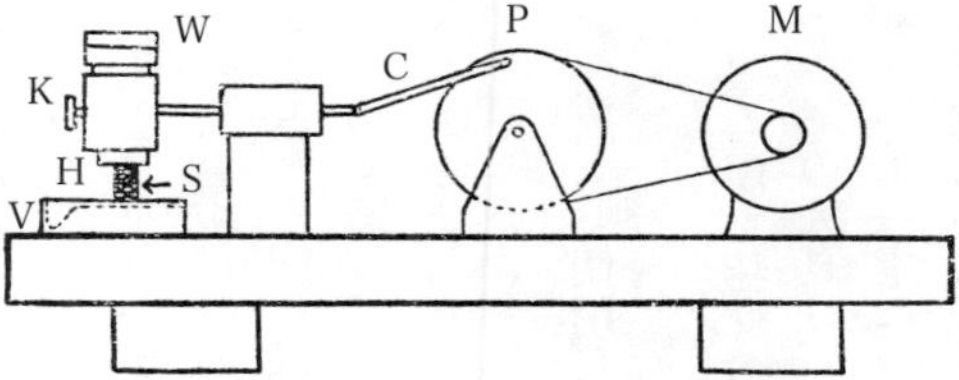

第一図

墨を磨る装置

墨と硯との関係を定量的に決めるには、第一に磨り方を一定にする必要がある。一定の墨を甲乙二つの硯で磨って得た墨汁を比較する時、磨り方が異なっていたら何もいうことは出来ない。それで、墨の底面が一定の圧力で、垂直に硯の面に圧しつけられながら、決まった距離を決まった週期で、反覆的に動くような装置を作る必要がある。第一図はその目的の為に作られた装置である。

図中Vが硯で、Sが墨である。Hは墨をはさむ筒で、それがKなる外側の鞘の中を垂直に上下するようになっている。Wは重量である。KとHとの間の辷《すべ》りをよくして置くと、墨の硯に対する圧力はWで決まる。Mがモーターで、プレーPとクランクCとを用いると、墨を一定速度で一定距離磨らすことが出来る。この実験ではWは1.36瓩《キログラム》のものを用い、往復運動は一分間に百回の割合で、硯上を墨が動く距離を五糎《センチ》とした。この装置では硯の海だけに水を入れて置いて、時々墨がその中から水をとって来て磨るというわけには行かない。それで硯の縁まで一杯に蒸溜水を入れて、水の中で磨ることとした。墨色などをやかましく論ずる時には、この磨り方ではよくないという議論も出るかもしれないが、今の実験ではその点には触れないこととする。実際に人間の手で墨を磨るのと全く同じ機構を、機械的にやらすにはなかなか面倒な装置が要るのである。

この実験では、以上の装置で三十分間磨らせて、その墨汁の色々の物理的性質を調べることとした。三十分で墨は硯の上を総計三百米《メートル》動いたこととなる。

使用した墨と硯との種類

墨も硯も特殊のものは用いず、普通に手に入るものについて調べた。墨は四種類で、その大きさ、密度などは第一表に示す如くである。墨の組成は同じ種類のものでも、一本一本について少し異なることは考えられるし、また一本の墨についても端の方と真ん中とでは違うので、磨って行くうちに性質が異なって来ることも考えて置く必要がある。しかしこの実験の精度の範囲内では、その点まで心配しなくても良いこ

No.	名　　称	長さ (糎)	幅 (糎)	厚さ (糎)	密度	磨り口 面　積 (平方糎)
1	玉泉堂紅花墨	7.95	1.73	1.20	1.34	2.07
2	鳩居堂紅花墨	8.20	1.82	1.08	1.59	1.96
3	古梅園紅花墨	8.30	1.97	1.30	1.38	2.56
4	古梅園油煙墨 (明治44年表)	5.05	2.45	1.17	1.51	2.87

第一表

No.	材　料	a (糎)	b (糎)	c (糎)	d (糎)	e (糎)	f (糎)	g (粍)	V (立方糎)
I	雨端石	1.8	6.9	11.8	1.1	3.0	7.8	2.0	19.6
II	紫雲石	1.8	5.9	11.9	1.1	3.5	7.5	2.0	15.2
III	真　鍮	1.9	6.8	11.9	1.4	3.3	7.6	2.5	20.4
IV	鉄	1.9	6.8	12.0	1.5	3.3	7.6	2.5	20.4

第二表

とが分かった。

次に硯は第二表に示すような四種類のものを用いた。この中真鍮及び鉄の硯は、理研の工場でこの研究の為に作ったものである。硯の形及び大きさは第二表に示した如くである。表中ａｂｃ…等は第二図にあるように、硯の各部分の長さである。Ｖは硯の縁まで一杯に水を入れた時の容積を示す。金属製の硯は従来ほとんど使用されていないので、何か欠点があるのだろうという見込みで、わざわざ作って調べて見たのであるが、やはり色々な点で石の硯より劣っ

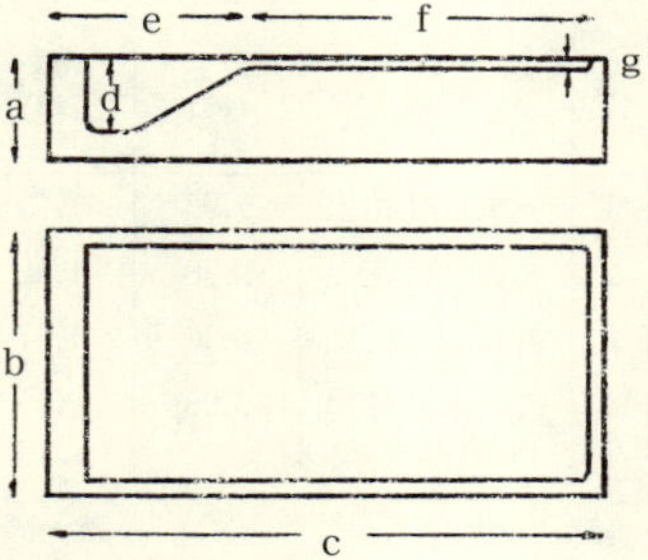

第二図

ていた。その結果は後に述べる通りである。

次に硯の乾かし方が問題になる。特に摩擦係数の測定の際にはその影響が大きいので、硯がほんの少し湿っていても測定結果がまちまちになるのであった。それで硯を一度使用する毎に、まず水道の水で十分洗い、次に蒸溜水で洗って、それを大きい硝子器に入れ、その内部を低度の真空にして、その中で乾かした。こういう風にすると、塵の心配もなく、測定結果も一定の値が得られた。

墨のおり方の測定

以上の装置で墨を三十分間磨って、その時水の中へ溶け出た墨の実質の目方をQとする。Qは墨の目方を予め測っておいて、磨り減ってからまた測り、その差を見れば分かるはずであるが、実際には磨っている間に水を吸収するので、後の目方を測るには注意が要る。それでQを測るのに二つの方法を用いた。第一は、墨を空気中に放置した状態で前の目方を測っておく。次に磨り減らした後に、墨汁をよく拭いとって天秤の皿に載せて放置し、時々目方を測る。するとだんだん乾燥して行くので、目方が少しずつ軽くなる。それを曲線に描いて、その終局の値を推定すれば、磨り減った後の墨の空中での乾燥状態の目方が分かる。それで前の目方との差をとればQが分かるのである。第二の方法は、墨を磨る前も後も、いつでも目方を測る前には、真空中で二、三時間乾燥させてそれから測定するのである。この二つの方法を試して見たら、大体一致した結果が得られたので、これらの方法で磨り減った量をかなり精密に測定することが出来ることが分かった。

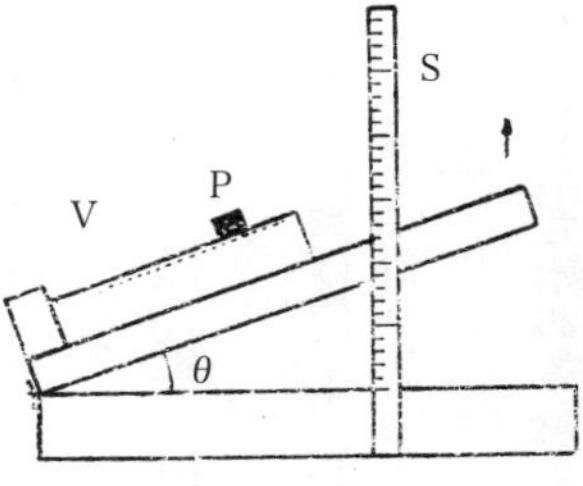

第三図

　このようなことをくだくだしく説明するのは、不必要と思われるかもしれないが、実際のところ磨り減った墨の量を測定するという簡単なことでも、実際にはなかなか厄介なのである。墨の目方は相当あり、磨り減った量はごく少ないので、前後の目方の差から磨り減った量を測るには、色々な注意が要るのである。ちょうど甕の目方を測っておいて、それに水を一滴入れてまた目方を測り、前後の値の差から水滴の量を測定するというような場合と似ているからである。

墨と硯との間の摩擦係数の測定

摩擦係数は静止の状態から動き始める時の値、即ち静摩擦係数を測った。同時に硝子と硯との間の摩擦係数も測定して両者を比較した。墨と硯との間の摩擦係数をμ_sとし、硝子と硯との場合をμ_gとした。μ_sの測定には第三図のような装置を作り、墨片Pが滑り落ち始める時の角θを測って、$\mu_s = \tan\theta$によってμ_sを求めた。Pは墨No.1から切り取った四角の片で、1.7×1.2×1.1立方糎《センチ》の大きさで、目方3.4瓦《グラム》のものを用いた。μ_sの測定には硯上の墨の位置を色々かえ、二十回の観測の平均を採った。この測定の直後、墨片を硝子の円板（直径1.4糎《センチ》、厚さ0.6糎《センチ》、重量3.1瓦《グラム》）にかえて、前と同様にして硝子と硯との摩擦係数μ_gを測定した。

普通に摩擦係数というと、堅い固体の表面間のものしか研究がして無いので、墨と硯のように一方が磨り減る場合には、問題がずっと難しくなる。それで硝子の場合も測定しておいて、それと比較しようというのである。

墨粒子の直径の測定

墨粒子の大きさの測定には、上述の装置で三十分間磨って得た墨汁は濃すぎるので、測定に適するように薄めて用いた。普通三百倍ないし三千倍に薄めてちょうどよかった。即ち墨汁の濃度を 1.6×10^{-5} ないし 3.5×10^{-6} 瓦《グラム》立方糎《センチ》くらいにして、前文の説明のようにツァイスの格外顕微鏡で粒子の数を算えた。墨汁の 10^{-9} 立方糎《センチ》をとって、その中にある粒子数を数えたのであるが、算えた数は 150 くらいの場合から 2300 にも達した場合があった。この数から墨の密度を 1.4 として前文と同様にして粒子の直径を算出した。

磨墨による硯面の変化

一定の墨を一定の硯で、第一図の装置を用いて、一定の条件の下で磨っても、墨のおりる量Qはその都度異なる。即ち磨墨の為に硯の面も幾分磨り減って滑らかになることが分かった。この関係を調べる為に、硯の面を細かい砂紙で大体一定の条件の下

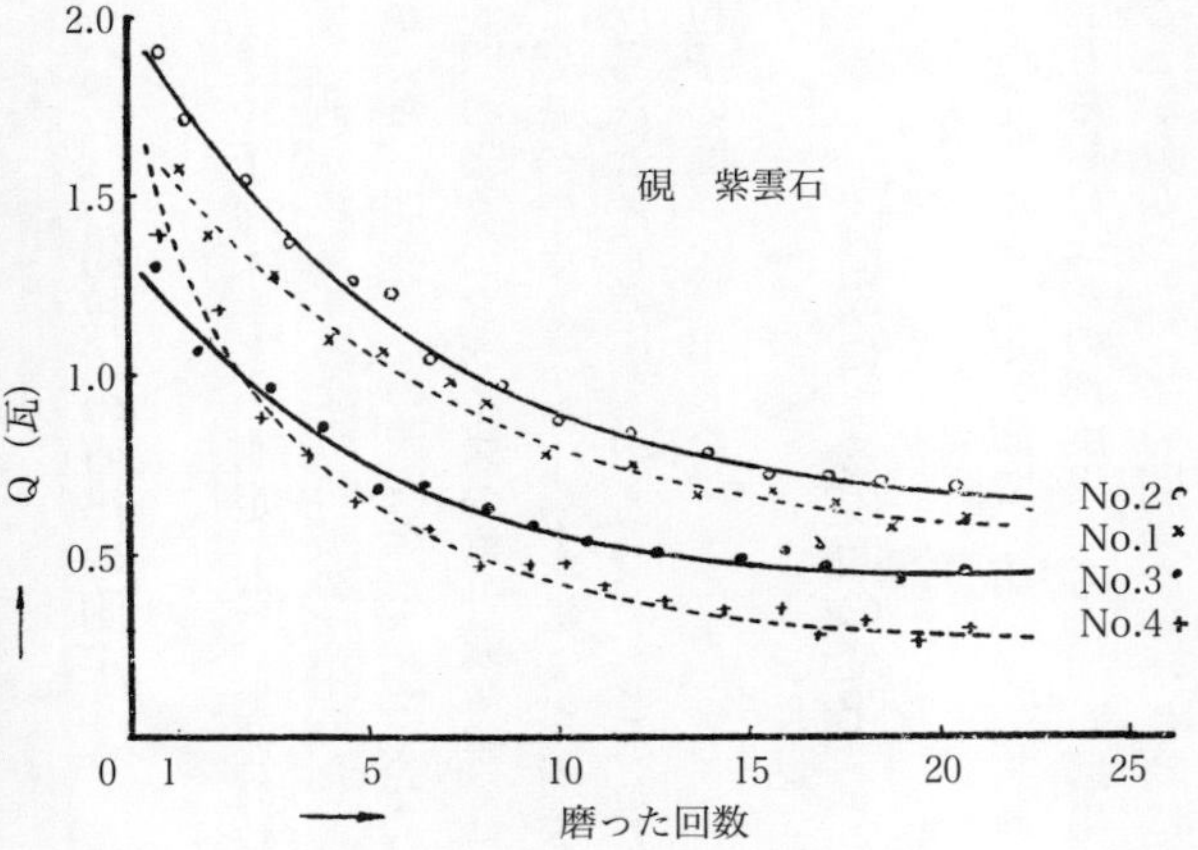

第四図

で磨いて、各系の実験の始めに於て、硯の面を同じような粗さにしておく。そして第一図の装置で三十分間磨ってその際墨のおりた量Qと、その墨汁の粒子直径Dとを測定する。それから硯を洗って、真空内で乾かして、摩擦係数を測る。次に硯の面をそのままにしてまた三十分磨って見る。すると今度はQが少し小さくなることが分かった。そういうことを二十回ばかり繰り返して一系の実験を済ませる。次には硯の面をまた砂紙でこすって新しくし旧《もと》くらいの粗さにして、別の墨で全く同様な実験を繰り返すという具合にして実験を進めた。

紫雲石の硯について四種類の墨を調

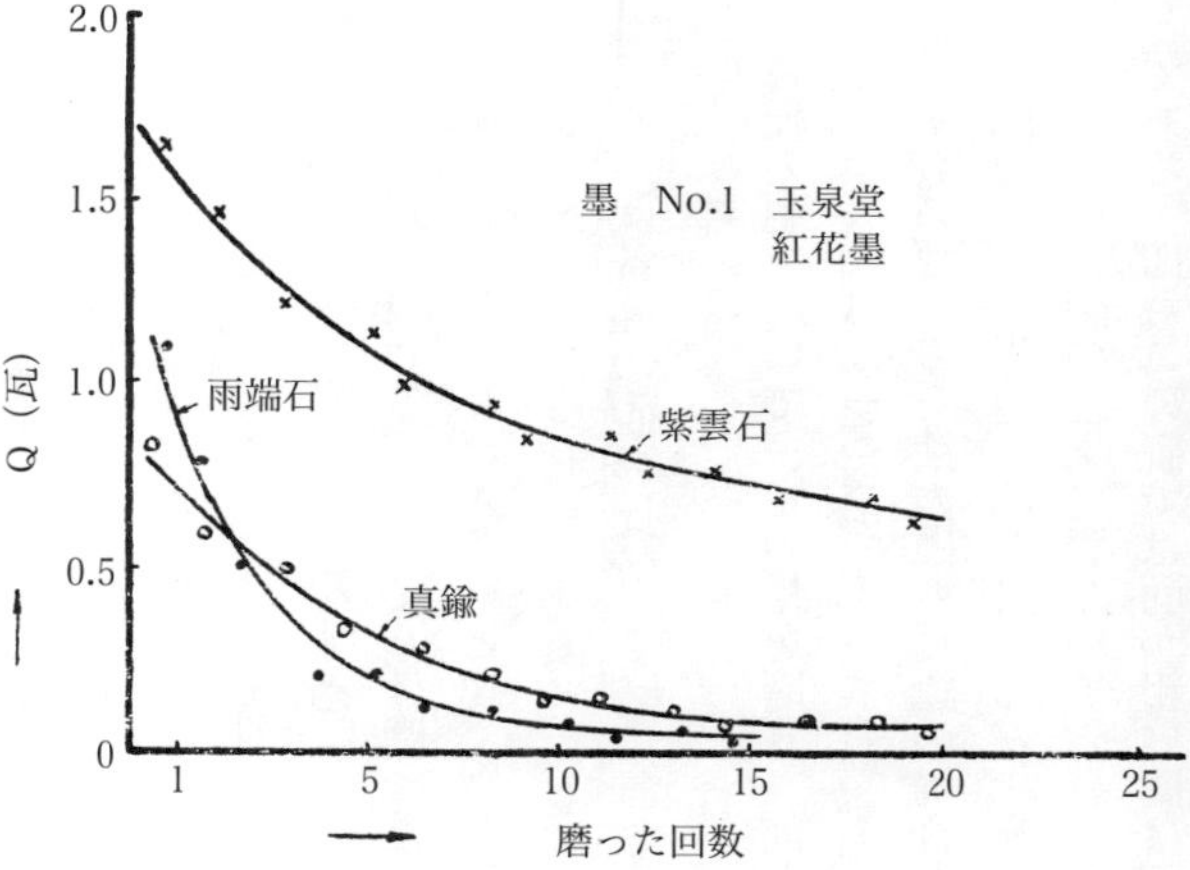

第五図

べた結果は、第四図に示す如くである。即ちQの値は大体対数曲線的に減じて行くが、最後になるとほとんど一定の値になる。硯を手入れせずに長く使っている場合ならば、この最後のQの値がその墨のおり具合の遅速を示すものとなる。この結果で見ると、おり方は墨によって著しく異なり、墨No.2が一番速くおり、No.4はその三分の一以下しかおりないことが分かる。簡単に云えばNo.4が一番堅い墨ということになる。これは第一表に示すように、比較的旧い墨であるが、年代が経つと堅くなるのか否かはこの一例では決定出来ない。色々の材料があれば、その点を確かめることが出来るはずである。曲線の初めの部分即ち急に減少する部分は大体同じ形であるが、No.4の場合だけは著しく急に減少している。即ち堅い墨で磨ると硯の面の磨り減り方が速いことがよく見られる。

この曲線をごく大ざっぱに見て対数曲線とすると、

$$Q = Q_0 \theta^{-kn}$$

という式で表せる。ここでnは磨った回数をあらわし、kが硯の面の磨り減り方を示す係数となる。kが大きいと速く磨り減るのである。

各種の硯の比較

各種の硯を用いて一定の墨を磨り、前と同様の実験を行うと、硯の性能の比較が出来る。第五図は墨No.1をそれぞれ紫雲石、雨端石及び真鍮の硯で磨った場合の結果を示すものである。鉄の硯も真鍮の場合とほとんど同じ値を示すもので、混雑を省く為に図では鉄の場合を略してあるが、真鍮とほとんど同じ曲線になると思って差し支えない。第五図の結果で著しいことは、雨端石の硯は、非常に速く磨り減るということである。即ちこの硯では面が粗い間は相当よく墨がおりるが、その面は直《じ》きに平滑

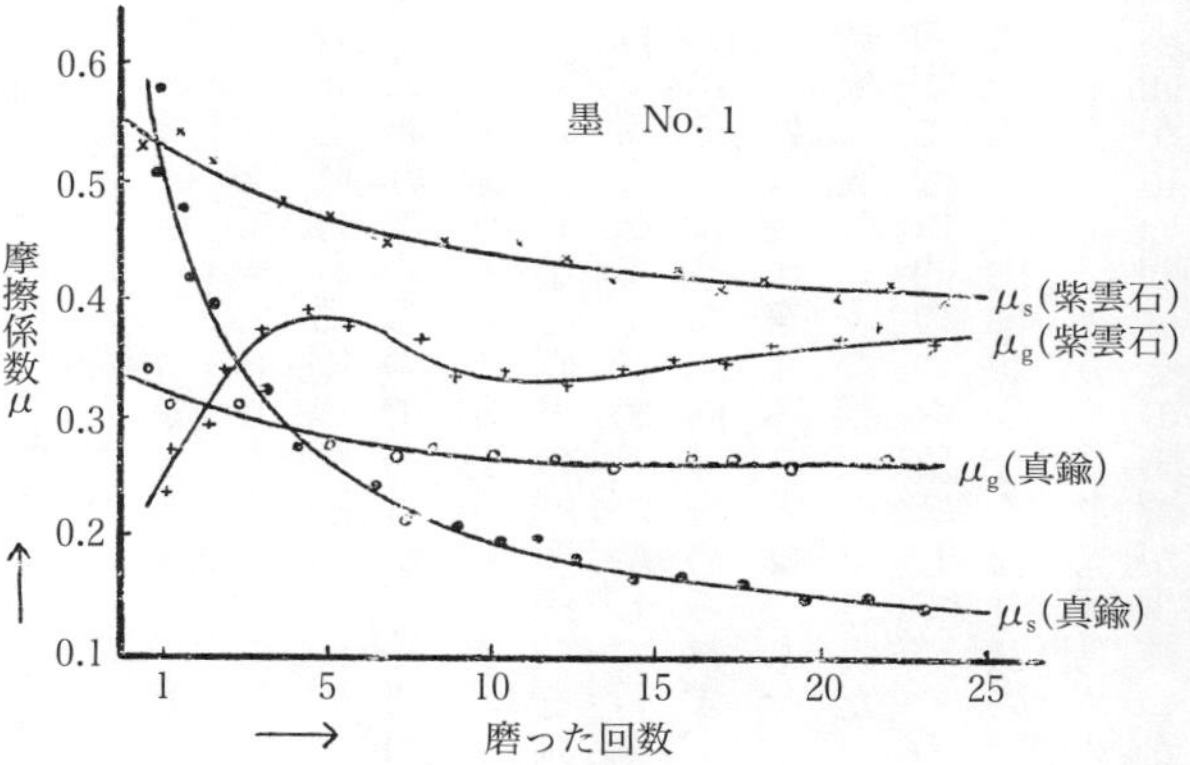

第六図

になってしまって、暫く使っていると紫雲石の場合の十分の一も墨がおりなくなってしまうのである。真鍮や鉄の硯も雨端石と全く同様であった。即ち硯のおり方を問題とすると、紫雲石が優れて良く、雨端石や金属の硯は非常に悪いということになる。もっとも後述の如く、Qが小さい場合にはDも小さいので、細かい粒子の墨汁が欲しい時には問題は別になる。

磨墨による摩擦係数の変化

墨と硯との間の摩擦係数μ_sもQと同様に磨っているうちに減少する。その様子は第六図に実線で示す如くで、初めはかなり急激に減少するが、後にはほぼ一定の値に落ち付く。ここで注意すべきことは、紫雲石の硯ではμ_sが0.37くらいに落ち付くのに、真鍮ではどんどん減少してしまうことである。即ち真鍮の場合には、表面がすぐ磨いた状態になってしまうが、紫雲石の場合は、なかなかそのような状態にはならない。従って墨のおり方もいつまでも速いのである。端渓などの場合には、表面に所謂《いわゆる》鋒鋩《ほうぼう》と呼ばれる堅い微小石粉が露出していて、それが墨のおり具合を容易にしていると云われているのであるが、鋒鋩の研究なども、このように物理的に行ったならば、もっと確かなことが分かるであろう。

同時に硝子と硯との摩擦係数を測った結果も、第六図に描きこんである。この場合は、紫雲石では初めμ_gが増して行き、ある値以上のnになると一定の値となる。真鍮ではそのような傾向は認められず、徐々に減少するばかりである。摩擦係数がこのように妙な変化をすることは、ちょっと類例の少ない現象で、寺田先生は色々の考察の結果、次のような説明を下された。石の硯と墨との場合、表面が粗いと、突出部が墨の膠に機械的の力を及ぼして、その附著力《ふちやくりよく》が一見μ_sを大ならしめている、それが磨墨につれて突出部が少なくなりμ_sの固有の値になる。硝子と石の硯との間では、表面に吸着している水か有機物の薄膜かが、硝子を密着させてμ_gを大ならしめているので、表面が粗い間はその影響が少ないから、少し磨いた状態で却ってμ_gが大きい。金属の面ではそのような現象は起きなくて、石の場合に特別な現象であるというのである。端渓が手触りが冷たいとか、濡れたような感じであるとかいうようなことも、熱伝導の問題と簡単に片づけず、表面膜の性質まで調べたら、色々面白いことが分かるだろうと思われる。

墨のおり方と粒子の直径との関係

磨墨につれて墨のおりる量Qが減少することは、上述の通りであるが、その際粒子の直径Dも段々小さくなることが、実験的に確かめられた。即ちDとnとの曲線を作って見ると、第四図または第五図と似た形になった。このことはQとDとの間に簡単な関係があって、墨の速くおりる時は、粒子が大きいということになる。QとDとの関係を図示すると第七図のようになる。ここで面白いことは、紫雲石と雨端石とが同一直線上に載り、真鍮と鉄とが別の直線上にあるということである。即ち石の硯と金属とでは、墨の粒子の大きさが断然違うのである。

この関係を直線と見ると、

$$D = D_0 + aQ$$

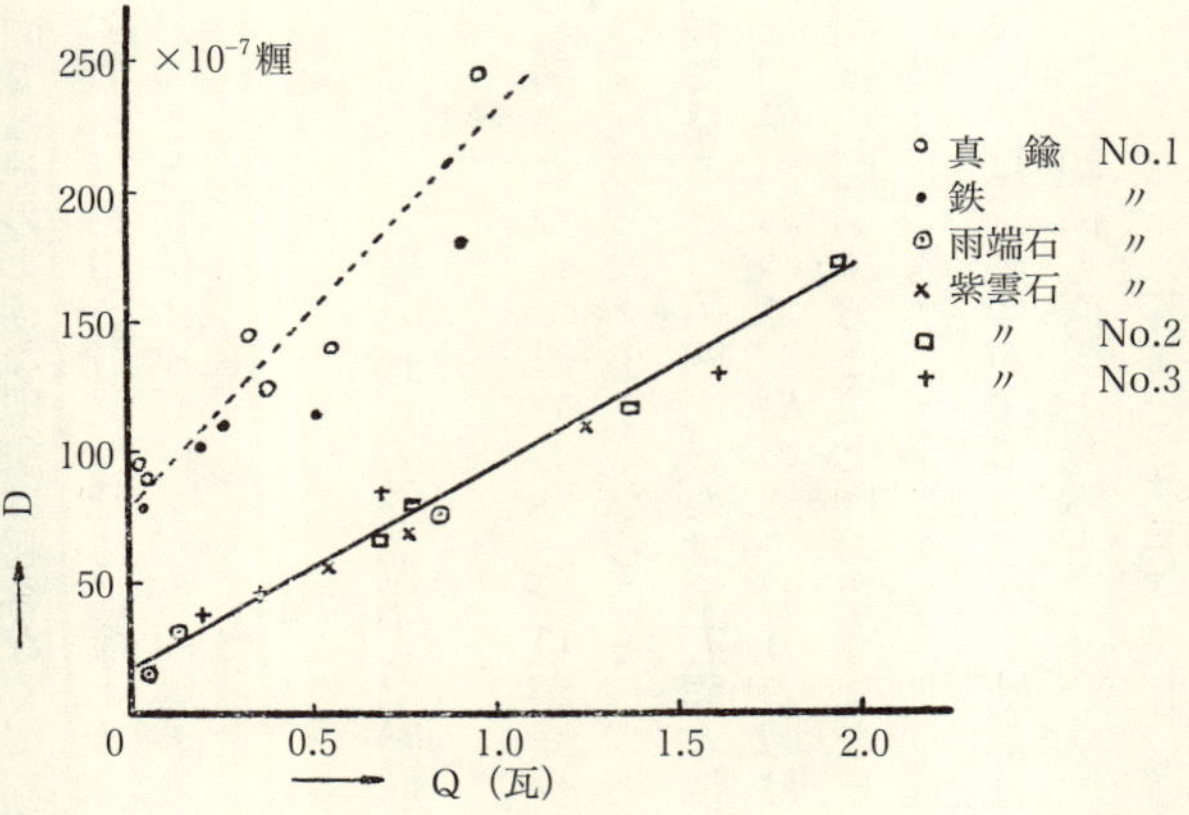

第七図

なる式で現すことが出来る。この直線は0なる原点を通っていないので、Q＝0の時も粒子直径はD_0なる値を持つことになる。このD_0が墨の粒子の最小の値を示すもので、石の硯の場合は十万分の一ないし三粍《ミリ》、金属の場合は十万分の八粍《ミリ》ないし一万分の一粍《ミリ》である。金属の硯で磨った時に、墨の粒子がこのように大きくなるのは、色々の考察の結果、金属から多価のイオンがごく少量出て来て、それが膠質の凝集を起こす為だろうという説明がしてある。

石の硯に就いて見ると、用いられた硯二種墨三種の色々な組み合わせが、皆同一直線上にある。

前述第五図に於て雨端石と真鍮とが共

に墨のおり方が悪いという結果になっていたが、今度の第七図で見ると、雨端石の方は粒子が小さくなるのでおりる量が減るのであるということが分かる。真鍮の方はこれに反して、墨のおりる量は少なくして、しかも粒子は大きいのである。その点雨端石と真鍮とは著しく異なるのである。

墨のおり方と摩擦係数との関係

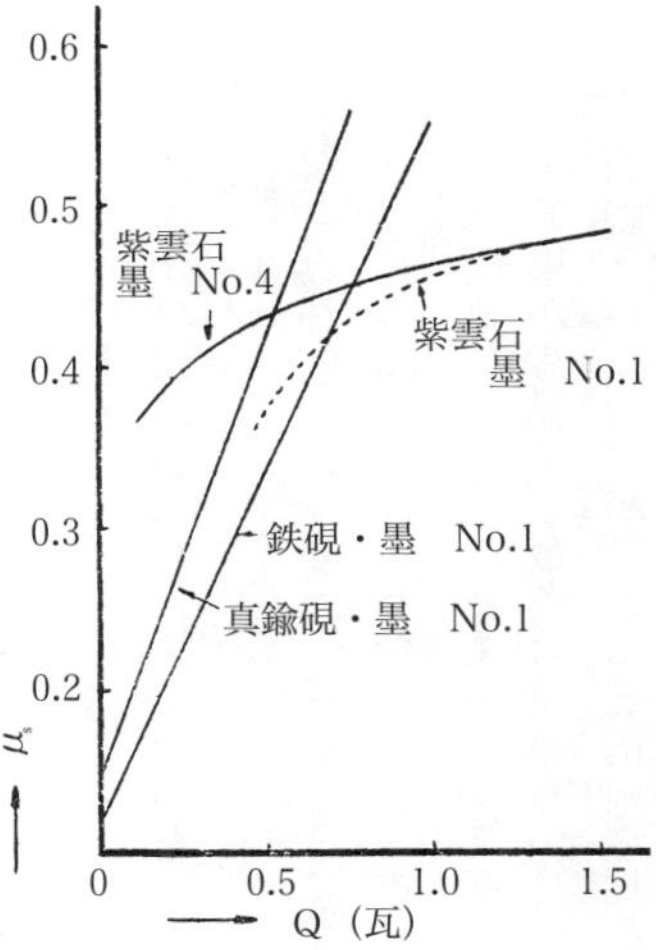

第八図

墨のおり方Qと摩擦係数μ_sとの関係は、第八図に示すようになる。図中の曲線から紫雲石の硯と金属の硯とが著しい性質の差を示すことが見られる。金属の場合にはμ_sが0.15くらい以下になるとQがほとんど零になり、それ以上ではQとμとの間には直線的関係が成立する。即ち、

なる時の摩擦係数で、即ち金属面が十分に磨かれた状態になった時の値である。その値は真鍮の方が鉄の場合よりも大きい。

$$Q = A (\mu_s - \mu_{s0})$$

なる簡単な関係が成立する。ここで μ_{s0} はQがほとんど零になる時の摩擦係数で、即ち金属面が十分に磨かれた状態になった時の値である。その値は真鍮の方が鉄の場合よりも大きい。

紫雲石の場合は、μ_s は第六図に見られるように、磨墨によっては0.37以下には減少しない。硯の面がそれより少し粗くなると、Qは初めは金属の硯よりも徐々に増すが、面が十分粗くなると、即ち μ_s がある値以上大きくなると、Qが急に増大する。

以上の結果から見て、金属の硯の方が石よりも悪いということが明瞭に分かる。従来金属の硯というものがほとんど用いられなかったのももっともである。即ち石の硯では磨墨によって面が完全に平滑になることがなく、何時までも一定の粗度を保つことが、摩擦係数の実験から分かる。このことが墨のおり方を速くするのである。金属の硯はこれに反し、磨墨によって直ぐに面が平滑になり、墨のおり方が非常に悪くなる。それも墨汁の粒子が小さくなる為におり方が少なくなるのならば、その点で使用目的があるが、この場合は粒子もまた大きいのである。

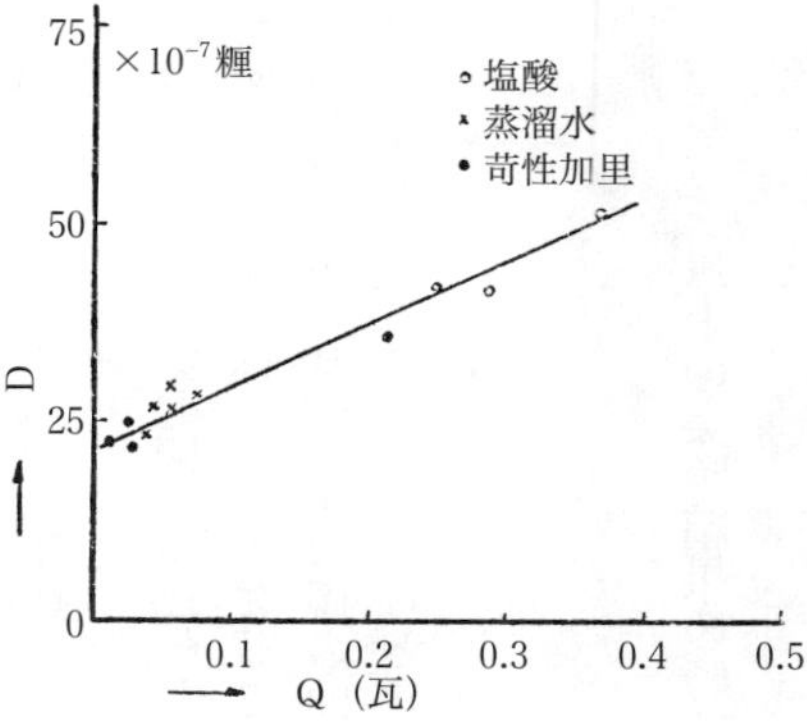

第九図

水中の電解質の影響

電解質を含む水で墨を磨った時の墨のおり方Qと粒子直径Dとを調べる為に、色々の濃度の苛性加里液及び塩酸水溶液で墨を磨りその時のQとDとを測って、蒸溜水の場合と比較して見た。その結果は、酸の時はQもDも蒸溜水の時より大きく、アルカリの時は逆に小さいということが分かった。酸もアルカリも膠を軟らかくする性質があるから、もしその為とすると、両方共Qは蒸溜水の時より大きくなる必要がある。ところが実際はアルカリの場合は蒸溜水よりもQが小さいのである。それで次のようなことが考えられる。墨の粒子は負に帯電していることは分かっているので、酸のH^+イオンがこれを中和する為、粒子が凝集を起こし易く、その為D

が大きくなる。アルカリはOH^-イオンがある為に凝集を妨げて、粒子は小さいと考えられるのである。それでQとDとの関係を図にして見たところが、第九図のような結果を得た。これと第七図とを比較して見ると、Q—Dの関係は、酸アルカリの如何を問わず、蒸溜水と同じ直線上に載るのである。換言すれば酸の点○は硯の面の粗な方に相当し、アルカリの点●は硯の面が平滑な方と一致しているのである。故に酸の場合墨が速くおりるのは、墨からとけ出す粒子が大きい為であり、アルカリの場合はその逆になるということが分かったのである。この現象は膠質学の方面からも重要な問題である。

以上の実験結果の吟味

以上の実験で墨のおりた量Qとして測ったものは、硯の面上五糎《センチ》の距離を墨が往復三千回した時の量である。墨のとけ方が終始一定と仮定すると、墨が一糎《センチ》動いた間にとけ出た量は$\frac{Q}{3}\times10^{-4}$瓦《グラム》となる。墨の磨り口〔面積〕をSとすると、墨が硯上を一糎《センチ》動いた時に一平方糎《センチ》からとけ出る量qは、

$$q=\frac{Q}{3S}\times 10^{-4}瓦$$

となる。墨の密度をsとするとこの時とけ出た墨の体積はq/sである。このq/sの値がちょうど墨が一糎《センチ》動いた時に磨り減る層の厚さhになる。今Qを一瓦《グラム》、Sを二平方糎《センチ》（第一表）、sを1.4とすると、計算によるhの値は120×10^{-7}糎《センチ》と出て来る。ところが第七図に於てQが一瓦《グラム》の時のDは約100×10^{-7}糎《センチ》で、大体hと似た値である。即ち墨が硯上一糎《センチ》動くと、約100×10^{-7}糎《センチ》（一万分の一粍《ミリ》）だけ削りとられ、その時墨はその削りとられた厚さと同程度の直径の粒子となってとけ出るということが分かるのである。

　墨が磨り減る厚さと同程度の大きさの粒子になることから考えて、これは墨の磨り口の表面に、顕微鏡でも見えぬくらいの細かい罅《ひび》が沢山出来る為であろうという考察がされてある。硯の面には細かい不規則な小突起が沢山あって、所謂鋒鋩をなしている。それが墨の磨り口面に不規則に配分された力を及ぼすので、表面に罅が沢山入る。この罅が墨の内部へ入り込む深さは、力の配分の不均整度により、換言すれば硯の面の粗さによる。これらの罅は墨の動くにつれて段々沢山出来て来て、一糎《センチ》くらい動くうちに、罅の深さと同程度の間隔になるくらい、磨り口の表面に罅が一杯出来る。この状態に於て墨の表層は、罅の深さhと同程度の直径の粒子に崩壊して水中にとけ出るのであろう。

寺田先生は前に粉体の物理的性質の研究をされたことがあって、粉体の層に罅が入る時には、罅の深さと同じくらいの間隔で、沢山の割れ目が入ることが分かっている。それで墨の場合にも同様な現象が、超顕微鏡的規模で起きているのであろうという解釈を下されたのである。

附記

最後の論文墨汁のカタホレシスに関する研究は未完成であり、また今の場合直接の興味も少ないので省くことにした。

(昭和十三年一月)

『物理学序説』の後書

寺田先生の『物理学序説』は未完であり、かついわば草稿であって、まだ十分な推敲を経たものではない。しかしこの書は、我が国では類例の少ない独自の著述である。このままの形でも、真に学問を愛し、科学の本質を知りたいと願う人々に、一度熟読をすすめたい本である。

終戦直後、九州のある友人から、むつかしい質問をうけたことがある。それは公共的な意味で使いたい紙の手持ちが少しあるが、それを新生日本の糧として残すという意味で、本にして少数の人に配っておきたい、その目的に適うような本を、明治大正昭和を通じて一冊だけ選んで貰いたいというのである。

これは随分むつかしい話であるが、色々考えあぐんだ末、結局私はこの『物理学序説』を推薦した。随分大胆な話であるが、私の知っている範囲内では、そういう無理な註文に対しては、ほかにいい考えが浮かばなかったのである。実はこの『物理学序説』には私は前から少し因縁のようなものがあった。この原稿は危うく誰の眼にもふれないで湮滅《いんめつ》してしまう危険が多分にあったのであるが、幸運にも全集編纂の時に、世に出ることになったのである。

この原稿は、岩波書店で昔『科学叢書』というものが計画された時に、そのうちの一冊として書き始められたものである。全集編輯者の調べられたところによると、大正九年(一九二〇)十一月十二日に稿を起こし、予定の三分の一余りのところで中止されて、未完結のまま残されていたものである。先生にこういう意図があったことは、初めは誰も余りよく知らなかったようである。

大正十五年の秋頃かと思うが、理研で先生の助手をつとめていた頃、よく毎晩のようにおそくまで、曙町の応接間で色々な話をきいたことがある。ある晩のこと、先生は日本の物理学界の現状と、研究者の心構えとについて大いに気焔をあげられたことがあった。その時の話の中に「僕はそのうちに『物理学序説』というものを書くつもりだ。今はとても忙しいし、それにどうも差し障りがありそうだから、今に六十になって停年にでもなったら、一つそれを書いて、大いに天下の物理学者に、物理学というものはどういうものかを教育してやるつもりだ」というような話があった。

先生は大勢の人の前では非常なはにかみ屋であったが、二、三人の弟子たちを前にして、実験室の中や御宅の応接間などで話をされる時は、よく「気焔をあげ」られたものである。特に機嫌が良い時には、灸所をついた大気焔がつぎつぎと出て来たものであった。この時の話もそのうちの一つであって、当時は別にそう特に重要な話だとも思っていなかった。

先生が亡くなられて、全集編纂の話が出た時に、私はふとその時の話を思い出した。それでその話を御宅の方にも岩波書店の小林君にもしておいた。その後色々な人が書斎の中を整理して、その都度この草稿が問題になったのであるが、遂に見付からなかったということであった。もっともそういう話があったことは事実であるが、それは腹案であったかもしれず、ちゃんとした草稿が出来ていたかどうかは確かでなかった。それで探す方にも力がはいらなかったのかもしれない。ところが小林君が、先生がそういうことを言われた以上、きっとどこかにあるにちがいないといって、とうとうその草稿を書斎の中から見付け出したのであった。それは、先生の海洋物理学の講義の原稿らしいフルスカップの裏に書かれてあったのである。

草稿についていた別の紙に、全体の予定らしい数字が書いてあって、それでみると、約三分の一くらいが出来ていたようである。この本はその三分の一の未完稿と、二つの附録とを纏めたものである。この『序説』には少なくも二つの附録が伴う予定であったことが本文によって知られるのであって、その一は『自然現象の予報』であり、その二はポアンカレーの『偶然』を訳されたものである。そのうち『予報』の方は、本文の中にその内容が相当詳しく再出されているので、あるいは完成の際にははぶかれたものかもしれないが『偶然』の方は、附録として是非必要なものである。

この原稿は、わずか三分の一しか出来ていないのであるが、それでも十分にその企図を察し得る極めて独自な著述である。全集の編輯者の言の如く「これは種々なる意見を単に綜合したようなものではなく、悉く著者の立場に於て表現したものである。そこには極めて自由な考察が示されているばかりでなく、更に読者自身の思索を誘発するところが多いと思」われるのである。

我が国のこの種の著述の中には、哲学者が科学を論じたものは二、三見受けられるが、深い哲学的教養をもった科学者で、しかも常に研究の第一線を歩みつつある人によってこの種の問題がとり上げられたことはほとんどないようである。むしろそういう人がほとんどいなかったと言った方が適当であるかもしれない。科学の学徒にとっては勿論であるが、一般の知識人にとっても、この後者の方が科学の本質についての理解を深めるのに役立つことが多い。科学の研究に体験のない人の科学論には、時々隔靴掻痒の感を伴うことがあって、それがこの種の問題に対する科学者の関心を低めさせる原因となる場合がかなり多かったようである。

優れた科学者の科学本質論では、各種の概念的事項の説明に、適切な具体的の例が豊富に引用され得るという強味がある。そういう例をこの書からはいくらでも拾い出すことが出来る。例えば極めて本質的な問題であるところの能知と所知とを説明するに当たって、人間が物差しで測定をする場合があげられている。この場合測定者の眼や手は機械になっているので、能知者たる人間が遠くに退いていることには問題はない。次に測り方の上手下手もなお科学の範囲内とすることが出来る。その為には「測定結果を精密なコンパレーターの結果と比較しそれに近い程上手だ」ということにすればよい。その時の「観測者の眼の判断は所知者である」からである。「しかし如何にすれば上手になれるかという事は最早学でなくて術である」という記述などは、能知と所知との雑ざり易い巧い例をとりあげたものであろう。

物理学は物の理を考える学問であるという常識論を吟味する場合に、物理学に於ける物というのは実は物ではなく、再現可能でかつ個々の物質や物体を離れた物の概念である点を明らかにし、その例として前者には、幽霊と化学書にある稀有元素とをあげ、後者は比重を例として説明してある。「必要に応じて何時でも吾人の前に再現され直接あるいは間接に吾人の感覚の窓を通して認識され得べき可能性を有する事が科学的論理的に証明され得る」ためには幽霊は落第である。たとえ「ある時代に於て凡ての人が幽霊の存在を信じ」それが「一つの共通な認識（それは感性的でないとしても）の表現」となっていても、それは「感性を通して認識され、必要あらば自分の眼前に再現され得べしと信ぜらるる」稀有元素とは異なるのである。

物理学は物の学ではなく、個々の物を離れた概念の学であるというような重要な点の説明に、比重のような簡単な物性がとりあげられているが、この著者によって解説された場合には、その説明が如何に生きて来るかを読者は理解されるであろう。「時」と「空間」との問題は、哲学にとっては千古の課題であるが、物理学にとっても極めて重要な問題である。相対性原理以前の物理学に於ては、時は空間に於ける等速運動を仮定することによって、初めて客観的に取り扱われ得るに至り、空間の尺度で測ることによって、科学の領域にとり入れられて来た。しかしこの方法によっては、即ち時を線で現すことによっては、主観的時間の特徴たる不可逆性は全く疎外され、すべての変化は可逆的となる。力学に於ける時は、進行と逆行とが等価的である。この点は主観的の時の説明には重大な欠陥となる。しかし物理的現象でも時なる線は一方向きにのみ進行するのが宇宙現象の実際であって、熱力学の第二法則が、その点を明確に規定している。あらゆる変化の進行に際してエントロピーは常に増し、決して減ずることが無いというのが第二法則である。熱の現象の中で最も普遍的な摩擦の現象を無視した力学に於てのみ、時は可逆的な形で導入されるのである。熱力学の第二法則から再び立ち戻って「主観的時間の経過を考える時に、それが一つの物理器械として考えた人間という器械的体系のエントロピーの増加と密接な関係があることを認めることが出来る」のである。ここまで踏み込んで初めて古典的《クラシカル》な物理学にとり入れられている時の意味が本当に理解されるであろう。

更にこの「時」と「空間」との問題は物理学の方では、周知の如く、アインシュタインの相対性原理の提唱によって、文字通りに画期的な飛躍をみた。相対性原理に於ける時空の概念の説明は、一時流行を極めたこの問題の通俗科学書に溢れたものである。しかし私は不幸にしてそのいずれからも十分納得のゆく理解が得られなかったような気がする。アインシュタイン自身の筆による普及書すらも、なお本当に一般科学人にその真意を伝えるのに、適切な解説を与えるものであったか否かには幾分の疑問がある。少なくも私自身にとっては、本書の第二編第五章『数と空間時間』ほどの簡潔にして明快、しかもこの問題の真髄を衝いた解説を、ほかには知らない。

光が相対性原理に於て特別無上な地位を占めていることの意味は「光が物質等を一切無くした空間の中に起こる唯一の現象であって、空間そのものに固有な現象である」ばかりでなく、更に進んで「吾人の幾何学的空間を組み立てて行く時に直線なるもののprototype（原型）となるものは光の進行で」ある点を深く考察することによって、その本意を理解することが出来るのである。その説明としては「吾人の空間の骨格は光線である」ということの本の中の言葉ほど簡潔な説明は、ほかにはちょっと見当たらないようである。

先生はかつて「僕の相対性原理はラウエの本で勉強しただけだよ」という話をしておられたことがある。しかし勿論それだけでは満足されなかったようである。「著者は吾人の空間が元来人間に無関係に先天的非ユークリッドであるのを従来ユークリッド的に誤認していたのをアインシュタインの研究によって始めて迷夢が一掃されこれで空間時間の問題が窮極的に解決が付いたとは考えないのである」と明記されてある。そして相対性原理に於て根本的な意味のある光線が、単なる線でなく、それが一つの等速運動である点に、より深い意味を見出そうと試みておられる。それは時と空間よりも、運動がもっと原始的なものであるという考えから来ているのである。時が物理学にとり入れられる為には、それが空間的の尺度で測られなければならない。空間化された線的時間に於て、「今」というZeitpunkt（瞬間）は、幾何学に於ける点ではなく、ある時間閾の領域内では二つの継起する出来事は屢々前後の順序を顚倒して感ぜられる。そういう領域は「相互に重なり合いつつ進行して行く。この如くなる事によって始めて連絡せる時間の知覚が成立する」。

一方空間の知覚に於ても、異なる点の空間的分布が同時に認知されるとすることには無理がある。文字の形のようなものは、一度に眼に見えるようであるが「吾々がその字画を覚え込んでしまうまでにはどうしても何遍もその字画の線をどうにかいう順序にたどって習熟する事は事実で」あり、図形でも勿論同様である。こういう追跡作用がいつでも必要であるとすれば「空間の知認には時を要する」ことになる。こういう考察から、先生は時と空間とは運動という原始的知覚の分解によって生じたものであるという考え方に傾いておられたようである。哲学者の中には、勿論そういう考えの人も沢山あったであろうし、先生もベルグソンなどから影響を受けられた点もかなりあるようである。しかし科学者としての先生は、この考えを説明するのに「ミンコウスキーの時空を合した四元の「世界」四元的線として現るるものは即ちこの原始的知覚の数学的模像である」という言葉で表現しておられる。「こう考えて来ると時間や空間は唯運動を表す便宜的座標に過ぎなくなり、この運動を refer する為の座標軸は無数に可能になり、それらの各々の座標には時と空間とが必ず結びついて来るのである。この座標軸の選定は唯どのものを静止と見るかによるばかりである」。相対性原理の最初の部分、即ち最も重要な部分の意味をこれほど明白に説いたものは、ほかには余りないように思われる。「運動を純粋な時間と空間とに分解した事は非常に便宜であるにかかわらず、ある意味では失敗であったと考える事が出来」「その偏見が相対性原理の研究によって救われた」とも言うことが出来るのである。

　時と空間とは運動という更に基本的な知覚の分解から得られたという先生の考えは、更に進められて、『時と空間との量子説』という一見突飛なような示唆となってこの書の中に提出されている。物質の素量説、即ち原子構造論は、現代ではもう常識となっており、プランクの勢力《エネルギー》の素量説も、今では疑う人は無い。しかしこれらの物質及び勢力の不連続は、すべてその根柢《こんてい》に連続的な空間時間を考えての上のことである。先生が提出された問題は、空間時間それ自身に非連続性が考え得られないかというのである。即ち空間時間の値を現す数が、一定の間隙で進行し、その間隙内の空間や時間内では、数値は一定で、時の前後も空間的の右左も無いとするのである。最も分かり易く言えば、微積分のdxやdtに相当する物理的な量で、任意には決められない価のものが自然の中に実際に有りはしないかという問題なのである。この考えは現在のところでは、まだ突飛な奇説と思われるかもしれない。しかし運動量に素量があるとすれば、運動を分解した時と空間とにも素量があってならないとは断言出来ないであろう。現在のところ相対論的量子力学は行き詰まりの形にあるということをその方面の専門家の人からきいたことがある。この時空の不連続性の考えなども最近になって一部の理論物理学者によって取り上げられているそうであるが、あるいはその打開に役立つようになるかもしれない。

哲学的な考察というものが、我が国の科学者の一部の人には、全く無益な精神力の戯れと思われている傾きがある。それには理由もあるのであって、本格的な研究を自分では何もせずに、哲学書から拾った「深奥な言葉」の羅列を業とする人がその方面にかなりあったことが禍いしているのではないかと思われる。しかし人間の思考の「型」少なくも現代人の科学的な思考の「型」は、既に希臘《ギリシャ》の哲学者によって作り出され、それより一歩も出ていないような気がするとよく先生は言っておられた。内容はつぎつぎと変わって行くが、容器は変わらないのである。そういう透徹した眼で、深く科学の本質を見極めた哲学的な思索が、見方によっては人間の思索の一つの現れであるとも言える物理学に、役に立たないわけはない。この書の中にもその良い例が見られるのであって、現代の量子力学に於ける電子の概念の示唆が、立派にこの本の中に書き残されているように私には思われる。

先生がこの草稿を書かれたのは、一九二〇年から二五年くらいまでの間と推定されるのであるが、その時代はちょうど現代の量子力学の基礎を為すところのド・ブロリイやシュレーディンガーなどの論文がぼつぼつ出始めた直前の頃であった。前期の電子論が発達の極に達し、その大きさ、剛性、荷電の分布などと、議論は尽きるところを知らず、煩瑣哲学の趣がありありと物理学の上に現れて来ていた。ちょうどその頃に先生は、第二編第三章の「実在」の章に見られるような哲学史的考察を物理学の上に施して「著者は過去の歴史に徴しまた現在の物理学を詮議して見た時に、少なくも今のままの姿でそれ(物理学の進歩の径路)が必然だという証明は存しないと思うものである。もし果たして然らば物理学の所得たる電子等も未だ決して絶対的確実な実在の意味を持たぬものであって、これに関する観念が全然改造さるる日もあるだろうと信じている」と断言されているのである。

今から考えてみれば世界中の学者がかかって、電子の性質について煩瑣哲学的な研究を積み重ねるべく無駄な努力を払っていたわけである。そういう趨勢の由って来たるところは、電子の粒子性の実験に誘われるままに、誰もが何時の間にか、電子を野球の球のようなものが極度に小さくなったものという風に思い込んでいたことにあるのであろう。電子をそういう意味での「実在」と思い込んでしまえば、色々な物性をそれに賦与するのも自然の勢いである。まして昔から物質の第一性質と考えられて来た不可入性などについては、疑問を持った人はほとんどなかったわけである。しかし先生は、その点までも指摘しておられるのである。「若し今日電子の色を黒いとか赤いとか云えば学者は笑うに相違ないが電子が剛体であるとか弾性であるとかいうのはそれ程怪しまない。まして電子の不可入という事について疑う人は極めて稀だと云ってよい。しかし著者はこの如き仮定の必然性をどこにも認め得ない」と言っておられる。「可触物体の力学を応用する便宜上」から電子に形を与え、普通の意味での物性を賦与したのは、無理のない傾向ではあるが、それには便宜という以上には「必然な要求のない事を承認し」ておく必要があったのである。先生のこの言から十年を待たずして、ド・ブロリイによって電子の物性は除去され、シュレーディンガーの式によって規定されるところの形も不可入性もない数学的表現が電子であるということになってしまった。そしてこの基礎から出発した量子力学が、今日遂に原子力の秘密を開放するまでに発達したのである。機械を作った人間が機械に隷属せしめられることが屢々ある如く、人間は自分で作った物理学にとらえられて悩む場合が案外多いのである。そういう場合に、研究者を混迷の淵から救い出してくれるものは、科学の本質についての深い考察である。その点について異論を唱える人はないであろうが、問題は研究者を救い得るほどの深い本質的な哲学的考察が少ない点にある。役に立たない哲学を嫌う実用主義の科学者も、この書によって、哲学的思索が案外自分たちの眼の前ですぐ役に立つ、しかも一番重要な点に於て役に立つことを悟るであろう。「科学上の真なるものにして応用のないという事はそれ自身矛盾のある言葉である」と言われた先生は、実用や応用ということを常に重視しておられた。そしてその為にも哲学的の思索を必要とする点がこの書によって示されているのである。「今日の科学を盛るべき容器は既に希臘の昔に完成してそれ以後には何らの新しきものを加えなかった」と感じておられた先生にとっては、それは当然のことであったのであろう。

哲学の歴史は、人間の思索の道筋の歴史である。「科学者が外界の現象を取り入れてそれを秩序立てる時に用いる一種の型は畢竟するに哲学的な思索の種々な型のいずれかに適らないものはない」。科学史上に名をとどめている古来の科学者は、いずれもこの「型」の所有者であった。

近代の物理学は、あらゆる現象を力学的数式の形で与えようとする方向に進んで来た。ニュートンの仕事はそういう意味で、極めて重要なものであったことは、事新しく言うまでもない。物理学に於ける「説明」の意味は、その大部分が、力学的数式によって表現されることを意味して来た。ニュートンは光学を力学の一部に包含すべく、光の粒子説を提出した。そして彼の時代に於て知られていたあらゆる光の現象を、その仮説によって論理的矛盾もなく、また経験とも衝突することなく、説明することが出来た。その説明というのは「媒質中に於ける微粒子の運動を数学的に規定する事によって光の現象をそれから演繹」したことである。この力学的取り扱いという問題は、時を可逆的に取り扱う点、及び力学の基礎がすべて等量関係である為に、すべての現象を等量関係の記載に引き直す点に於て、重要な意味をもっているのである。ここでは因果律は等量関係で表現され、物理学に於ける「何故」をHow? に限定することになるからである。物理学はHow? の学問、即ち記載の学問であってWhy? の学問ではないということは、それが実証論的性質の学問である以上、本質的には何人も異議はないであろう。しかしそれが一般にかなり浅薄な意味で流布されている点については、先生は意見があったように思われる。しかしこの草稿はちょうどそこまで筆が進んだところで切れているのである。

力学的自然観という容器の問題は、それが因果律まで遡る点に於て、極めて重要な問題である。光や音が純粋に力学的に取り扱われ、それが一応の成功をおさめたことは、誰も知る通りである。十九世紀に於てマクスウェルの理論が出て、電磁現象もまた力学の中に包含されるに至り、電磁力学の確立をみたわけである。それが二十世紀に入って、電子論の急激な進歩につれて、物質を全部電気と見る考え方に導かれ、所謂電気物質観が盛んになって来た。この場合も「物質というものを電気に置き換えただけで、物理学全体を通じて力学的取り扱いは依然として変わらな」かった。即ち内容は変わっても、容器は変わらなかったのである。

力学は、すべての現象を質量と空間と時間との要素だけで云い現そうとする学問である。相対性原理によって、従来不変とされていた質量が速度によって変わることが知られ、勢力《エネルギー》にも惰性を賦与せざるを得なくなった。それで質量の力学はエネルギーの力学に発展したのであるが、力学的取り扱いという容器は依然として残ったのである。

質量が速度によって変化することから更に前進して、物質と勢力との転換なる考えに到達せざるを得ないことになった。それで物質不滅の法則という自然科学全般の基礎を為す法則が覆されてしまった。しかしこの新しい考えから導かれた電気即物質論は、物質の観念を改造して、勢力と質量との和が不変であるという新しい物質不滅の法則を確立したのである。ここでも容器は変わらなくてその中に盛られるものが変わったのである。物質と勢力との和が一定であるというようなことは、一般に色々な場合について実験的に証明することは出来ないもので、極く特別な場合についてのみ、実験的根拠が与えられているにすぎない。寧ろその和を飽くまでも不変とみて、もしその法則にあてはまらない場合があったら、その分だけを未知として残すと言った方が適当である。そういう風に言っても、この法則の価値が減少するものではない。この原理に基づいた原子爆弾は、現実に出来るのである。

「物質の不滅性は昔から考えられたものでこの一見変転極まりなき世界に何物か不滅不増の物を考えんとする要求から起こったものであって、その要求の眼鏡を通して世界を見、その要求に応ずるように自然界を掘りくずして行って掘り当てたものが即ち物質の質量であったのである」。質量の意味は、この説明によって初めて本当に理解されるのであって「普通物理学書にある質量の定義は無意味に近いものが多いから誰でも腑に落ちかねる」のである。ニュートンの第二法則F＝maに於て、加速度aは問題ないとして、力Fか質量mかいずれかを先に決める必要がある。マッハ以来、人間の筋肉や皮膚の感覚から来るところの力の概念をまず決めて、mは惰性係数として定義する流儀が少なくも物理学者の間には採用されている。先生もその考え方に依っておられたのであるが、感覚から得られた力の概念の中から、純粋な力学的の力を抽出する場合には、この物質不滅の要求から来た質量が、補助的役割をしたものと考えられたようである。この考えに従えば、質量はニュートンの法則と物質不滅の法則との歩み寄りで生まれた概念であるとも言えよう。質量をそういう意味に解釈すれば、それが勢力《エネルギー》に転換され得ることは、何もそう不思議ではない。物の実質が忽焉《こつえん》

のである。

として宇宙から消滅して、物でない勢力《エネルギー》が生まれたという風な考え方は不必要なである。

問題は人間の作った概念であるところの質量から、現実に原子力が得られる点にある。これは、古来の哲学者の何人をも悩まして来た『自己と自己以外』の問題に関係している。科学の科学たる所以《ゆえん》は、その中で取り扱う対象が自己を含まない点にある。即ち「所知者ばかりを抽出してそれらの間の普遍的関係を論」ずるものが科学である。ところでそういう所知者ばかりの間に、普遍的関係が成立するということ、即ち「科学が成立する為の条件は重大な問題でありそのような問題には能知者の吟味がすぐに必要になるのは明らかな事である」。この点については、先生は極めて明白な態度を示し「科学はそのような事の可能であるという前提で打ち切ってそこで科学自身と他の哲学の部分との境界を立ててしまうのである」としておられる。

それは勿論妥当な意見であろうが、この種の著書としてははっきりと言い切っておられる点がちょっと目新しい感じを与える。この書の特徴の一つは、曖昧な言い現し方が全然ない点にある。デカルトが経験的な知識の根柢を薄弱なりとして、自然研究の確実な方法を数学に求めたことの説明に於ても、その好例が見られる。デカルトが数学的方法の出発点として公理的なものを探究し「action at distance の否定からエーテルを考えエーテルの運動状態が物質であるとした」点は、現代科学の考えにまで滲潤して残っている。その点では立派に科学的であると言えるのであるが「その公理は経験で証明される性質のものでなく形而上学的の意味しかないものである」。この点について先生は「彼は今日の科学者とは全然異なっているのである」と明瞭に述べておられる。カントの認識論の説明には、もっと愉快な例がある。カントの認識論は結局現象論であって、その一つの重要な問題は、客観的存在が主観の所産であるにも拘らず普遍性必然性を有する点にかかっている。その点についてカントは「そのような普遍な非個人的な組織が出来得る所以を人間精神作用の根柢にある先験的統覚(die transzendentale Apperzeption) と呼ぶものに帰した」のであるが、先生はそれを「これは科学的の眼からは窮策と見えるものである」と評されている。先生はカントを十分理解し重視されていたのであるが「窮策」と思われたところはその通りに書かれたのである。この評もまたデカルトの評の如きも、哲学者にはあるいは異論があるかもしれないが、明晰無類の表現であることには間違いないであろう。こういう表現は、草稿だから見られるので、完成された本の形ではあるいは辞句の訂正があったかもしれない。そういう意味で、先生の意図を窺う上には、草稿の方がより興味深いものであるとも言えよう。もっとも草稿である以上、誤字や誤記のある点は否みがたい。例えば三十九頁五行目の「悉く物と云われない」は「悉く物と云われよう」の誤記であろう。また百七頁七行目の「考えなければ」は「考えれば」の書きちがいと思われる。そういう例はほかにもあるかもしれないが、それらは少し注意して読めば分かることで、大して問題とするまでも無いことである。

この書が未完結で終わったことは誠に遺憾ではあるが、これだけでも先生の物理学に対する思想の方向をある程度まで窺い知ることが出来るのである。全集編輯者も言っておられるように、人間的要素からの離脱が自然科学の理想であるというプランクなどの主唱を軽々に妄信することを誡《いまし》める先生の気持ちが、この草稿の全体を通じて浸みわたっている。

「我々のあらゆる学問は人間にして始めて可能な貴重な特有な学問であると同時にまた結局は人間の学問に過ぎなくて神や天使の学問でない事を念頭に置いてかからねばならない」

「科学が中世後文芸復興と共に急に進歩するに至った一つの大なる理由は実に科学がこの区別（所知のみを対象とするか能知が入るかの）を自覚して自己から切り離され自由な天地に放たれたのにあるのである。しかし全く自由になったつもりでいても実はやはり別の世界に移ったのでなくてどこまでも自分の囲から出た訳ではなく唯自分の Spielraum を得たというに過ぎない」

「人間の有する所謂外界の模像を普遍化し系統化するものが人間に内在しなければ外界は支離滅裂して認識は成立しない。そうすると所謂実体も「我れ」あって始めて存立するものである」

こういう言葉を拾い出してみると同時に、第二編第四章の『感覚』と、第五章の『数と空間時間』とに、如何に先生が力を注いでおられるかを考え併せてみれば、この特異な先生の「人間的な物理学」の特徴をよく了解することが出来るであろう。人間的な物理学と言っても、物理学の窮極が人間性からの解放にあることは勿論である。唯物理学は人間が作ったものであることを常に反省することが、人間性からの解放をもたらす所以なのである。その点は、第二編の最後に附加された註からも窺うことが出来る。即ち「Planck その他は Anthropomorphism（人間本位主義）からの解放を主張している。無論これらの人の云うような意味ではそうである。しかしこの言説が悪い意味に曲解さるる恐れを防ぐ為に著者は特に感覚と空間時間との関係を取り立てて見たのである」。

軽々に人間性を無視しようとする物理学者は、例えば「偶然」が一部の役割を占めるような現象の解明には不適任である。現象を支配する要素が少数であり、かつ因果関係が明瞭で機械的の法則によって現象が単義的にきまる場合は、決定論的な取り扱いが出来るので問題はない。そして従来の物理学はそういう種類の現象の方をより多く取り扱って来たのである。しかし実際の自然現象の中には「原因あるいは条件と考えるべき箇条が限りもなく多数で複雑でありまた原因の微少な変化によって生ずる結果の変化が有限である」ような場合が沢山ある。その時は結果は全く偶然によって支配されるのである。しかし「複雑さが完全に複雑であればそこに自ずから一つの方則が成立しこれによって統計的に種々の推論をする事が出来るのである」。即ちその場合は偶然の法則を武器として問題の解決が出来ることになる。

条件が少数で因果関係が簡単な場合は決定的の取り扱いが出来、完全に複雑であれば偶然の法則が適用し得る。しかし「一番工合の悪いのは複雑さが中途半端な場合である」。そしてそういう場合が、実際の自然現象では、極めて屢々起きていることを知らなければならない。それが物理学の中に目立ってはいって来ないのは、物理学者が「そういう困難に会う事をなるべく避けるようにして問題を二つの極端な見方のいずれかに牽きつけて行」っているからである。当然開拓されてしかるべき物理学のこの広い領域の開拓は、人間的な物理学の省察なくしては、到底遂行され得ないのではないかという気がする。その点についてもこの本は種々の示唆を与えるものであろう。

もともとこの書は、問題を解決する為に書かれた本ではなく、問題を提出する為に書かれたものである。草稿と一緒に全体のプランを書いた紙片が見付かったのであるが、その一節に「教ゆるに非ず問題を提出するなり」という一句があったところをみると、先生もその点は意識されていたものであろう。

全集によって初めてこの草稿が世に出て以来、既に十年に垂《なんな》んとする年月が経っている。その間私はその反響を心待ちにしていたのであるが、学界からも一般知識人からも何の反響もなく、一、二の例外を除いては、ほとんど話題にすら上らなかったようである。全集編纂の時にこの草稿が見付かっていなかったら、今度の戦災によって焼失したであろう確率は極めて大きかったと思わねばならない。先生の御宅の応接間も書斎も全部焼けてしまったからである。それだったら日本が産んだ極めて少数な本のうちの一冊であるこの書も、誰の眼にもふれずに永久に失われてしまったことであろう。そういう時期に、この書が広く一般に普及し得る形で世に出ることになったことも一つの因縁であるような気がする。

（昭和二十一年八月）

後　書

巻頭の一文でちょっと触れたように、我が国の現状は、寺田寅彦の再認識を必要とする時期に到達しているように思われる。

尾崎行雄氏が、われわれは自由を獲《え》た。しかしそれは最も悲しむべき状態に於てそれを獲たというような意味のことを言われた。それと同じ意味で、私たちの祖国は、今寺田物理学を再認識しなければならない悲しむべき境遇にある、と少なくもこの頃私はそう思うようになった。

それで何かそういう口火になるようなものを書きたいと思ったのであるが、正式にそれをするには、まず英文三千頁に余る先生の論文集をよく読んで、それを祖述する必要がある。しかし先生の論文は、実験物理学の各部門、地球物理学、気象学、海洋学とあらゆる分野に亘っていて、しかも英文の論文が計二百十一篇、邦文のものが計五十八篇という量である。現在の私の職務の傍らの仕事としては、その全部を詳しく解説することは不可能である。

それでは一通り上面《うわつら》だけを読んで、とりあえずの説明をすることも考えられるが、それは私にはどうも気が進まない。先生の論文は、全集刊行以来既に八年を過ぎているが、我が国の学界では、その反響がほとんどないと言ってよい。しかし例えば本書に入れた『墨流しの物理的研究』の如きも、適当な解説さえすれば、その価値は誰にも分かるのであって、現にこの一文は、北京図書館の機関雑誌『館刊』に漢訳されて載っている。それで先生の全論文を、私は余り便宜主義で取り扱いたくはないので、出来ればちゃんとした形で解説をしたいと思っている。

しかしそれを完了するには、どうしても三年や五年の年月は要るであろう。それでさし当たりの問題としては、断片的に先生の人間の片鱗を手当たり次第に描いて、そういう文章を沢山集めて、漠然とした形ながら、科学と文学との融合した形に於ける先生の全貌を伝える試みが残されているばかりである。今までに先生のことを書いた文章は、主として『冬の華』に纏めておいたが、その後書いたものは、方々に散らばっている。この際それらを纏めて一冊にしておいた方が、私にも便宜であり、一部の読者にも何らかの意味で役に立つこともあろう。そういう意味で、蒸し返しのようではあるが、この書を世に送る次第である。

『寺田寅彦の追想』は、今度新しく書いたものである。『物理学序説の後書』は、岩波書店で、最近に先生の『物理学序説』を単行本として出すに際して、その解説のつもりで書いたものである。この『序説』は、私には先生の沢山の著述の中でも特に価値の高いものと思われるのであるが、従来は全集におさめられただけで、一般読者には読む機会の少なかったものである。

そのほか『実験室の思い出』は『第三冬の華』に載せた文章の一部を削り、ちょっと筆を入れたものであり『札幌に於ける寺田先生』は『樹氷の世界』から転載したものである。その他の十二篇、即ち本書の大部分を占めるものは『冬の華』に一度発表したものである。今度それらを纏めるに当たって、著しく重複になるところを削除し、一部筆を加え、なるべく全体として形がととのうようにつとめた。また前には伏せておいた先生の周囲の人々の名前を、今度は大体本名に改めた。もう旧い話になるから、少し御迷惑かもしれないが、御容赦を願いたい。それに『追想』に先生の日記を引用し、その中に皆名前が出ているので、伏せる必要も余りなくなったわけである。

口絵の寺田寅彦像は、津田青楓さんの筆で、私が伊東で療養中に恵与されたものである。先生の「書架と花」の絵も、その時一緒に津田さんから貰ったものである。「書架と花」に大正八年一月五日とあるが、ちょうど先生の吐血の年の正月のことで、年譜にもその前年の暮れから「胃の工合が良くなかった」とある。胃潰瘍がだんだん進行して、先生は少し静養を必要とされ、時々津田さんのところなどへ遊びに行かれて、毛筆淡彩の素描などを試みておられた。この正月の前年の秋には、中央公論に『津田青楓君の画と南画の芸術的価値』を書かれた。その頃津田さんのところで描かれた絵の一枚が、この「書架と花」であって、それが反故《ほご》にまぎれ込んで、戸棚の中に放り込まれていた。それが津田さんが二十年ぶりで戸棚の隅を整理された時に、ひょっくり出て来たのである。

寅彦像もその頃描かれたもので、先生四十二歳頃のものである。年のわりにひどく老けて見え、また随分痩せておられるが、恐ろしい大患が、先生の身体の奥で進行中であったからであろう。津田さんの御蔭でこの二枚の絵を本書におさめることが出来たことを感謝している。

感謝といえば、この本の大部分は、岩波書店の特別の好意によって『冬の華』から再録することを許されたのであって、私にとっては誠に有り難いことである。

昭和二十一年九月

於札幌　宇吉郎記

解説

池内　了

私と中谷宇吉郎との出会い

私ごとき人間と中谷宇吉郎との出会いを語っても仕方がないのだが、同じ科学者であっても専門分野も異なる私がなぜこのような文章を書くことになったかを語っておいた方がよいと思うので、ささやかな出会いの記から始めたい。

私は一度だけ生前の中谷宇吉郎に接したことがある。一九六〇年に姫路公会堂で行われた〈岩波の文化講演会〉を聞きに行ったからだ。グリーンランドの氷冠掘削《ひょうかんくっさく》の話であった（ように記憶している）。その時私は高校に入学したばかりであり、一九六二年に彼は亡くなったのだから、ほんの瞬間だけすれ違ったことになる。教科書に文章が載っている有名な先生とは知っていたが、まだ彼の科学の業績や科学随筆については何も知らず、「偉い先生の滅多に聞けない話だから」と兄が推薦したので行くことにしたのであった。

その後、ずっと熱烈なファンであった寺田寅彦と師弟関係にあって雪の研究で優れた業績を挙げた科学者であり、同時に寺田と並んで日本の科学随筆の双璧と言える存在であるということがわかり、彼の著作に親しむようになった。実際、学生時代には岩波新書の『科学の方法』や『科学と社会』を読んで科学の研究について考えるきっかけを与えられたし、朝日新聞社から発行された『中谷宇吉郎随筆選集　全三巻』で「冬の華」とか「立春の卵」などの名エッセイを読み耽《ふけ》ったものである。寺田寅彦に導かれて中谷に肩入れするようになったと言える。しかし、一九五〇年代に彼が書いた科学評論には時代の変化と波長が合わないものもあり、しばらく中谷宇吉郎との接触は途切れていた。

ところが、西暦二〇〇〇年の彼の生誕一〇〇年を記念する行事や出版に携わるようになってから、急に中谷との関係が深まるようになった。最初は、代官山ヒルサイドテラスで行われた「中谷宇吉郎生誕一〇〇年記念企画　科学の心と芸術」の展示と一連のシンポジウムの企画である。翌年には銀座で同趣旨の「地球とあそぶ達人　中谷宇吉郎展」が開かれ、これ以後中谷宇吉郎に関する展示会があちこちで行われるようになり、宇吉郎がよく使っていた「雪は天から送られた手紙である」という言葉が人口に膾炙《かいしゃ》するようになった。続いて、岩波書店の『中谷宇吉郎集　全八巻』と岩波少年文庫『雪は天からの手紙　中谷宇吉郎エッセイ集』の編集を行った。前者は中谷宇吉郎の最後の直弟子であった樋口敬二先生の助手という形で編集に参加したのだが、中谷が折々に書いた寺田寅彦の思い出が各巻に入るように収録作品を塩梅《あんばい》したことを覚えている。後者は、科学に親しむ少年たちを意識して中谷の特に優れたエッセイを選りすぐったものである。幸いにも一〇年以上の間、年に一回の増刷がずっと続いており、心強く思っている。

中谷宇吉郎という人

中谷宇吉郎は、一九〇〇年（明治三三年）に石川県江沼郡作見村字片山津（現在の加賀市片山津温泉）に生まれ、金沢の（旧制）第四高等学校を卒業するまで雪深い北陸の地で育っている。後年、彼が北海道帝国大学に赴任して最初に雪の結晶の研究を行い、その後凍上《とうじょう》や霜柱《しもばしら》など雪国に関わる研究を行ったのは、故郷の雪国の記憶が強く残っていたためではないだろうか。七歳のときに遠縁である九谷焼《くたにやき》の名工の浅井一毫《いちごう》宅に預けられて陶芸の技について知り、その後親類で元士族の松見助五郎宅に五年間預けられて書道や墨など日本の伝統文化に触れ、陶芸家の中村秋塘《しゅうとう》に英語や陶器について学び、全昌寺で習字を習い、小学校長岩崎省三夫妻の塾に通って中国古典の『西遊記』などの読書に熱中したと伝えられている。本書に収められた墨流しや墨・硯に関する蘊蓄《うんちく》を傾けた根源を探ると、少年時代に遡《さかのぼ》るのかもしれない。いずれにしろ、実に充実した少年期を過ごしたものである。

一九一八年に中学を卒業して第四高等学校を受験したが見事に失敗する。地方の小さい世界では優秀であっても、もっと大きな世界では凡百に過ぎないことを覚ったと後に書いているが、この受験失敗は彼が生きていく上で重要な経験になったと思われる。第四高等学校を卒業して東京帝国大学理学部物理学科に入学したのが一九二二年で、翌年関東大震災に遭遇したのが重要な転機になった。彼の一家全員が上京していたのだが、震災によってあらゆる財産を失うことになり、彼は大学を止めて中学の教師になることまで決意したのだ。ところが、本書にあるように同級の桃谷嘉四郎（桃谷順天館社長四男）から励ましと援助を受けて大学を続けることにしたのであった。別のエッセイでは、大学進学後、母校の校長の推薦で関西の実業家鳥井信治郎（サントリー社長）からの学費援助を受けていたのだが、その鳥井とも会うことができて、学業を継続する決心をしたと書いている。

関東大震災のあった一九二三年、中谷は寺田寅彦の物理実験の指導を受けるようになり、実験物理学を専攻する決心を固めたのだが、その機縁は物理学教室が毎年行っているニュートン祭の幹事を務めた中谷が会計報告のために寺田寅彦の居宅を訪れたことにあった。寺田の人柄に親しく接し、また物理学の心得などを聞いて引き込まれたのであろう、寺田の指導の下に、後の球皮事件に関連する卒業実験「飛行船の球皮の放電の実験」を行っている。大学在学中から「理学部会誌」に「九谷焼」「雑記」「赤倉」などの随筆や詩を書くようになり、寅彦に褒められたこともあって自信をつけたようである。一九二五年に東大を卒業後、一九二八年までの三年間理化学研究所の寺田寅彦研究室の助手になり、電気火花の形や構造の研究に従事した。

一九二八年から二年間、文部省在外研究員としてイギリスを中心に留学し、キングスカレッジに熱電子放出現象の研究で有名なリチャードソン教授（一九二八年のノーベル物理学賞受賞）を訪ねて研究指導の承諾を得て長波長X線の研究を行い、また霧箱で宇宙線の軌跡を目に見えるようにしたC・T・R・ウィルソン（一九二七年のノーベル物理学賞受賞）にも会ってその研究スタイルに大いに感銘を受け、わざわざ放電実験を見せてもらっている。当時、物理学ならドイツへ留学するのが普通であったが、彼はあえてイギリスを選んで著名な研究者に積極的に接触し、貪欲に吸収しようとの強い意気込みが感じられる。実際、帰国後の一九三一年に「吸収気体の影響を受けた長波長X線の発生について」で京都帝国大学から理学博士の学位を受け、引き続きウィルソンの霧箱を用いた放電発生時の研究を行っているのだが、これらのテーマはイギリスでリチャードソンやウィルソンから学んだものである。

一九三〇年に帰国して北海道帝国大学助教授になり、一九三二年教授に昇任した。そこで中谷が開始したのが雪の結晶の研究であった。日本では一八三二年に土井利位《どいとしつら》が虫眼鏡で雪の結晶を観察して模写した『雪華図説《せっかずせつ》』が刊行されており、またその図を転載して雪国のさまざまな話題をも集めた鈴木牧之《ぼくし》の『北越雪譜』もある。日本海を渡ってくる湿気を帯びた寒気が日本列島の山岳にぶつかって多様な結晶形の雪が地上に降って来るからだ。このような地形と気象条件を満たしている場所は世界でも数少なく、まさに寺田寅彦が唱えた「風土の科学」にぴったりと言える。

中谷は冬の十勝岳で天然雪の観測をして結晶形の分類を行い、やがて大学構内に常時低温研究室を設置して自在に人工雪を作製してさまざまな結晶ができるようにした。その結果得られたのが「ナカヤ・ダイヤグラム」と呼ばれる上空の温度と湿度で雪の結晶を分類した図で、水分が凍って結晶化する相変化のエッセンスを見事に捉えている（発表は一九五一年）。「雪は天から送られた手紙である」との通り、さまざまな結晶形は上空の物理状態の詳細を伝えてきていたのである。一九三九年には映画『雪の結晶』のため人工雪の成長過程を微速度で撮ることに成功している。その後、映画『霜の花』『大雪山の雪』を製作し、写真集『Snow Crystals』を出版するなど、映画や写真集という新しい媒体を使って研究の中身を伝えることに熱心であった。一九四一年には低温研究室を母体として北大低温科学研究所を発足させ、雪だけでなく凍上や霜柱や飛行機の翼への着氷など研究の幅を広げるようになった。

中谷宇吉郎。1951年撮影

第二次世界大戦中の一九四三年には、国家総動員法に基づいた戦時研究「航空機着氷防止の研究」のためニセコアンヌプリの山頂に着氷観測所を設立し、実際にゼロ戦を頂上に運び上げて着氷観測を行っている。また一九四四年には、風洞実験を戦時研究「千島・北海道の霧の研究」のため根室で霧発生の調査や気球実験など、霧の総合研究と人工消散の研究も行った。今でも冷夏になると、北国の飛行場は霧に覆われて閉鎖されることが多い。戦争となれば天候にかかわりなく爆撃機を発着させねばならず、霧を消す研究は火急の軍事研究であったのである。このように中谷宇吉郎が戦時研究に積極的に参加したのは、自分の知識が現実に活かされることに意義を覚えたこともあるが、これらの研究には若手研究者の協力が不可欠として、徴兵されそうな若者が戦争に動員されるのを救うことも目的であったようだ。実際に、徴兵された若手を中谷が軍部と交渉して兵役解除させ研究員にしたこともあった。

戦争の終了後、ニセコ着氷観測所を基にして農業物理研究所へと衣替えし（一九四六年）、物理学の知識の農業への応用を実践しようとした。北海道では春になっても雪が長く溶けず土壌の温度が上がらないため作物の生育が悪い。そこで、春に早く雪を消す、水田の水温の上昇を早める、気温変化の予測を行う、気温や水温を測る機器の工夫をする、などをテーマとして掲げていた。いかんせん農業には素人であり、敗戦後の資金や物資が欠乏していた時期でもあり、農業物理学の構想は二年足らずで挫折してしまった。

しかし、大雪山に降る雪の量の見積もり、雪解け水の季節ごとの水量調査、石狩川流域の洪水の総合調査など、雪をキーワードとして北海道開発に活かす研究へと発展させることにつながった。「雪は資源である」と喝破したように、大雪は人間生活に害を及ぼすだけではなく、目の付け所によっては資源として有効に活かせることに注目したのだ。このように、中谷は水（氷・雪・霧を含む）と緑（農業・流域・土壌など）に注目して「日本は資源に恵まれた国である」と考えており、中山茂は彼を「エコロジストに近づいていた」と言っている（『中谷宇吉郎集　第一巻』月報1）。

戦後の中谷は、アメリカの雪氷永久凍土研究所を何度も訪れて氷の物性について研究を続ける一方、北大教授でいながら東京に家を新築し文筆活動などを東京を中心として行うようになった。彼の文章は中学・高校の教科書に多く採用され、時局批判を書いた著書は一〇冊を越えている。晩年はグリーンランドの氷冠の雪氷研究や氷床の掘削計画などに参加し、一九六二年に骨髄癌のために亡くなった。一九九四年に石川県加賀市に「中谷宇吉郎　雪の科学館」が開館しており、彼に関連する資料とともに氷のペンダント作製やチンダル像の実験などを行うことができるので、是非訪れてほしい。

中谷と寺田寅彦

ここでは寺田寅彦の学問観、そして中谷と寺田の関係についてまとめることにしよう。

私は二〇〇五年に『寺田寅彦と現代』（みすず書房）を上梓し、そこでも述べたのだが寺田寅彦が構想していた物理学は五〇年先を読んでいたと言える。そもそも物理学の対象とすら考えられていなかった現象に注目し、「ねえ君、不思議だと思いませんか」と問題提起しているのだが、実際に物理学の問題として多くの研究者が挑戦するようになったのは五〇年も後のことであるからだ。むろん、カオスや反応拡散系におけるパターン形成のようなコンピューターの発達がなければ進まなかった課題があり、プレートテクトニクスのような海底磁化の記録やGPSによる大陸位置の精密測定がなければ証明できなかった壮大なテーマもあって、夢物語としてしか受け入れられなかったのも無理ないことではあった。しかし、いずれも本格的に展開する数十年も前に寺田がアイデアとして提案し注意を喚起していたことは特筆されてよいだろう。

中谷が「文化史上の寺田寅彦」の中で、寺田寅彦が「新物理学」として構想していた方向として三つあったと整理している。

一つは「生物の現象の物理的研究」で、今で言えばアポトーシス（「藤の実の割れ方の研究」、細胞の自死作用）、動物の斑模様（「割れ目と生命」、反応拡散系）、不安定力学系（「椿の花の落ち方について」、非線形不安定系）などと関係がある。物理学の対象外とされていた、生物に働いている物理的機構の重要性を指摘したのである。

二つ目は「粉体の力学」で、砂の崩れ方を代表とする「形はあっても極めて微小で、しかもそのおのおのはあらゆる複雑な形をしている。そのようなものの集合」を相手にするテーマである。古くから解析されてきたガスや液体の流れではなく、砂・パン粉・墨汁・コロイドなどの粉体や膠質が見せる模様や枝分かれパターンなど、流れる物体の概念を広げて調べようというわけだ。

第三は「形の物理学」で、具体的な電気火花や割れ目の形の研究について言及しているが、さらに「形の同じものならば、必ず現象としても同じ法則が支配しているものだ」という信念の下に、「形の類似を単に形式上の一致として見逃すのは、形式という言葉の本当の意味を知らない人のすることだ」とまで断言している。形は数量化するのが困難であることが多く、それ故に後回しにされてきたという側面があり、寺田寅彦はそこに新しい物理学の可能性を感じ取っていたのである。これら三つの「新物理学」は一九六〇年頃から本格的に研究が始められた分野で、その集大成として例えばフィリップ・ボール著『かたち』『流れ』『枝分かれ』の三部作が出版されている（早川書房）。さぞかし寺田寅彦は地下で満足していることだろう。

さらにもう一つ、中谷が指摘しているように、寺田寅彦がほのめかしていた重要な問題がある。それは「現在の物理学の「方法」が「分析」に偏しているのに対して、「綜合の物理学」を建てようと企てられていたこと」で、「現在の科学の方法論の根柢に触れる考え」と中谷は表現している。「分析」はより根源的で細かな世界に入り込むことを意味し、それによって物理学（のみならず、すべての科学）が細分化され全体が見えなくなっている。寺田はそんな科学の方法について強い批判を持っていたことがわかる。デカルト流の要素還元主義から、系を丸ごと捉える科学へと転換すべきと考えていたのだ。

その具体例として寅彦が提案したのは、波形をフーリエ級数に展開して各波長成分を問題にする方法ではなく、「波形の高低をトーキーのフィルム上に濃淡で印画して、波全体を一種の雑音として聞こうという企て」であった。そうすると、港ごとに異なる波の振動の音声を聞いて港名を当てたり、美人の横顔を波形曲線に変えて顔が語る声を聴いたりすることができるというわけだ。今では、この方法は既に多くの分野で行われており、星の分布を宇宙の声に翻訳したり、ピカソとルノアールの絵の差異を音声に変えたりしている。寅彦の思い付きがヒントとなって開発されたと言える。

以上のように寅彦に先進性があったのは事実で、実際に中谷が「指導者としての寅彦先生」の中で書いているように、彼は自分が目を付けた事柄には自信を持っていて「僕の所の仕事は、どれだけだって十年は進んでいるつもりさ」と言っている。そう言い切れるのは「こうと見当を付けたことは大概はずれなかった」ためで、じっくり考えて急所を明確にし、そこに的を絞り込んで集中的に研究するという姿勢を貫いたためなのではないかと推測される。だから、「どんな難問題でも先生の手にかかると、妙に易しい話になってしまう」(「実験室の思い出」)のだろう。もっとも、寅彦は仕事に取り掛かるまえには洋書を何冊も読んで問題の全体像を把握し、飛躍の種を見つけようという努力を積み重ねていたのである。そのために英語はむろんのこと、フランス語やドイツ語そしてロシア語にまで手を伸ばして原書を読めるくらいにはなっていたらしい。さて、病弱であった寅彦はいつ語学の勉強をしたのだろうか。

「球皮事件」にみる寅彦の名推理

本書の中で何度も出てくるのは「球皮事件」である。一九二四年に海軍の航空船が霞ヶ浦上空で爆発炎上し、搭乗員全員が死亡した事件が起こった。その原因究明を寺田寅彦が頼まれて見事に解明した事件で、中谷も再現実験を（卒業実験の「飛行船の球皮の放電の実験」のテーマは水素の不完全燃焼実験であった）手伝っただけに迫力がある筆致である。折しも、寺田はこの事件の前年に海軍から航空船の事故防止の研究を委託され、空気と水素を混ぜたガスを火花で点火する実験を行っていた。航空船の爆発事故は、機体が大きく揺れるときにほんの少し水素が漏れ、無線通信を打電したときに発生する高電圧によって発生した火花によって引火し、爆発を起こしたと推測された。問題は、良導体であるアルミニウムの粉を入れた塗料を球皮に塗っているのだから火花が発生することはないと思い込んでいたことにあった。

航空船の構造や配線を調べていた寺田寅彦が研究室に姿を見せるや「君達分かったよ、やはり思った通りだった」とシャーロック・ホームズばりの結論のみの言葉を吐いて宇吉郎たちを煙にまき、球皮を手にして「これは電気の良導体ということになっているのだが、それだったら火花が出ないはずなのだ。しかしとにかくやって見給え」と言い残して帰って行った。中谷たちが実験でよく調べてみたら、アルミニウムは酸化物で覆われているから絶縁物であることは以前からわかっていたが、さらにゴムのような塗料を塗りつけてあるのだから良導体どころか見事な絶縁体で、高電圧がかかれば当然火花が飛ぶことがわかった。それを寅彦は見抜いてホームズを演じたのであった。

コトをきちんと整理して順序立てて検討すれば、自ずから問題の筋道は見えてくるという素晴らしい例を寅彦は中谷たちに示したのである。科学の進め方の神髄を語るエピソードとして中谷宇吉郎はくどくなることを覚悟の上で何度も書いたのだろう。私も研究指導をしていた大学院生たちに、結論だけを言って後は自分の頭で考えるよう促すテクニックを使ったことがあるが、これは球皮事件で示した寅田の方法を真似たものである。

師弟の光景

中谷にとって寺田寅彦は二二歳も年上の（寅彦の生年は一八七八年）あくまで先生であり、なかなか冗談も言えなかったのではないかと推察する。そのことは中谷が北大教授になった一九三二年の一〇月、息子の東一が中谷研究室の助手になって札幌に赴任していたのを見るためもあったのだろう、寅彦が札幌を訪ねることになり、その一部始終をまとめた「札幌に於ける寺田先生」を読めば中谷の気持ちがわかる（寅彦はわざわざ息子の様子を見に札幌まで出かけるということをあからさまに見せたくないためだろう、講演嫌いであるのに三日間も地球物理学に関する臨時講義を行っている)。この文章では、中谷の寅彦を尊敬する気持ちはむろんのこと、一挙手一投足に気を使い、ハラハラして講義を見守り、案内した風物が気に入ったかどうか一喜一憂する、そんな接待ぶりが彷彿《ほうふつ》として想像できる。私の恩師は二四歳年上の林忠四郎先生なのだが、これくらい年が離れると弟子は師匠に対して少し緊張して固くなるものである。この感覚は「先生を囲る話」でも窺える。中谷から(つまり弟

寺田寅彦(右)と中谷宇吉郎(左)。1932年、札幌にて撮影。写真提供・中谷芙二子氏

子から）寅彦への（師匠への）冗談がほとんど書かれていないからだ。そして、「いつもの調子に顔を皺くちゃにして、片眼を細めて苦笑された」とつい書いてしまうのは、師匠の笑顔を見てホッとしたためだろう。微笑ましく思える師弟の光景である。

ところで、私はもし寺田寅彦が長生きして第二次世界大戦終了後まで生きていたら、どんな文章を書いただろうかと想像することがある。まさに中谷宇吉郎はそのような人生を歩んだのだが、戦前に書いたもので戦後になって取り消さねばならない文章（つまり戦争にあからさまに協力する文章）は一つも書いていないと中谷が断言するだけの自信を持っている一方、戦後はかなり保守的になって原子力導入や米軍との関係については甘くなった側面もある。それが、優れた科学の業績や素晴らしいエッセイを残しながらも、寺田寅彦ほど知られていない理由なのではないかと思っている。マスコミが中谷の戦後を見て取り上げるのを控えるようになっていたからだ。

他方、寺田寅彦が生きた時代には日清・日露・第一次世界大戦と三度の戦争に遭遇したのだが、まだ日本は軍国主義が横暴を極めてはいなかった。そのためもあって軍批判を匂わせる文章は多くあるが（例えば『柿の種』に収録した短文）、正面切ってあからさまに批判をした文章はない。政治に対して紳士的態度を通せたのだ。大正デモクラシーの時代を潜り抜けたこともあったのかもしれない。その意味では、寅彦は幸福な時代を生きることができたと言える。

私が想像するに、寺田寅彦がもう一〇年長く生きていれば（彼が亡くなったのは一九三五年）、軍部に対して鋭い批判を持ってはいてもレトリックでそれを包み、あたかも我関せずというような顔をしてとぼけていたのではないか。軍人の余りに近視眼的な発想に辟易し、そんな人間の天下は近いうちに終わるだろうとして、知らぬふりをしていたと思われるのだ。ただ、民主主義が広がった戦後世界においては貴族趣味があった寅彦には生きづらく、果たしてどのような心情を開陳することになったのか、想像するのは困難である。

寅彦を通して漱石を知る

寺田寅彦が語る、科学好きであった漱石の逸話は実に興味深い。『吾輩は猫である』に出てくる寒月君に関わるさまざまな逸話は、現実の寅彦がモデルとなっている。妻を失って元気をなくしていた寅彦が徐々に立ち直り、最後には新しい妻を伴って漱石を訪ねてくる、それを小説の骨格として活かしているからだ。「首縊りの力学」は実際にイギリスの科学雑誌に出された論文があり、その論文を漱石に手渡したところ念入りに読んで作品に使っていたことが明かされている。また、寒月君がガラスの球を磨く話も寺田寅彦が漱石に話したことで採用されたものであり、「蛙の眼球と紫外線」の出所も同じく寅彦の同僚の研究が発端になっているらしい。文学者には不得手な科学の話題でも、漱石はその本質を理解して見事に料理したことがよくわかるエピソードである。

『三四郎』に出てくる野々宮さんも寅彦がモデルとなっていることはよく知られている。理研の大河内所長と一緒に大学の地下の実験室でシュリーレン写真（空気の屈折率を利用して屈折率が変化する位置が強調されるように撮られた写真）を撮っていたところ、漱石が突然現れて実験の一部始終を見物した。そして、「これを小説に書くが良いか」と尋ねたとき、寅彦は「何分相手は殿様ですから少し困ります」と答えたので、別の光線の圧力測定に関する内容に差し替えたということになっている（「殿様」とは大河内所長のことである）。それが寅彦が中谷に夜語りした話である。ところが寅彦の日記を見ると、いったん漱石はシュリーレン写真の実験について書いていたのだが、寅彦の依頼で光線の圧力の話題に差し替えたことになっている。「殿様」の話は出てこないのである。さてどれが本当なのかは闇の中で、記憶はだんだん変容するのに加え、時間とともに話に尾ひれがついていくためなのだろう。そうだとすると、寅彦の漱石に関する思い出は幾分脚色されていると思った方がいいのかもしれない。

野々宮さんの「光線の圧力」については、ドイツの物理専門雑誌に掲載された論文の内容を寅彦が漱石に話しただけで、その詳細について『三四郎』には正確に書かれているという。また、彗星の尻尾が太陽と反対方向に靡くのも光線の圧力のためだという予想があって、漱石はそれを丹念に書き留めて野々宮さんの話として活かしているという。実際、寅彦がドイツに留学していたとき、漱石は「君がいなくなったので（中略）彗星の知ったか振りの議論も出来ない」と寅彦に書き送っているから、寅彦の話が小説を豊かなものにしていたと言えよう。寅彦からの科学の情報をよく理解し使いこなしていた漱石、彼らの交友が漱石の死（一九一六年）によって絶たれたことは文学と科学の結びつきにとって、かえすがえすも残念なことである。

（総合研究大学院大学名誉教授）

本書は、一九四七年に甲文社より刊行された『寺田寅彦の追想』を原本として、一部を割愛し、改題して文庫化したものです。

文庫化にあたっては、明らかな誤字を正し、「旧漢字」「旧かな遣い」を現行の漢字・かな遣いに改めたほか、読みやすさを考慮して、特に読みにくい漢字をかなに直し、送りがな、ふりがなを増やしました。また、わかりにくい語句等には編集部にて〔 〕内に注記を加えました。

なお、本書中には現在では差別的とされる表現も含まれますが、差別を助長する意図はないこと、著者が故人であることから、そのままとしました。

中谷宇吉郎（なかや　うきちろう）

1900年石川県生まれ。物理学者。東京帝国大学理学部で寺田寅彦に師事し，卒業後は理化学研究所で寺田の助手となる。北海道帝国大学（のちに北海道大学）教授を務め，1962年没。雪の結晶の研究や，人工雪の開発に成果を上げ，随筆家としても知られる。主な著書に『冬の華』『楡の花』『立春の卵』『雪』『科学の方法』ほか。生地の石川県加賀市に「中谷宇吉郎 雪の科学館」がある。

講談社学術文庫

定価はカバーに表示してあります。

寺《てら》田《だ》寅《とら》彦《ひこ》　わが師《し》の追想《ついそう》

中《なか》谷《や》宇《う》吉郎《きちろう》

2014年11月10日　第1刷発行
2021年2月3日　第4刷発行

発行者　渡瀬昌彦
発行所　株式会社講談社
東京都文京区音羽 2-12-21 〒112-8001
電話　編集（03）5395-3512
販売（03）5395-4415
業務（03）5395-3615

装　幀　蟹江征治
印　刷　株式会社廣済堂
製　本　株式会社国宝社
本文データ制作　講談社デジタル製作

Printed in Japan

ISBN978-4-06-292265-4

「講談社学術文庫」の刊行に当たって

これは、学術をポケットに入れることをモットーとして生まれた文庫である。学術は少年の心を養い、成年の心を満たす。その学術がポケットにはいる形で、万人のものになることは、生涯教育をうたう現代の理想である。

こうした考え方は、学術を巨大な城のように見る世間の常識に反するかもしれない。また、一部の人たちからは、学術の権威をおとすものと非難されるかもしれない。しかし、それはいずれも学術の新しい在り方を解しないものといわざるをえない。

学術は、まず魔術への挑戦から始まった。やがて、いわゆる常識をつぎつぎに改めていった。学術の権威は、幾百年、幾千年にわたる、苦しい戦いの成果である。こうしてきずきあげられた城が、一見して近づきがたいものにうつるのは、そのためである。しかし、学術の権威を、その形の上だけで判断してはならない。その生成のあとをかえりみれば、その根は常に人々の生活の中にあった。学術が大きな力たりうるのはそのためであって、生活をはなれた学術は、どこにもない。

開かれた社会といわれる現代にとって、これはまったく自明である。生活と学術との間に、もし距離があるとすれば、何をおいてもこれを埋めねばならない。もしこの距離が形の上の迷信からきているとすれば、その迷信をうち破らねばならぬ。

学術文庫は、内外の迷信を打破し、学術のために新しい天地をひらく意図をもって生まれた。文庫という小さい形と、学術という壮大な城とが、完全に両立するためには、なおいくらかの時を必要とするであろう。しかし、学術をポケットにした社会が、人間の生活にとってより豊かな社会であることは、たしかである。そうした社会の実現のために、文庫の世界に新しいジャンルを加えることができれば幸いである。

一九七六年六月

野間省一